【遺稿集】

その時より、野とともにあり

稲垣喜代志
Kiyoshi Inagaki

風媒社

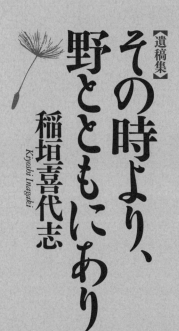

著者（2010年10月）

その時より、野とともにあり

目次

一、各篇の表記は発表当時の文章を尊重し、最低限の統一のみを行った。各々の初出は文末に括弧書きで記載した。
二、本書は六章構成であり、その分類と章のタイトルは著者の生前の意向に基づいている。章立ての順序と収載作の順番は、本書の編集にあたりあらためて決定した。
三、巻末の年譜は、「文化のみち二葉館」（名古屋市）で二〇一八年一〇月に開催された回顧展の資料をもとに作成したものである。

心から心へ

二つの〝日本たたき〟

先日、アメリカから身内の女性がやってきた。もう四十年もロスに住んで市民権もとり、カリフォルニア州立大の教授をつとめていた人だから、ものの考え方もすっかりアメリカ人になりきっているし、物事に関する判断も冷静である。しかし、その彼女が最近のアメリカにおける〝ジャパンバッシング〟のことのほかの熾烈《しれつ》さを驚きをこめて語った。

「たとえばね、オリンピックで金メダルをとったりすれば、すぐいくつものスポンサーがついたりするものよ。だけどクリスティ・ヤマグチにはほとんど声がかからないの。ただ日系というだけで。美人なのにね」

そうした話を聞きながら、私たちが常日頃得ているマスコミ情報の頼りなさと、聞きしにまさる現実の過酷さを思い知らされたのだった。中曽根元首相、桜内衆院議長、渡辺外相らの無定見な発言が〝日本たたき〟に油をそそぐことになったのは事実だが、とめどなくエスカレートしていく人間の心理の不可解さと恐ろしさを強く感じさせられた。

一方、従軍慰安婦問題を契機に韓国民の日本への反発が一挙に噴出した。

ある新聞のコラムに小此木政夫慶大教授が「『嫌韓』と『反韓』」と題して、国内には韓国のマスメディアの報道ぶりに対して急速に「嫌韓」ないし「厭韓」感情が台頭していると書いている。そして、日本の親韓ないし知韓派知識人たちの発言に対して韓国側が聴く耳をもたなければ、「それは日本人の一途な感情を刺激し『居直り』に論拠を与えるだけで終わってしまう」とも書く。

この発言は一見、親韓的立場に立つ忠言であり、道理にかなった発言であるように見うけられるが、じつはもっとも大事な事柄を捨象したところで論がなりたっている。

たしかに反日感情の無用のエスカレートは恐い。だが、ことの本質を見きわめることなしにことを収めようとすれば、たとえ一時は表面的に収まったように見えても、必ず二度、三度の爆発をくり返すことになろう。

従軍慰安婦問題に限定して言えば、これまで日本政府は「そういった事実はなかった」と何度も、シラを切り通し、資料もひた隠しにしてきた。それが、元慰安婦たちが訴訟を起こし、日本人の中からも多くの証言者が出るに及んで、やっとそれを「追認」する形で謝罪の弁を述べたというわけである。子供まである人妻を強制的に狩り出し戦地に連れて行き慰安婦に仕立て、敗戦後は現地に捨ててくるというような鬼畜に勝るとも劣らぬ犯罪行為を国家が行っていたのだ。

私たちはそうした罪の意識（原罪というべきであろう）なしに、軽々しくこの問題を論ずることはできない。力による日韓併合、固有の韓国伝統文化の抹殺、強制連行等、非道な行為の数々。屈辱と怨の歴史を生身で生きてきた韓国の人びとと本当に手を結ぼうというのなら、まず率直に自らの非を認め、人としてなすべきことをなすべきである。日本政府は「日韓の戦後処理は終わっている」と言い続けてきた。しかし、その交渉相手は誰であったか。つねに民衆とは縁のない時の独裁者ではなかったか。

私たちは、韓国の民衆一人ひとりが納得のいくような解決の方法をさぐり、心と心が結び合えるような関係をつくりたいと願っている。このことは北朝鮮についても全く同じことがいえる。

二つのジャパンバッシングと出あい、思いめぐらすこと、さまざまである。


（一九九二年四月四日）

身のまわりの官僚主義

つい先だってのこと、二十数年ぶりに知人と再会し旧交を温めた。いまは教育関係の仕事をしているその人と話しているうちに、いつのまにか役人の話になってしまった。

「私ね、役所の人とつき合う場合が多いでしょ。それでいつも感じるのだけれど、係長くらいまでは素晴らしい発想でものを考えたり、新しい提案をどんどんして、〝このひと能力あるなあ〟と思って将来を期待していた人が課長になったとたん、融通のきかない、くその役にもたたない木偶《でく》の坊になってしまうの。極端に言えば死んでしまうのよ。そんな人を私、何人も見てきたわ。ほとんどの人がそうよ」

どうしてだろうか。

「おそらく立身出世の階段を昇り始めると、一つでもミスをすまいと保身の術を身につけ始めるのね」

私にも身に覚えがある。ある市の郷土資料館で「収蔵品の図録をわけてもらえないか」と頼んだところ、残部があるにもかかわらず「市内の小・中学校や関係者に配る分を作っただけだから、余分があったとしてもわけるわけにはいかない。たとえ研究者であってもそういうきまりなのだから売るわけにはいかない」と館長からにべもなくつっぱねられた。私はその道の研究者ではないが、歴史や民俗資料には大変興味をもっているし、まして自分の住んでいる町の郷土資料においておや、である。どこの町や村でも郷土史に関心を持っている人や歴史家の卵たちもいる。そういう人たちのためにこそこういった資料は役立てられるべきではないか。そういう配慮こそが行政の側には必要ではないかという私の問いも一蹴されてしまった。これも役人の保身の術なのだろうか。

そういえば、この市の美術館やこういった施設の館長は市役所の課長クラスの人が配属されており、専門的知識をもつ人はゼロに近いということだ。

愛知県をはじめ名古屋周辺の都市の公立美術館を見まわしてみても、専門的知識をもつ有能な専任館長を置いているのは三重県立美術館くらいで、愛知県美術館、同陶磁資料館、名古屋市美術館、同博物館にしても館長は役人の横すべりである。一般的に文化に対する理解度が高いと称される愛知県や名古屋市にしてこのていたらくである。こんなところにも文化行政の貧困さが端的にうかがえる。

周辺小都市の場合、さらにそれがひどくなる。「駅弁大学」という言葉が一時流行したことがあるが、各市がこぞって美術館づくりをやり収蔵品を買い漁っている。開催される展覧会の質もものによって落差がひどすぎる。館員の人材などには目もくれない。確たる見識ももたない地方政治家によって美術館がつくられ、専門知識のない館長によってそれが運営される。建物さえつくれば文化に理解がある市長だと思ってもらえると考えているのだろうか。こんな安易な発想が芸術を毒しているのだ。とんだお笑いである。

これはまさしく「官僚主義」である。安易にものを考え、文化や芸術の何たるかを大もとのところで考えようとしない堕落した思想である。旧ソ連は官僚主義による動脈硬化によって崩壊したが、いま、私たちの身近な周辺には醜い小さな官僚主義がいっぱいはびこっている。

いったい文化や芸術は人びとの「心」とは縁のないものだろうか。

（一九九二年五月二日）

きんさん、ぎんさんと老人問題

今回は私の本業につながる話を書いてみよう。つい先頃、私のところで〝きんさん、ぎんさん〟の写真集を出版した。この本については、企画の段階から刊行にいたるまでのあいだに、いろいろ考えさせられることが多かった。

当初は「近代百年の庶民生活史」的なにおいをもたせた写真集が何とかできないものかと比較的単純に考えていたが、いざ仕事を進行させてみると、そう簡単にことは進まなかった。年が明けると、すごいマスコミ攻勢によって、またたくまに二人は日本中の〝アイドル〟にされてしまった。悠長に写真など撮っていられないような状態になってきた。そうなればなるほど、私たちは最初の気持ちにこだわりをもつようになった。

写真集をつくる過程で私もお二人やその家族の方々と何度もお目にかかった。その中でいちばん強く感じたのは、お二人とその家族は何と開けっぴろげな方たちであろうか、ということであった。百年前、愛知県鳴海《なるみ》（いまは名古屋市緑区）の貧農の家に生まれ、少女時代を極貧の中で過ごした二人が、やっと人並みの生活ができるようになったのは敗戦後の農地改革以後であった。

にもかかわらず、そういった極貧時代のことどもを隠すこともなく、おおらかに、あるがままに話される二人の態度に私はある種の感動さえおぼえた。家族たちもじつにいい。飾ることなく、腹蔵なく互いに話される光景を垣間見て、ここに長寿の秘訣があるように思えた。マスコミは二人を見事に〝アイドル化〟はしたものの、二人を支える家族を描ききることはできなかった。家族がそれを望まなかったということもあるが、マスコミの狙いも違うところにあったからである。

こう書くと、老人医療費の削減にみられるように、福祉予算をどんどん切り詰めようとしているいまの政府の「老人は家庭で面倒をみるべきだ。家族と一緒に暮らしているから年寄りは安心して長生きできるのだ」という主張に口実を与えそうだ。だが、そういう政府の主張はたくみな論理のすりかえだ。このような古色蒼然としたモラルをふりかざし、自らの責任を回避するところに問題がある。

いまや老人問題は深刻である。住宅問題、職業をもつ女性の増加、核家族化等々、二世代、三世代同居の条件はますます悪くなっているし、私は自分たちの将来のことを含めて、老人の自立こそが大事だと思っている。そのためには老人をとりまく環境や福祉・医療施設の公的整備が絶対不可欠であるが、施策ははかばかしくいっていない。

昨日も、二年前に呆け老人の夫を亡くした方から話を聞いたばかりであるが、呆け老人をかかえる家族の苦労や悲惨さは目を覆いたくなるほど凄絶である。また、「施設を探し歩いてもなかなか入れてもらえる所がない」という悲痛な声をあちこちで耳にするけれども、身近なところで見つけるのはまず不可能だ。

きんさん、ぎんさんはたまたま二人揃って健康だった。そして、いい家族に恵まれた。しかし、この世の中、いつ、どこで何が起こるか分からないのだ。だからこそ、最低限の受け皿（施設）が要るのだ。そのための税金だったら、少々高くても出そうではないか。

でも、もうだまされまい。あんなに物議をかもしながら消費税をとることにしたばかりなのに、選挙前になると、もう「減税」を口にする為政者。この国は貧乏人には住みにくいなあ。

（一九九二年六月六日）

名古屋のオペラ劇場　壮大なる無駄遣い

「オレ、頭にきちまってよう。毎日、仕入れに通う魚屋のカミさんがこんなことをぬかしゃがった。〝わたし、こんどできたオペラ劇場のコケラ落としの公演を観にいくの。入場券は四万円よ〟って。バカ言うんじゃねえ。モンペはいて、毎日〝へい、いらっしゃい〟とやっているカアちゃんが、横文字のオペラ観てわかるわけがないじゃねえか。バレエはおろか、日本の芝居だってろくに観に行ったこともないくせによう」

居酒屋の大将は少し入った酒の勢いも手伝ってか、威勢のいい声で悲憤慷慨《こうがい》する。いま建設中の愛知芸術文化センターのオペラ劇場が十月末に開館するが、その開館記念のバイエルン国立歌劇場オペラ「フィガロの結婚」と「影のない女」の公演をめぐっての話である。

「べつに行っちゃいけねえなんて言っとるんじゃねえ。常日ごろまったく文化とか芸能とかに関係ない連中が〝観に行かないと時流に乗り遅れる〟とか、オペラを観ること――いや、四万円の切符を買うことによって自分のグレードが上がったように錯覚してやがる。そいつが気に入らねえ。四万円の切符なんて、この間売り出したと思ったら飛ぶように売れちまったちゅうじゃねえか。四万円だよ、四万円。いったい、そんな大金、誰が出せるっちゅうんだ。冗談じゃねえ」

「そうだ」と私は思わず快哉を叫びそうになった。

「じつはオレ、この話を聞いてから、カッカと頭にきて、一番安い席はとれねえかって、手を廻して一枚買っちゃった。オペラ観るためじゃないよ。一番前の席にどんなヤツらが座っとるか、一人ひとり顔をじっくり見定めに行くんだ」

過激な大将の言葉とその行動力に感心するとともに、かねてから抱いていたオペラ劇場建設と公演への疑問の一端がこのような具体的姿となって早々と表れてきたことにある種の驚きを覚えた。二舞台ペアで八万円の券も売り切れだそうだ。

「四万円？ 冗談じゃねえ」私もそう思う。本場から一流の劇団を呼べば金がかかる。それはそうだ。しかし、県が主催し、県のホールで上演するオペラが、呼び屋が商売で呼ぶ値段と変わらないのはなぜか。いちばん安いE席でも八千円。ヨーロッパでは千円から二千円である。もっと安い立見席もあるし、学生のためには三百円から五百円の席も用意されている。今回のようなやり方では本当に観てほしい人たちを締め出すことになるだろう。開館記念公演ではないか、どうして県が助成して安くする方策が講じられなかったのか。

そもそもの疑問は、なぜ名古屋に世界のトップクラスの規模のオペラ・ハウスを造らねばならなかったのか、である。大阪市大教授の藤井康生氏は「最も重要な芸術総監督の名前も不明、付属の歌劇団もオーケストラも養成所も持たず、レパートリーを決定するだけのオペラの蓄積もなく、観客にオペラの素養もない」と建設の理論的根拠のなさを厳しく指摘する。

名古屋のオペラ活動は名古屋二期会と名古屋オペラ協会が中心で、公演日数は年十日くらいとのことだ。東京・大阪の先を越す――それが狙いであったとしたら、見当違いもはなはだしい。またもや住民を置き去りにしたまま建設を決定、〝壮大な無駄遣い〟(藤井氏)に走る〝お上《かみ》〟の暴走をここにみる。

(一九九二年七月四日)

粗食が教えてくれること

『アサヒグラフ』の七月三一日号を見て思わず笑いころげてしまった。特集〈「わが家の夕めし」アゲイン〉の中の遠藤周作家の食卓は、二十四年前もいまも変わらず、ひたすら質素にイワシと漬物だけで通しているとのこと。ふくよかな笑みをたたえる奥方の前で、いたずらっ子のような素振りで目刺しを噛《かじ》る周作氏の、眼鏡の奥の目つきが何かを物語っているようにも思える。付された文章には「二十四年来の粗食」であって、写真を撮るための演技ではないことがとくとくと書かれてはいるが、かといって誰もがそれをすぐさま信ずるわけでもないだろう。

三十数年前、私がまだ東京にいた頃、嘘電話、偽電話、怪電話をめったやたらにかけまくっていた（私も被害者の一人ではあるが）のが彼であってみれば、信じろというほうがむりというものだろう。

この写真記事が演出であるかどうかの真偽はともかくとして、この飽食の時代に、よくぞ二十四年間頑張り通して下さったと、拍手をおくりたくなった。イワシと漬物、なんというシンプルな食生活であろうか。いまではスーパーに行けば、さまざまな食品群があふれ、煮炊きまでしてあってすぐそのまま食べられる加工食品が所狭しと並んでいる。それらに一切目もくれず買わずに帰ることのほうが至難の業で、強固な意志がいる。時流や誘惑に負けるな、遠藤氏はそのことを言いたかったのではないか。それで、あの写真のいたずらっぽい目つきが読めてくる。

ホテルなどでパーティが開かれると、出された料理の半分以上が残され、残飯として処分されるという。一方、発展途上国では一日一食しか満足に食べられない国がほとんどであるとのこと。この現実を、日日の生活の中で私たちはどう考えればよいか。

ところで、皮肉な話だが、私は贅沢病といわれる痛風に見舞われ、旨い食べ物や酒をぐっと横目でにらみながら、ひとり清貧な食生活を守る昨今である。だが、そうした耐える生活の中で、日常見失ってしまっていた些細《ささい》な喜びや新たな発見があったり、いままで見えなかったものがふいに見えてきたりする。

子どもの頃、よく母から言われた「物を大切にしなさい。粗末にしてはいけない」「もったいない」といった言葉が脳裏に浮かぶ。いまの人たちの間では〝死語〟にさえなってしまっている、そういった言葉が私たちの生活の基本のところになければならぬと、いま改めて痛感する。たとえば、毎日好きな物を好きなだけ食べていれば、本当に美味しい物を食べた時の感動がそれだけ薄れるというものだ。とはいうものの、一般の食品店で売られている食品には添加物まぶしの製品が多く、ほんものの味に接する機会も少なくなってきているから厄介だ。

先日、すでに十七年も続いている不思議な会の総会をのぞいてみた。①原料の厳選②加工段階の純正③一徹で、時代環境に曲げられることのない企業姿勢――等をモットーとする全国各地の食品メーカー八十一社の研修を兼ねた総会だ。初日は夜の十二時すぎまで、品質問題や流通問題が熱心に討論された。こうした会が年に四回も開かれることに私は一種の驚きと感動を覚えた。危機に瀕している日本の〝食〟をどう守るか、作り手の〝心〟をどう伝えるかという、ひたむきな営為と良心がここに見られるような気がして、嬉しかった。

（一九九二年八月一日）

二人の友の生と死

早いもので、親しい友をがんで亡くしてからもう一年がたつ。五七歳だった。

最後に彼と会ったのは死の一週間ほど前だったろうか。彼は私を前にしてさかんに喋りまくった。おそらく彼は自分ががんであることを察知していて、苦しみを押し隠して剽軽《ひょうきん》な話題を選んで喋りまくったように思う。そんな時、私は全く無力だった。

彼の妹が訪れると、落語家の声音をそっくり真似て一席ぶったり、唄をうたって聞かせたりした。弱みを見せないとしてか、サービス精神が旺盛なのか。それやこれやを思って、その時私は「このバカヤロー」と思わず涙が出た。

彼とは学生時代に東京で出会い、一緒に帰郷（護憲）運動もやった。それから四十年近くを親しくつき合ってきた。

卒業後しばらくしてから、私たち二人は相前後して郷里に帰り、彼は父親の跡を継いで、さる企業の中枢に身を置きながら、一方で、市民運動の中で黒子として重要な役割を担いつづけた時期もあった。

彼の家を訪れると議論の花が咲き、帰宅はいつも深夜の三時、四時となった。

短い文章では彼の全人格や全体像の素描すらおぼつかないが、不思議な魅力をもった男だった。GI刈りの頭に黒縁の丸眼鏡、木綿の菜っ葉服に下駄ばき――それがトレードマークで、彼のダンディズムの表現だった。

諧謔《かいぎゃく》精神に富んだ類まれな教養人でありながら市井の中で無名の〝個〟に徹して生きる、つまり庶民になり切ろうとする姿がいつも私の眼前にあった。政治や思想を論じ、文学・民俗学・芸術・芸能・スポーツを語り、「生まれは柴又……」と、寅さんの実演や最新の流行歌までとび出した。

懐かしいその顔を思い浮かべながら、彼の生と死から何を学ぶべきかを私はいま思いめぐらしている。こうした〝大教養人〟が人知れず日本の各所にいて、私たちのふるさとを豊かにしてくれているのではないか、ふとそう思うと胸が熱くなった。

十四年前のこと、もう一人の親友N君が四七歳の若さで同じがんで逝った。「あと半年のいのち」と知らされてから彼は二年半生き耐えた。この二年半は私にとっても辛い日々だった。

彼は政治史の研究者だったが、まれにみる硬骨漢で不言実行型の男だった。歯に衣を着せぬ舌鋒は軟弱の徒をしばしばたじろがせた。

「敵をつくることをおそれる者には真の味方もえられない」――彼の吐く言葉の一つひとつが私の胸に突き刺さった。仲間の研究者の中には有能な人材が幾人かはいたが、要領よく立ち回る者や、マスコミや周りにチヤホヤされ、徹底した研究に打ち込む姿が乏しかった。それを厳しく批判したのも彼だ。十余年経ったいま、もうとっくに結論が出ている。要領のよかった連中は全滅である。もちろん、大学の教師は首になることはないから、業績はゼロでも首だけはつながっている。

N君は完全無欠な人ではなかった。酒も好きだったし、モテてもいないのにモテたつもりで女性には甘かった。そんなアンバランスなところが人間くさく、魅力だった。

私たちの周りには立身出世のために汲々としている人たちがワンサといる。自薦他薦で役職にありつこうとさまざまな工作が行われている。そうした中で、二人の生と死の見事さが際だって見えてくる。私は二人から多くのものを教わったような気がする。

（一九九二年九月五日）

編集者心理　初心思い出させた「投稿」

いま日本は〝巨悪〟が大手をふってまかり通る悪人天国になってしまった。「のど元過ぎれば熱さ忘れる」ということわざ通り、リクルート汚職も共和汚職もすぐ忘れ去って、悪人たちの闊歩《かっぽ》を許してしまう日本人の柔《やわ》な体質がなんとも情けない。そうした中で「検察官の役割とは何か」と本紙「論壇」に投稿された札幌高検佐藤道夫検事長の勇気ある行動を粛然たる気持ちで受けとめた。マスコミの一端に身を置く者として、いま私は何を成すべきか、一体何ができるのか――。

〝編集者〟という文字面《づら》だけを見ると、なかなか格好よく見える。しかし、編集者と一口にそう呼ばれる人々の中に真の編集者と言える人は一体どれくらいいるのだろうか。発想がユニークで企画力があり、ベストセラーを生み出す能力を持った編集者が往々にして有能な編集者だと言われているが、これはまちがいであり、彼らは単なるベストセラー屋さんにすぎない。

本の価値は多く売れることによって決まるのではない。人々の魂をどれだけ揺り動かし、思想や文化を創り出す源となり得るかである。「あの人は優れたジャーナリストだ」と言う場合、文章がうまかったり、語学が達者で国際的に活躍しているとか、それだけではそうは言われない。秀でた見識と一本筋の通った思想、それに加えて、勇気と行動力を兼ね備えた人でなければなるまい。出版における編集者の場合も同じである。

編集者にとってもっとも大切なことは〝精神〟のありかである。自らに対して根元のところで

「何のために生きるのか」「何をなすべきか」を絶えず問いつづけ、日々真摯《し》に学ぶ中で未来への洞察力を培うことである。誠実に生きることの虚しさをいやというほど味わっている現今ではあるが、誠実さを愚直なまでに持ちつづけること、それと、不正に対する怒りと弱者への連帯、これは決して忘れてはならない。ユニークな発想とか、企画力があるとかはそれらの次にくるものだ。

自らの生きる姿勢が確立していないと、何が本ものであり、何が本ものでないかを見極めることさえできない。テレビや雑誌などによく名前が出て世間的に知名度が高いと「偉い人だ」と錯覚されている人が多いし、大学の学長にだって偉くない人がいっぱいいる。

と、このように偉そうに書いてくると、私のところでは、さも良い本ばかりつくっていそうに聞こえると思うが、さにあらず。いまは背に腹はかえられぬ時代なのである。硬い本を読んでくれる読者が少なくなったり、地方での出版というハンディもあるにはある。年に一冊でも二冊でも納得できる本が出せれば、よしとせねばならぬ。言い訳めくが、つまりは、胸の奥底に常に志を秘めながら、それの実現がかなわぬことを恥とする心を持っているかどうか、その一点を言いたかったのである。

いつか私はこんなことを人に話したことがある。「どういう仕事をしているかは、あとに残った本で判断してもらう以外に仕方がないと思います」。とんだ思い上がりであったと思う。そんな悠長なことを考えていたら、永久に私たちの志は伝えられずに終わってしまうと、最近つくづく思うようになった。

〝初心に還るべし〟――無為に過ごす日々を内なるもう一人の自分が叱る。

さて、いま私たちは何をなすべきか。佐藤さんを斬り死にさせてはなるまい。

（一九九二年一〇月三日）

一途に生きる　今を支える戦中の思い

「三児《みつご》の魂百まで」ということわざがある。私は敗戦の時、小学校六年生だったが、すっかり「皇国少年」になりきっていた。父が海軍に行っていたこともあり、海軍兵学校に行くことを夢見ていた。しかし、敗色濃い戦争末期にアッツ島など各地で日本軍の玉砕があり、一方で神風特別攻撃隊による決死行が賑々《にぎにぎ》しく報道されるようになると、戦争の深い意味を知らなかった私たちは一日も早く少年航空兵として大空をかけめぐり、敵機や敵艦めがけて突入し、御国のために尽くしたいというように考えを変えていった。

街頭では、母親たちが戦地で戦っている兵隊のために必勝と不死の祈願をこめて千人針を縫う姿をあちこちで見かけた。

少年航空兵となって敵機や敵艦に体当たりしても、日本人の狂気に似た戦術に驚きはしたものの、物量をほこるアメリカ軍は微動だにしなかっただろうし、防弾チョッキの役割さえ果たせない千人針が真実効果があったとはとうてい思えない。しかし、間違っていたかもしれないが、あの時代、自分を捨てて国のために死ぬ気になれたという純粋さや、生命を賭して戦っている兵隊のために寒い街頭に立ち、必死で千人針を縫っていた婦人たちの人を思いやる温かい行為を「非科学的」とか「時代錯誤」のバカげた行為だったと一笑に付すことができるだろうか。報道に統制がかけられ、国民は限られた情報しか得ることができない時代であった。

私はこんなふうにも思う。ああした行為やものの考え方が、戦後の価値観の大転換という篩《ふるい》にかけられて、また別な形で生まれ変わって生きているのではないか、と。

「一億一心」と言われた戦争中でも闇屋が横行したり、要領よく立ちまわるいけすかない人たちが沢山いた。そんな中で純粋さと熱い心を持ちつづけた人たちは、いつかまた別の局面で目を開かされる場面に幾度となく出合っているはずだ。千人針がボランティア活動や社会的弱者の立場に立つ運動に変わったり、特攻精神が権力悪や社会悪の告発や環境問題への関心へ——などである。

私の少年時代はあの無謀な戦争の渦中で翻弄されたけれど、滅私——自分を殺して国のため人のために生きるという〝生き方〟の中から何かを学んだように思うのだ。いまの人たちは〝私〟を生かしながら同時に人のためになる運動が必要だという。その通りだと思うが、不器用な私はなかなかそんなわけにはいかない。

多少ミーハー的になるが、特攻帰りの俳優鶴田浩二が子どものころから私は好きだった。ニヒルな表情にどことなくシャイな笑みをたたえた顔。スター特有の押しつけがましいイヤラシサがなかった。彼は特攻映画には出演したが、いわゆる戦争映画にはあまり出なかったように思う。

晩年、山田太一脚本のNHKドラマに幾本か出演したが、死線をかいくぐってきた彼でなければ演ずることができないような、いぶし銀のような演技が光っていた。そのころ、彼は俳優として、また人間としてある境地に達していたのではないか、そんなふうにも思えた。

一途に生きるということによって、人間は人生の歴史の中で大きく変わり得るものだということを、いままた噛みしめている。あの戦中に熱く生きるということがなかったならば、いまの自分もなかったような気がする。


（一九九二年一一月七日）

自然体で生きる

巌浩《いわおひろし》という一風変わった御仁がいる。めまぐるしく移り変わるいまの時代にどう対応しようかと日ごとあくせくしているわれわれとは一味も二味も違った生き方が身についていて、辛い浮世もまた愉《たの》しとばかり、わが道をごく自然体で歩いておられる。

巌さんはいまから三十数年前、「日本読書新聞」の編集長であった。この新聞が言論界で重要な役割を担っていたころで、彼の書くコラム「有題無題」（朝日の「天声人語」に相当）は知識人の間に沢山のファンを持っていた。いまはなき井上光晴、橋川文三氏らも彼の心友であった。私も当時駆け出し記者として彼の配下にいた。

「おい、稲垣君！」と彼の声がこちらに向けられると瞬間、私は「ブルッ」と身内に震えが走るのが常だった。企画を出してもあと一言が足りないととたんに意地悪い質問の矢とともに雷が落ちた。私のヒガミかも知れない、落雷は私にばかり集中していたように思える。鬼編集長どころか、

〝鬼軍曹〟だと私は呪った。「何を!畜生」とばかり歯をくいしばって自分の至らなさを顧み、必死に勉強もし、先輩たちから学んだ。だが、あの屈辱の日々は忘れられない。

その〝鬼軍曹〟の態度がいつのころからか、がらっと変わった。そして、週一度の長期連載記事を一年間、新米の私に書けという。自信はなかったが、嫌というわけにはいかない。しかたなく引き受けて、一、二回分の原稿を提出すると、鬼軍曹がニヤッと笑った。私もつられて思わずニヤついた。

この巌さん、編集長という役職柄、服装には注意しなければならぬのにいたって無頓着。ネクタイはおろか、夏などは白い野良着のシャツに腰手拭という姿で平然と出社。ときには素足にゴム草履という豪傑であった。

それから数年して、私は名古屋に帰り出版社を始めたが、そのあと巌さんも新聞を辞め出版の仕事にかかわることになる。ところが七、八年前のこと、振り出した手形がもとで暴力団にゆさぶられ、彼は出版社をたたんで雲隠れということにあいなった。

巌さんはいったいどこに行ったんだろう、と心配していたら、沼津のとある禅寺で庭男をしているという。それから二、三年後、こんどは奈良の有名な神社に移ったとのこと。出張のついでに立ち寄ってみると、「あっ、ほんとだ!」――ちょうど夏だったので、ランニングシャツに木綿のズボン、ゴム草履姿で脚立にのり、神社の建物の壁をトンカチ、修繕している最中であった。

「やあ」と彼はいたって明るい顔で、いまの仕事の楽しさをあれこれ語ってくれた。「こういう仕事が性に合っているよ」。私は不思議な世界に迷いこんだような面持ちで彼のつもる話を聞いていた。神主の卵たちとの出会いと交流など心温まる話もあった。もともとそんなに上昇志向のある人ではなかった。東大出の人にはまれな存在だ。それにしても、マルクスと寺と神社をハシゴして、こんなに安穏な顔をしているなんて！――私は可笑《おか》しな気分で、貧しくとも幸せな彼の日常を祝福した。

その巌さんが昨年暮れ、突然訪ねてきて、一泊していった。こんどはゆっくり一晩話し合った。彼はもともと商売は上手い人ではなかったが、どうしてこんなふうに達観できたのか、どうしたらこんなに無欲になれるのだろうか。私はどんなに頑張っても足許にも行きつけない、とつくづく思った。

その夜、「いま原稿を書いているよ」とぼそりと彼が言った。やはり「雀百まで踊り忘れず」である。

（一九九三年二月一三日）

これから何かが始まる　闘い続ける田中宏さん

二十年間、愛知県立大学の教壇に立ってきた田中宏さんが一橋大学に転出することになり、さる七日、歓送会が「名古屋働く人の家」で開かれた。

田中さんといえば、留学生・在日外国人差別問題をはじめ、花岡鉱山事件、南京大虐殺事件、従軍慰安婦・強制連行等々、アジアへの戦後補償――日本人自身の原罪ともいえる大きな社会的命題と四つに取り組み、実践的研究と活動をじつに丹念につづけてこられた方である。それだけに、当日の参会者はこれまで共に手をたずさえて運動をしてきた人びとや志を同じうするクリスチャンや在日外国人、研究者のほか、さまざまの職種や階層の人びとというように多彩な顔ぶれだった。

お別れパーティというよりは、「これから何かが始まる」といったなごやかな雰囲気に包まれた会であった。事実、田中さんは四月以降も月一回は名古屋にやってきて従来通りの活動をつづけるという。まさに自身がいうように、今日に至る彼の活動の原点は名古屋にあった。仲間たちとの手づくりの勉強会や研鑽《さん》の中で彼は日本からアジアへ、世界へと活動の場を広げていった。

パーティの料理も全部手づくり。あでやかなチマチョゴリ姿の女性も幾人か見られたが、人びとのスピーチもいわゆる〝序列〟ぬきで、田中さんの人柄をうかがわせる温かい言葉ばかり。「こんな超多忙な働き方をしていると脳梗塞などどろくな死に方はしませんよ」という冗談もとび出した。多くの人からこんなに愛され信頼されている田中さんは幸せな人だなあとつくづく思った。だがそれは、「私」を捨て身を粉にして社会の歪みと闘いつづけてきた田中さんなればこそである。

頼まれれば嫌とはいえない性格の田中さんはいつもあれこれいっぱい仕事を背負いこんでいた。手弁当、旅費自弁で東奔西走。いつ勉強できるのか不思議に思えた。いつか田中さんの研究室の机の上を垣間見た時、彼の多忙ぶりが一目で理解できた。

会には夫人も東京から駆けつけてこられたが、本人が知らぬまに世話人が連絡をとったようだ。八面六臂の彼の活動の陰には夫人の内助の功がどれほどのものであったか、想像に難くない。

花束をいっぱい抱えた田中さんはちょっと照れくさそうだった。でも嬉しそうだった。さわやかな心に残るいい会だった。

私が田中さんと最初に会ったのは、入管法違反で逮捕され大村収容所に送られてしまった留学生崔正雄さんの支援活動にかかわった時である。もう十数年も前のことである。法律の専門家多しといえども、当時はこと入管法に関しては研究者がおらず、運動の側では専門外の田中さんがただ一人、独学で勉強し頑張っていた。誠心誠意、どのような時間でもいとわず、幾度も遠いところへ足を運んでくれた。

田中さんの面目躍如とした活躍は、なんといっても、台湾の元日本軍傷病兵、花岡事件、南京事件等々の被害者及び遺族の補償要求にかかわった活動であったと思う。

表面的なものより本質的なものをと、より奥へ奥へと彼の姿勢は向かう。身近な問題から国際的な舞台へと活動の場は広がっていくが、彼にとってはどれも比重は同じである。

貧乏ひまなしの私はそういつもお目にかかるというわけにはいかぬが、彼の生き方から多くのものを学ばせていただいた。どこの国の、そして誰の、〝人権〟も同じ重さなのである。

（一九九三年三月一三日）

人間の無駄、厳禁　職人の道に誇り持つべし

日産が主力工場の座間工場を閉鎖するというニュースは、つい一、二年前のバブル景気に浮かれた日本人にとっては、デトロイトを打ち負かした〝日本の自動車〟という花形産業の一つであっただけに衝撃は大きかった。

だが、「ちょっと待てよ」と考えてみると、些細なことのようだが、素朴な疑問がいくつかわいてくる。最近の日本車は車種がやたらと多く、車種もメーカーも簡単に見分けがつかない。そのうえ、グレードの高い車をつくりまくって消費者の射幸心をあおりたてようという戦略が目に見えていて、そんな車を見るたびにイライラする。

ドイツ車などは堅牢が売りもので、車種もけっして多くなく、モデルチェンジの回数も日本とは比べものにならぬほど少ない。日本はデトロイトを追いこしたものの、同じ販売戦略を踏襲して、その二の舞を演じつつある。

ドイツ人やイギリス人は家具を大切にする。子から孫へと代々引き継いで使用する場合が多いという。それだけ頑丈にできており、使い続けたくなるように、装飾にも工夫が凝らされている。アンティークの店をのぞいたりすると、思わず欲しくなったりする。

プラスティック文化が蔓延《まんえん》しはじめてから、日本では車も家具もあらゆる面で〝使い捨て文化〟が定着してしまったようだ。

ところで、入学シーズンを迎え、また今年も日本人のバカさ加減に腹が立つ。どうしてこんなにだれも彼も〝大学へ、大学へ〟とひしめくのか。大学を出ることが一つのステータスシンボルなのだろうが、いまの大学で大学の名に値する学校がどれだけ存在するか。

私はいまの大学の九割は専門学校に格下げすべきだという論に固執するものだが、私のその考えにたいして友人がこう言った。

「いや、きみ、そんなに目クジラを立てることはないよ。みんな、いまの大学なんてたいしたことないくらいは知っているよ。教師だって教授や助教授に値するまともな人がそんなにいるわけないしね」

この意見には一本、面をとられた形だが、私の論理を裏返すと、つまりはこうなる。しかし、この大いなる〝無駄〟を座視するわけにはゆかぬ。手に技術もつけず学校を出て、おまけに知恵もつかずではどうしようもないではないか。

日本人は職人を軽視する傾向がある。

料理人、菓子職人、大工、左官、建具・表具・畳職人、庭師、仕立屋、美容師、理容師……etc。これらすぐれた職人たちは私たちの共有の財産であり、宝物である。彼らも仕事に誇りと自信を持つべきであり、普通高校や大学にばかり目を向けず、専門家への道を歩むことを親や教師自身も勉強し、子どもたちに教えるべきであろう。

先日もある専修学校での話を耳にした。

「落ちこぼれだった子もね、たった一年の実務教育の中で見違えるように成長して巣立って行ったわ。教える側の心も大事ね」
人間だけは〝使い捨て〟にはできぬのだ。

（一九九三年四月三日）

桜をたずねる旅

四月十九日から名古屋―輪島―金沢―福光―城端《じょうはな》―五箇山《ごかやま》―荘川《しょうかわ》―白鳥《しろとり》―郡上《ぐじょう》―名古屋、と四日間で千キロ余を車で走った。桜を追っての旅だ。と書くと「優雅だねえ」と言われそうだが、毎日、早朝から夜遅くまで駆けまわり、けっしてそんな悠長な旅ではなかった。が、心温まる旅ではあった。

いま奥美濃の白鳥を中心に神山征二郎監督の映画「さくら」の撮影がすすめられているが、その原作の『さくら道』を私のところで出版している。「太平洋と日本海を桜で結ぼう」と名古屋―金沢間を走っていたバス路線・名金線の沿線に桜を植えつづけ、四十七歳で病を得て逝った元国鉄バス車掌佐藤良二さんの生涯を描いたものだ。

桜は美しい。しかし軍歌や武士のイメージがまとわりついていて、なぜか素直に好きと言えなかった。その私に「無心になって美しいものを美しいと見よ」と教えてくれたのが、佐藤さんのひたむきな生き方だった。

その佐藤さんが植えた桜を探しあて、すべてカメラにおさめようというのが今度の旅の第一の目的であった。写真家の中川幸作氏との二人三脚の珍道中で、四月に入ってから二度目の遠出だ。すでにリストアップしてあった桜はもちろん、道中、佐藤さんが植えた時期と樹齢が符合しそうな桜を見つけてはその近所をたずね歩き、新しく発見した桜も幾本かあり、その時の嬉しさはまた格別であった。

だが、桜はどこも一どきに咲くわけではないし、染井吉野《ソメイヨシノ》は早咲きで山桜や八重桜は遅咲きである。輪島の漆芸美術館の前庭に植えられた荘川桜の〝子ども桜〟や、兼六園など金沢市内、富山の福光は満開。五箇山や荘川あたりは標高差もあり、あと半月。郡上郡の美並《みなみ》村の長良《ながら》河畔の桜並木は四月六日の時は堅い蕾《つぼみ》だったのに、今度はもう葉桜になりかけていた。佐藤さんの故郷白鳥も町内は満開、ちょっと山手に入ると蕾は堅かった。

とんだお笑いだが、二日めの夜遅く白鳥の宿に到着した私たちは手違いで晩めしにありつけなかった。仕方なく五箇山で土産にと買い求めた固い大豆腐（普通の三倍だ！）とビールで胃の腑《ふ》を満たすハメになった。豆腐の真ん中に穴をあけ醬油をたらし、内側を箸で削るようにして食べる。こんな食べ方は初めてだ。二人で「ワッハ、ワッハ」笑いながら悲劇を喜劇に転じさせる。みるまに三丁の大豆腐を平らげた中川氏はさすがに苦しそう。「もう当分豆腐の顔を見たくないよ」と言った。

二十一日には白鳥で映画の撮影現場をのぞいたり、夕刻、銘木・藤路の桜の下での映画製作発表会にのぞみ、監督や俳優たちとも膝をまじえて交流した。樹木希林さん（佐藤良二の姉役）と同じテーブルだったので親しく話したが、彼女は私のために升酒や椅子をわざわざとりに行ってくれたりした。そのさりげない日常的なしぐさと人柄が彼女のあの演技を支えているのであろう。神山監督のこの作品に寄せる想いと、よいスタッフたちに恵まれて、感動的ドラマの撮影は快調である。疲れたが、いい旅だった。

（一九九三年五月一日）

唐九郎の〝帰郷〟

四月十七日から一カ月間、瀬戸市文化センターで加藤唐九郎回顧展が開かれた。唐九郎さんが石もて瀬戸を追われてから、ちょうど五十年を経て初めて彼の個展が故郷の町で催されたのだ。そのことの持つ意味は一唐九郎個人にとってというよりは、直接やきものとかかわりのない私たちにとっても、見過ごすことのできぬ重要さを持っている。

昭和八年三月のこと、唐九郎さんは『黄瀬戸』という本を出版したが、これが一大事を惹《ひ》き起こすもととなった。つまり、

①瀬戸の陶彦《すえひこ》神社に祀《まつ》られている陶祖藤四郎景正を伝説上の人物であるとして陶祖説を否定したこと。

②当時まで、黄瀬戸・志野・織部などは瀬戸個有のやきものとされてきたが、それを研究や古窯跡調査の結果、桃山時代に美濃地方で焼かれたものであると断定したこと。

――等によってである。

①については、藤四郎は鎌倉時代に僧道元に従って中国に渡り茶入の製法を学んだとされている

が、当時中国では茶入を作っておらず、日本で茶道が行われるようになったのも室町時代になってからであり、また藤四郎以前にすでに瀬戸ではやきものが焼かれていたというのである。

昭和八年当時、瀬戸で大作家として君臨していた人たちはいわゆる〝本歌〟とはほど遠い幕末風の織部や志野や黄瀬戸を焼いており、彼らや業界の人びとは唐九郎説を認めれば自らの拠《よ》って立つ基盤が崩れ去り、地位や商売にも影響しかねない。そこで、唐九郎説を抹殺しようとする人たちの間でさまざまな思惑や利害が入り乱れて跳梁し、事態は思わぬ方向へと展開した。

瀬戸の町は上を下への大騒動。同市で発行されていた「名古屋日日新聞」には「陶祖を毒する不敬漢、市民の敵・唐九郎を膺懲《ようちょう》せよ！」といった記事が連日掲載され市民を煽《あお》りたてていた。「膺懲」とはこらしめるという意味である。〝唐九郎膺懲瀬戸市民大会〟なるものが開かれ、『黄瀬戸』を陶彦神社に持ち寄って焼くという焚書《ふんしょ》事件も起こった。それにとどまらず、家を暴漢に襲われ、唐九郎さんはビールビンで頭を割られ重傷を負った。身の危険を感じた一家はやがてはらからの町を後にする。

現代ではだれもが事実として認めていることではあるが、旧説を否定し新説を唱えるにはたとえ正しい説であっても勇気がいった。

「無知」とは怖ろしいものである。

同じようなことがいまゴリ押しで押し進められている。多くの科学者や市民たちが見直しを求めている長良川河口堰の建設のことだ。工事を一時中断して、いまこそ徹底的に討議・研究をつくすべきなのに、見ぬふりをして急ピッチで工事をすすめる。あの金丸信氏〈編者注　建設族のボス、政界のドンと言われ権勢を振るった元自民党副総裁）が建設省のしりをたたいたともうわさされるが、建設の正否もいずれ歴史の中で明らかになろう。が、それからでは遅いのだ。やがて、いちばん悪かった人物の銅像を〝悪の象徴〟として建ててやろうではないか。

（一九九三年六月五日）

一冊の本の誕生　その気になって二十年後

山中恒《ひさし》さん（児童文学者）から手紙をもらった。私はいま、恋いこがれた人からの便りが届いたときの若者のように心が浮き浮きしている。

「……まさに、『事実は、小説よりも奇なり』を地でいくように、のめりこむようにして、息もつかずに読了しました。……すさまじい貧困の中にあって思わず吹き出さずにはいられない楽天主義が感動です。……読み終わったあと、思わず、『ああ、いい本にめぐりあったな』とひとり言してしまいました。できれば小生もこういう本が書きたい……」

勝手な抜粋で山中さんに申しわけないが、私が編集に携わった貧民窟《スラム》での体験をまとめた本への感想文である。ひそかに畏敬している反骨の作家、山中さんの言葉だけに感慨ひとしおであった。こういうのを〝編集者冥利〟というのであろう。

本は社会派のジャーナリスト小板橋二郎さんが書いた。スラムに生まれ育った彼の少年期の自伝ともいうべきものだ（『ふるさとは貧民窟《スラム》なりき』）。

小板橋さんとはもう三十年以上の長いつき合いだ。二十年くらい前のある夜、一緒に居酒屋で話していて、ふと彼が自らの生いたちを口にした。衝撃だった。私が知っている山谷や釜ヶ崎や、横山源之助が描いた『日本の下層社会』からは想像もできない、東京・岩の坂のすさまじい光景が淡々と語られていく。二歳のとき亡くした父親の出自や、幾人かの異父兄の居所さえ不明というのもショックだったが、それよりも敗戦の年の暮れ、かすかす飢えをしのいでいた彼の家の戸口に食事どき必ず現れる栄養失調の戦災孤児がおり、渡す食べものもなく素手で帰した日の翌日、近所で行き倒れとなり茣蓙《ござ》がかけられていたという話がグサッときた。

もし自分だったらどう生きていただろうか。人ごとではなくなってきた。その夜、酒の酔いの中で、岩の坂の人びとがどのように生きていたか、子どもの眼で彼がそれをどう見ていたか、彼自身はどうだったのか——等と、しつこく彼から聞いたのを記憶している。

「ジロさん、岩の坂のころのことで一冊まとめないかな」

「うん、考えてみようかな」

それから二十年、いまやっと一冊の本になった。

原稿というものはその気にならなければなかなか書けるものではない。とくに彼の場合は毎日が忙しい。勇気もいる。頃合いをみては、

「ジロさん、もうそろそろ書けないかな」

と幾度も督促し、やっと二年前ころ第一稿が上がってきた。それから原稿の中身についての意見

交換や原稿のキャッチボールを繰り返したのち、ここに「のぞみ」の実現にこぎつけた。

本というものは、「特異」な体験を書けば話題にはなる。しかしそれだけでは残らない。書かれた事実のウラに何が〝ほの見えるか〟である。それは書き手の生き方や人生観と深くかかわっているものなのだ。読者の心はそことつながる。

（一九九三年七月三日）

出版人の気概　「諸橋漢和」に衝撃受ける

編集者稼業に入ってから、ずっと垂涎《すいぜん》の的だった「諸橋漢和」こと諸橋轍次著『大漢和辞典』全十三巻をその後三十数年にして最近やっと手に入れることができた。この大著の刊行は、東洋の、いや世界の文化に貢献する出版界の金字塔ともいうべき大事業であった。

全十三巻という大著のずっしりとした重みを噛みしめながら著者の「序」と出版者鈴木一平（大修館前社長）の「出版後記」を読んで私は脳天をぶち割られたような衝撃をうけた。というより粛然と襟《えり》を正さしめられた。

この辞典の編纂に着手したのが昭和四年、その後戦禍に遭遇し辛酸をなめながらも初志を貫徹、三十年の歳月を経て全巻の完結をもたらした一人の出版人の壮絶なまでの気概が、これらの文章から伝わってくる。

著者の研究着手から数えれば、七十年近い日月が積み重ねられている。

第一巻が出たのは昭和十八年だが、その時にはすでに全巻一万五千ページの製版（棒組み）は出来上がっていた。当時は活版印刷だったので、ここに至るまでが困難を極めた。辞典に収めた親字は約五万字。大小数種の文字を木版活字で数十万本彫るため全国から木彫り職人が大動員され、木版作りのためにだけでも数年を要した。そうした苦労の結果も二十年二月の空襲によってすべて灰燼《かいじん》と帰し、辞典編纂の事業はあえなくも一頓挫《とんざ》してしまった。

しかし鈴木一平氏はくじけなかった。戦後いちはやく諸橋氏をたずね、辞典を完成させるため社運を賭けることはもちろん、医科大学在学中の長男と旧制二校在学中の次男を退学させ編集の実務に当たらせる、三男は若年なので東京商大卒業後に協力させる――と真意を披歴、氏を感動させた。

今では、たとえ自分の子どもであろうと親の一存で子どもの将来を左右できるものではない。が、当時は違った。子どもたちも偉かった。この社主の気魄と一途さ、ものを見る確かさが多くの協力者を生んだ。

諸橋氏周辺の研究者をはじめ、職人の激減で絶望視された木版活字彫刻も、写真植字発明者・石井茂吉の協力によって危機を脱した。石井も「自分一生の仕事として全力を挙げて」協力した。

「辞典」などというものは「学識」と「根気」と「チームづくり」によって簡単にできるものだと私たちは考えがちである。だが本書は、ともすると怠惰な方向に流されがちな私たちの日常に厳しい「警告」というより「鉄槌」をふり下ろす。社会の現象をあれこれ知ったかぶりで「批評」するのは比較的簡単なことだ。しかし、〝大仕事〟をなし遂げるということはけっして生やさしいことではないのだ。

辞典の最終巻の巻末には製作の過程で協力した沢山の人々の名が明記され、製作の工程もこと細かく記されている。このような本も珍しいが、難事業であったことをうかがわせる資料である。

私たちは鈴木氏の強烈な生にどれだけ肉薄できるだろうか。

（一九九三年八月七日）

出版人の本分

夏の異常気象の中で「核開発、石油文明謳歌、自然破壊に対して、いよいよ地球が怒り始めたんだな」と思った。金権・金丸信はそのまま金権・自民党であり、金権・新生党だ。新政権誕生とはいっても、金権・新生党と手を組んでのことだし、腑抜けの社会党は自らのプリンシプルをとうの昔に忘れ去り、その間抜けぶりをさらけ出した。

そんな折、角川書店の角川春樹社長が麻薬・向精神薬取締法違反容疑で逮捕された。テレビや新聞は賑々《にぎにぎ》しく騒ぎたてるが、別に驚くほどのこともない。起こるべくして起こった事件だと思う。

出版という仕事は本来地味な仕事である。ある種の使命感ともいうべきものに支えられながら、営々と己《おの》が志のいくばくかを人びとに伝えたいと種を蒔《ま》きつづける……。それが出版人のあるべき姿だ。

春樹氏は父の急死のあと三十三歳の若さで社長就任以来、〝新人類的発想〟によって、ある意味で、これまでの「出版」の概念を変えた。つまり、〝文化を創り出す〟出版から使い捨ての〝消費文化〟としての出版へである。本は単なる商品となり、出版が金儲けの道具と化したのだ。当時、テレビなどの映像メディアの浸透によって活字文化は衰退の一途をたどるのではないかという危惧が出版界を覆っていたことは確かだ。

それを追い払う尖兵《せんぺい》〝桃太郎〟の役割を彼は買って出た。逆にテレビやラジオ、映画や音楽を出版と連動させ、さまざまなパフォーマンスを行うことにより新しい形の〝産業〟を編み出し、人々はそれに踊らされた。しかし、そうそう、お祭りばかりがつづくわけがない。出版というものがそもそも博奕《ばくち》性の強い仕事であるが、彼のは大博奕の連続である。しかも、派手なパフォーマンスには常に売名的な腐臭がにおった。

いつかは何かが起こる——とは、まともな出版人なら誰しも考えていたことである。だから彼が麻薬に汚染されていたとしても少しも不思議ではないのである。大スペクタクル映画をつくり、それを本にもする——そういう話題性を大げさに追うのがテレビや新聞や週刊誌の悪い趣味であり、そのメディアの習性によって彼は有名人となった。

それゆえ今度の事件の報道も最大級のとりあげ方になっているが、出版界から見れば、彼はそんなに〝日本文化に寄与した人物〟でないわけで、ほどほどにしておいてほしいと思う。目ざわりなのである。

そんなことよりも、教科書も出している教育もので知られる大手出版社や、著名な文学賞を主宰している大手出版社（複数）などが、エログロものや個人のプライバシーばかりを執拗に追いかける下劣な週刊誌を出している現実を、真面目に考えた人が何人いるか。

それらの出版社の社長名と雑誌を並べて張り出したら、おそらく社長たちは恥ずかしくて、こそこそと逃げ出すであろう。出版界は一方でそんなに堕落しているのである。（一九九三年九月四日）

蘇れ長良川　金権癒着の象徴・長良川河口堰

九月の第三日曜日に岐阜から郡上八幡まで、長良川に沿って車で走った。自然の生態系を残す川は、本州ではただ一つこの川だけになってしまった。途中、関あたりからカヌーや、岸辺で遊ぶ子連れの家族の姿が多く見られたが、川をさかのぼるにしたがって鮎を求める釣り人の数が次第に増していった。美しい自然の流れ——この時ほど、自然の恵みというか、慈愛といったものを強く感じたことはない。

が、「清流」と言われつづけた長良川の表情が何とはなしに変わり、水の透明度も少し悪くなったようだ。それもそのはず、郡上の少し下流で本流と合流する支流亀尾島《きびしま》川流域に県の治水ダム建設のための工事がすすめられており、樹木の伐採とともに大量の土砂が川に流れこんでいるからだ。

「民をあざむき、日本の川を殺しつづけてきたのは建設省と建設族の議員だ」と天野礼子さんは言うが、「百害あって一利なし」（北川石松元環境庁長官）の河口堰もあと一割で完成する。満足な環境アセスメントも実施せず工事を強行する建設省。まさに長良川河口堰は官と政治家とゼネコンの金権癒着の象徴である。いま同様な計画がすすめられつつある河口堰や流域下水道は全国に無数にある。

河口堰建設が閣議決定されたのは一九六八年（昭和四三年）、認可は七三年である。時の建設大臣は金丸信。九〇年に当時の北川環境庁長官が「二十何年も前の決定は見直す必要がある」と河口視察に出た前後、三回にわたってドン・金丸信から「どうなるかわかっとるだろうな」など、恫喝されたという。その後もいやがらせがつづき、今年七月の解散選挙で、金丸一派、ゼネコン一丸となって醜い北川降ろし戦略を展開、北川氏は苦杯をなめた。

今年六月二五日の朝日新聞夕刊トップは「長良川河口堰、談合で受注」という賑々しい記事で飾られた。八八年発注の十五年も以前に鹿島・大成・五洋の共同企業体に決まっていたというのだ。またこのところ、竹内・茨城県知事、石井・仙台市長（いずれも当時）、本間・宮城県知事やゼネコン幹部も逮捕され、次々と建設族の暗躍、ゼネコン汚職が明るみに出ていく。しかし、これはまだまだ氷山の一角であり、このような構造汚職ははるかに以前から大きな規模でつづけられてきたはずである。

長良川河口堰の総工費は一六四〇億円である。仮に建設族議員が裏金を年三億要求したとする。十五年の間に懐に入る金は四五億である。こうした仕掛けをあちこちにつくれば毎年何十億という金がだまっていても入ってくることになる。田中角栄も金丸信も金の力であそこまでのし上がった。ためしに、河口堰着工の翌年の鹿島・大成建設の金丸への表の献金額は前年比二倍に膨れ上がっている。これはみな国民の血税だ。

（一九九三年一〇月二日）

腕白ざかり　カンニング作戦失敗

テレビドラマを見ていて、ふと、少年時代のことを思い出した。敗戦からそんなにたっていない頃で、たしか農学校の二、三年だったと思う。カンニングに失敗したのだ。

私は小学校の成績はまあまあだったが、農学校に入ってからはか、ら、き、しだめになった。農家に育った私は長ずるにしたがって、わが家の重要な労働力として駆り出され、農繁期を迎えるごとに、ズルッと一週間か十日、学校を休んだりした。

その前後も朝暗いうちから登校前に何時間か働いた。幾日も続けて休んでしまうと数学や物理など公式を積み上げていく科目は何が何だかわからなくなってしまう。成績もストン！と落ち、下位を低迷していた。

小学校の同級生で、かつては私より出来の悪かったF君が同じクラスにおり、はるか上位にいるのを見て、やるかたない屈辱感にさいなまれた。教室で先生に指名されて何も答えられない自分が堪えられなかった。

期末試験が近づいたある日、近所に住む先輩が〝これぞ妙案〟と思えるカンニングの方法を伝授してくれた。そこで、一緒に試験対策を練っていた友人のS君にそのことを話すと、ことのはずみでたちまち「やろうじゃないか」ということになってしまった。まともに試験を受けたら百点満点の三十点くらいしか点をとれない科目がいくつかあるのだ。

それから彼の家の屋根裏部屋で二人して幾日か徹夜の準備が続いた。先輩の案にさらに工夫をこらし改良を加えた。その方法というのが傑作だ。

まず鉛筆をタテに真っ二つに割り、頭部と先端だけ芯を残してあとの芯を取りさる。その芯を取った平面の部分の両側にカンニングペーパーを張り、鉛筆を元通りにし、キャップをかぶせる。出題のヤマをはり、細長い小さな面積に極小の文字でビッシリ書き込む。鉛筆がおかしいなどと先生は誰も疑わず、完璧に近いくらいバレない。そんな鉛筆を一科目ごとに五本くらい作った。そのスリルが何ともいえない感じではあったが、いやはや、カンニングペーパー作りというのは時間と労力がいるものだとつくづく思った。

だが、そんな私たちの涙の努力もほとんど徒労に終わった。一生懸命書いた中身はたいてい頭の中に残っていたし、かけたヤマがそんなに当たらなかったからである。私たちは正攻法で敵が攻めてくると読んだのだが、肩すかしを食うことが多かったのだ。

それより一年くらい前のことだったろうか、深夜にナシ泥棒に行って見事失敗して逃げ帰ったこともあった。腕白盛りであった。

こうしたことどもは、ある意味で少年時代の一つの〝通過点〟だったのかもしれないが、いまから考えると、うかつにそうだったと言えないような気がする。カンニングで味をしめ、ナシ泥棒がまんまと成功していたとしたら、図に乗って楽な方へ楽な方へと私は怠惰な道をひたすら歩き続けたかも知れなかったからである。

（一九九三年一一月六日）

ああ校長先生

「校長先生」というと、りっぱに聞こえる。しかし、はたしてそうか。

管理教育の最先進地域といわれた愛知県のX市の元教育長が、ある私的な席で私たちにこんな話をした。

「だいたい、中学校や小学校の校長になる人は人格的にはどうかと思える人が多い。例外はあるとしても」
○人を蹴落としてでも偉くなりたい。
○権力を持った上の人物にへつらったり、機嫌をとるのがうまい。盆・暮れのつけ届け、先輩の昇進や祝い事の贈り物は欠かさずやる。
○上から言われたことが間違っていても、文句を言わない。言われたことだけを「ハイ、ハイ」とやる。
○正しいと信じたことはとことんやるなんてことはしない。
○何事も管理者に相談する。私的に教師同士で研究会を開いたり、父母との懇談会を行うようなことをしてはいけない。
このようなことは私にとっては先刻承知のことではあったが、かつて管理教育を中心になって推進してきた人が自ら口にされたことにいささか驚いた。氏はつづけて言う。

「いやあ、じつにいやらしい人間が多いですよ。そういう人物だけが選ばれ、残っていくようなシステムになっています」

こんな話を一般の父母が聞いたらどう思うだろうか。大事なわが子を安心して学校に預けられるわけがない。

その話をさる国立大の教授をしている友人に話したら、「いや、例外は少しはあるだろうが、大学でも似たようなものさ。学長に選ばれる人物は学問的業績や人格が優れているということよりも、社交術にたけていたり、敵をつくらない、毒にも薬にもならない、しかも、行政手腕も全くないような人物が多い。世はまさに末期的症状だよ」と笑って答えた。

つまり、小・中学校でも大学でも〝人格〟より〝寝技〟のうまい人物が出世するのだ。これは由々しきことではないのか。

＊

最近、官庁の天下りが問題になっている。○○公団とか△△振興財団とか××基金とか各省庁の外郭団体に天下った高級官僚は、二、三年で退職金を何千万円ももらうという。庶民が一生働いて得る退職金の何倍もの額が簡単に支払われるというシステムは異常とは思えないか。ゼネコンや企業への天下りは、企業が官庁とのコネで利益にありつこうという意図が見え見えだ。

愛知県でも天下りはつづいている。私は、天下った元役人が新しい職場で官庁の権力をバックに勝手横暴なふるまいをし、周囲の職員から、顰蹙《ひんしゅく》をかっている実例を幾つも知っている。

天下りがどんなに害悪を及ぼしているか、公平な第三者機関を使って、一度きちっと調査をしてみる必要がある。
いずれも官僚制度の生み出した弊害である。
（一九九三年一二月四日）

＊『朝日新聞』夕刊連載「稲垣喜代志の――心から心へ――」（一九九二年四月〜一九九三年一二月）

エッセイ・i

出版をやろうなぞと思うヤツは

出版バカの今日と明日

マスコミにあこがれる人々の数は相変わらず多いようだ。しかし、規模の大小にかかわらず、そこに働く人間の悲哀は内部のもののみぞ知る、である。

私のところのような小さな、しかも地方の出版社でさえ、毎年多くの志望者が押し寄せる。私はそういった若者たちに出会うたびにくりかえす。「出版社へ入ろうなんてバカなことを考えなさんな。こんなアホなことはやめなさい」。

実際、出版社をやっている私自身が、〝出版をやろうなぞと思うヤツはアホか気違いだ〟と本当に考えているからだ。大出版社へ入ってサラリーマン編集者や営業マンに徹しようというのならともかく、小さな出版社には、まず苦痛と絶望のみが待ちうけているといっても過言ではない。〝いい本を作りたい〟なぞと、はかない夢を抱こうものなら、そんな望みはたちまちのうちに木っぱみじんに押しつぶされる。〝給料はまともにもらえると思うな〟〝まともな時間に帰宅できると思うな〟〝女房、子供を養えないぞ〟〝家庭不和を覚悟せよ〟〝出したい本なぞ出せると思うな〟〝食おうと思ったら、まともな本は作るな〟——これでしり込みしないヤツがいたらどうかしている。それを承知でとびこむヤツはよほどのアホか気違いに違いない。

そんなこと現実にあるかしら、といぶかるムキもあるかもしれぬ。たしかに、〝国民春闘〟〝弱者救済〟（〝救済〟なぞという言葉をしらじらしく平気で使える、この思いあがり！）などとうそっぱちもいいところのぎょうぎょうしいウタイ文句でタタカッている親方日の丸のお幸せな御仁たちには想像もできない世界が、私たちの住んでいる日本の裏長屋なのである。

私たちの世界に「サイ食主義者」という言葉がある。「サイ」は「妻」。つまり、妻に稼がせ、それで細々と生活をなり立たせている編集者や経営者が多いことをご存じの方は少ないだろう。

それが地方での出版ということになると、さらに一層のハンデを背負いこむことになってくる。著者が少ない。紙代や印刷代や製本代が高い。手間や運賃が余分にかかる。刊行物の流通に難点がある……。にもかかわらず、悪いことずくめの〝地方〟でなぜ出版という仕事にこだわるのか。ずばり、バカだからだ。言葉を変えていうなら、中央でだけしかまともな出版がなり立たないという現実がシャクだから。ただそれだけである。だから、中央で出す本のまねはしない。地域を掘り、それをいかに敷衍《ふえん》させるか、それにつきる。それが逆に〝生きがい〟ともなる。

生きがいは与えられるものではなく、自ら見つけ出し、つくり出すものである。大げさにいえば、私たちの一挙手一投足がそのまま大地に刻みつけられ、〝個〟としての存在がそのまま投影される世界であるともいえよう。だからどんな貧乏にも耐えられるのかもしれない。〝心から心へ〟――これが私たちの願いだ。

①野にあって人知れず見事に生きている人々の生きざまを特定のイデオロギーに拘泥せず、なまの記録としてとどめたい、②恵まれない境遇の中で未開拓の領域の研究を見事に結実させようとしている、あるいはさせている在野の研究者の埋もれた試行や業績を世に送り出したい――というように、在野の精神を大切にしたい、ということがこれまでの仕事の基調になっていたと思う。

今後も人間にとっていったい何がいちばん大切なのか、という根源的な問いを自らに問い続けつつ、人々の魂をゆさぶるような仕事を掘りつづけたい。だが、いい本は売れない。傷つき倒れながら、借金で雪だるまのようにふくれあがりながらも、また新たに闘志を燃やすのである。それがバカのバカたるゆえんであり、バカもまた楽しからずやである。戦いそのものが生活であり、生活そのものが戦いであるような日々の果てしない連続。そんな日が今日も暮れていく。

（「中部読売新聞」一九七八年四月二五日）

〝不言実行〟のみが有効性をもつ　川上賢一編『「地方」出版論』を読む

出版の業に携わる者がひとの作った本を批評することほどしんどいことはない。放つ刃は必ずそのまま返す刃となって我が身をつんざくからである。身に覚えがあるからなおさらだ。それをおして、あえて言えば、この本を読了するのはまことにしんどかった。

というのは、執筆者の一人である久本三多氏（福岡・葦書房）が言うように、「正体不明の〈中央〉なるものにたいする過剰な意識だけがやけに目につ」き、「胡散臭く感じられる」地方出版に関する論議がやたらと多かったからである。いわく「〝地域〟に向き合うこと」「地域への回帰」「地域のピグマリオン」「地方出版とは何だ」等々、地域や地方出版論なるもの、体験談など各人各様の雑多な言説が入り混じり、しかも玉石混淆。編者の自画自賛がひとり虚しく天空に舞う。

本書は東京で地方の出版社を相手に流通センターを営む川上氏の編になるもので、北は札幌、南は沖縄までの各地方で直接出版に携わっている十数人の人びとが稿を寄せているが、出版人とは、たといそれを業となせるにしても、何と饒舌家の多いことか——。それがまず最初の率直な感想であった。なぜ、そんなに多言を必要とするのか。とくに地方で黙々と積み上げていく仕事である場合、〝不言実行〟のみが有効性をもつ。これでもか、これでもかと地域や、自らの正当性を力説する人びととの論よりも「ラーメン屋がラーメンを作るごとく」という久本氏や、〝非常識で楽天的なド素人たち〟による出版の営為を戯画的に語る亀山満氏（神戸・ぱいぽ出版）の文章の方がどれだけ説得力をもち、多くの人びととの強い共感をかきたてることか。そして、その底に秘められた、ひそやかで、しかもしぶとい決意と気魄が静かに私たちに伝わってくる。彼らが問おうとしているのは、〝普遍性〟をもつテーマをどう深め、敷衍させるかということである。そして、出版という仕事を通して〝少数派の主張は少数派の共感者とめぐり合える〟、つまり〝未知の共感者とのめぐり合い〟（亀山氏）がわれわれの歓びでもあるのだ。

その対極にあるのが秋田の吉田朗さん（秋田文化出版社）である。彼の半自叙伝「いなか出版社に雪は降りつむ」を読んで、素朴実感的傾向の強い私は、正直言って反射的に、一八年前に一人で、しかも無一文で歩み出した自らの出版の歴史を思い起こした。吉田さんは復員後、鳥海山麓で開拓農民を志したが挫折。やがて以前から夢の夢だった印刷機を持つことが実現、のちに出版にものり出す。いまでは製本部まで持ち、企画から造本までの全行程を自力で。「東北の本」のブックフェアが機縁で娘は仙台へ嫁に行った……。「地方のワクなんて越えなくてもよい」——土着万歳。吉田さんは身体で稼ぐ肉体派だ。何と牧歌的な話ではないか。「知性」志向の多くの口舌の徒に比して存在そのものが実在感にみちた幸せな御仁ではある。

この本に登場する人びとの多くが口々に言うように、たしかに地方での出版にはハンディがつきまとう。魅力的な著者が少ない（?）、制作コストが高くつく、流通に難がある（これが決定的だ！）――そういった重荷を背負っての出発が地方での出版の宿命だ。だが、それを重圧と感じたりするのは甘えである。それにいつまでも拘泥するのは敗北に等しい。絶対の自信をもって世に送り出せる本なぞ、どこにいても、そうざらにあるはずはない。まず食べるための算段、仕掛けをどう作るかである。私たちは自らの存立そのものを捨てるわけにゆかぬ。ただ、その一線をどこに引くかによって個々の社の真価が問われることになろう。

くり返すようだが、本書はなぜ、何のために編まれねばならなかったのか、編者のポリシーが稀薄である。地方の出版人をただ集めて書かせればよいというものではあるまい。だが、ここに盛られた中味が地方の出版社の偽らざる現実の姿であることに違いはないだろう。

（「日本読書新聞」一九八一年六月）

本を創る喜び

思想情況の最先端を駆けつづけていた「日本読書新聞」を辞め、名古屋で出版の仕事を始めたのはあの樺美智子事件の六〇年安保の激動から少したった六三年の初めのことであった。

せっかく〝地方〟に来たのだから、中央ではやれない仕事、地方でなければできない本をつくろうと思った。とくに出版ジャーナリズムは九九％、東京に集中しており、一、二の例外を除いて、東京でなければ出版はなりたたないと思われていた時代だから、なおさらそういった一般の風潮に反撥した。

たった一人、しかも一文なしで始めたのだが、もうあれから二十四年があっというまに過ぎてしまった。一時は社員が十人近くいたこともあったが、全共闘運動の終焉以後、硬い本が全く売れなくなって、また半分くらいの人数になってしまった。

だが初期の編集の基本理念は変わったわけではない。私のところでは、すでに出来上がった人、つまり著名な人には絶対に書いてもらわない。書き手が無名であるということにこだわりつづけてきた。野にあって人知れず見事に生きている人びとの生きざまを特定のイデオロギーに拘泥せず、なまの記録としてとどめたい。恵まれない境遇の中で未開拓の領域の研究を見事に結実させようとしている在野の研究者の試行や業績を世に送り出したい、というのが私たちのささやかな願いであった。また歪められた現実や差別を直視し、果敢に戦いを挑むことも私たちに課せられた使命であるとも考えてきた。心から心へ——ひそやかな私たちの願いを人びとに手渡していきたいという思いをこめてつけたのが風媒社という社名の所以である。

中央集権的な文化のありよう、とくに出版の流通機構の中央偏重が私たちをつねに重く圧しつづけてきたことは確かだが、その中で、無名の人びとの水のしたたるような瑞々しい一冊一冊を生み落したときの感激は、中央の大出版社の編集者たちにはけっして味わえないものであろう。

しかしいまになって、〝無名〟であるということにこれまでこだわりすぎたのではないか、と私は反省もしている。あの当時はたしかにアカデミズムは腐敗し歪みきっていた。学閥や肩書が幅をきかせていた。そうした中で〝大学解体〟を叫んで大学闘争が闘われたのだが、〝大学〟の形骸はそのまま残ってしまった。私たちは〝反アカデミズム〟ということにこだわることによって、かえって見えなくなっていた部分があったのではないかという反省である。内側の心ある人びとと手をたずさえて新しいものを創り出していく努力を忘れていたようにも思えてならない。

いま考えているのは、地方をもっと楽しくしたいということだ。東京には人間らしい〝生活〟の場がない。人間らしい生活をしていない人びとの、もっともらしい理屈を並べたてた高尚な文化論議が盛んだ。すべてが虚構だ。私たちは物質的には貧しいが、ここには豊かな生活がある。

（『月刊 活字から』毎日新聞社、一九八七年五月号）

そのときから私は「野」と地続き

「日本読書新聞」という書評紙（週刊）が廃刊になってから、もう四、五年になろうか。私がこの新聞に入ったのは一九五八年だから三十年以前のことだ。朝鮮戦争後の鍋底景気から少しずつ回復のきざしが見え始めたころで、当時はまだテレビもあまり普及しておらず、週刊誌が全盛の時代だった。

〝読書新聞〟と言っても今ではなじみが薄いと思うが、たんなる書評新聞というより「文化・思想」の領域をカバーする硬派のメディアとして〝知る人ぞ知る〟存在だった。また、新人登竜の場としてここから多くのプロの物書きが育っていった。だから、心ある人びとから期待され、支持もうけていた。この新聞の先輩には杉浦明平、花森安治、柴田錬三郎氏らがおられたし、同僚にも三木卓氏やその他多士済々、有能な人材がひしめいていた。

一、二年たって新聞編集の仕事になれたころ、私はある日、ふとあることに気づいた。それは執筆者が都内在住の人に偏っているということであった。私たちの仲間は〝志〟を持った編集者の集団ではあったが、なにせ小所帯でキリキリ舞いの忙しさだったから、ついつい近くにいる便利な人に原稿を頼んでしまいがちであった。総合雑誌を含め一般のマスコミでは私たちのところ以上に書き手が東京に集中していた。これでは「〝世〟に出るためには東京に出なければ！」とか「東京にいる者だけがいい目をみる」というバカな現象が起きてしまう。

そう気づいた私はそれ以後、できるだけ地方の研究者や書き手にせっせと手紙を書き、原稿の依頼をした。短い原稿ではあったが、地方の筆者たちは真剣にいい原稿を書いてくれた。こうした心のこもった原稿を手にするたびに、ジーンと私の胸にこみあげてくるものがあった。

この新聞には五年ほどいて、ゆえあって私は故郷に近い名古屋で出版の仕事を始めることになったが、地方でやるからには中央の出版社と同じ方法ではやりたくないと思った。まず、すでに世に出ている著名な人やアカデミズムの内側の人には書いてもらわない。野にあって人知れず見事に生きている人びとの軌跡を記録として残したり、発表の場を持たない若手の無名の研究者の手助けをしたい。そして徹底して弱者の立場にたち、社会の歪みや不正に対して怒りを持ちつづけること。

──そんなことを考えてのスタートだったが、いつのまにか二十六年という歳月が過ぎてしまった。

だが、地方での出版というハンディもあって、貧乏からくる忙しさにかまけ、目標の何分の一も達成できはしなかったものの、未知の人びととの出会いや、そうした人たちと〝喜び〟を共有する素晴らしさを幾度となく味わってきた。

そういえば、敗戦直後の混乱期に農学校進学を選んで以来、私はつねに〝野〟と地続きで生きてきたような気がする。

（「朝日新聞」一九八九年五月七日）

〝硬派〟の友の明日に幸あれ

一九六〇年前後の数年間、私は「日本読書新聞」に席をおいていた。当時、反安保闘争を軸として運動は高揚し〝前衛党の不在〟の論議がかまびすしかった。こうしたなか、言論界で果たした「読書新聞」の思想的役割はけっして小さくなかったし、私たち自身は精神的に充実した日々を送っていた。

だが私たち社員の生活は楽ではなかった。大学を出て数年を経た私のサラリーは岩波書店や光文社の新入社員の半分くらいだったし、ボーナスも〇・二カ月という殺人的なレベルであった。

何をしていても食うには困ることのない現在の社会と比較してもはじまらないが、いまの図書新聞を見ていると、ついあの当時を思い出してしまうのだ。「志」はどんなに高くても、「志」だけでは食ってはいけない。

そもそも初代社長田所太郎氏が「読書新聞」の編集長を辞め「図書新聞」を創《はじ》められてから今日までの五十年間を、いかなる団体や強力な庇護者もなく刊行しつづけることができたのは、ある意味では奇跡だともいえるし、苦難と闘い通しそれに打ち克ってきた結果であろうと思う。

学生が全く本を読まなくなった。その他の世代の読書量も激減。そこにパソコンの普及。悪いことずくめの中での孤軍奮闘である。「孤剣、空を斬る！」——これがいまの「図書新聞」を象徴する言葉のように私には思える。いかに切先《きっさき》が鋭くともとるに足る相手がいないのだ。

同じ思いは地方で出版をつづける私の仕事にもあてはまる。地方での仕事であるがゆえに、中央の出版社ではできない仕事、やらない仕事をという一種の〝こだわり〟が私にはあった。既成の流通機構を通して書物は配本されるわけだから、出版社は必然的に取次に近い本郷、神田村界隈に集中し、九九％がそのあたりに。地方出版社は残りの一％に満たない。地方では紙代も印刷代、製本代も高い。多くのハンディは覚悟の上のこと、さまざまな困難に遭遇した時もそう驚きもしなかった。〝硬派〟を生きぬくということは決して容易なことではないのである。

そういえば、私たち硬派の小出版社が集まり「NRの会」（現在のNR出版会）を発足させてから今年でちょうど三十年を迎える。「ノンセクト・ラジカル」「新しい権利」という共通の「志」を持つ出版社による結社であった。最初は八社であったが、幾変遷を経て現在は十社が加盟しており、十一月には書店でのブックフェアや講演会などのイベントが予定されている。私たちも頑張ってきたが、「図書新聞」もそれ以上によく頑張ったと思う。

一時は書評紙の三紙鼎立《ていりつ》という厳しい時期もあったが、紙面の刷新や経営に種々の工夫をこらし、よくもちこたえた。

業界や企業としての利益を優先させるのではなく、あくまでも「理想」「志」（知的好奇心）を追い求め〝作りたい新聞〟づくりをめざす「図書新聞」のスタッフの明日に幸いあれ！

その昔、日本ジャーナリスト会議書評部会のコンパを「読書新聞」と合同で行い、飲みかつ語り合ったあの頃の「図書新聞」の仲間の顔、顔がいまも瞼《まぶた》に浮かぶ。

（「図書新聞」一九九九年一〇月三〇日）

おそろしい人の心

人の心ほどおそろしいものはない。

いま私の手元に一つの資料がある。それを手にしたとき、一瞬、私はわが目を疑ったほどである。その資料というのは、メッキ工場の廃水処理状況を示す表であるが、名古屋市内と市外のデータが対比させてある。

それによると、市外では九〇％以上が完全処理、四％が無処理のまま放流。これに対して市内では、驚いたことに完全処理をしているのはたったの三七％、全くの無処理のたれ流しというのが三

○%近く、まあまあの処理が三五%という数字が示されている。市内と市外とでなぜこのような違いが出るのだろうか。市内では下水道がほぼ整備されており、市外では未整備だからである。下水道は暗渠《あんきょ》になっており、市内ではたれ流しの工場（発生源）をつきとめることが非常に困難であり、一方、市外ではフタがきせられていない川に放流するわけだから、すぐたれ流し犯人はつきとめられるのだ。

人に知られないから、毒水を処理せずに流しても平気だ――悲しいことだが、これが人の心の常だということを、このデータは示している。人の心を信じたい。だが……。

いま刈谷市に一日一〇〇万トンの汚水を処理する境川流域下水道終末処理場の建設が、地主に対して土地収用法まで適用して強力におしすすめられている。豊田市・刈谷市をはじめとする六市三町にわたる広域の汚水を処理しようという大規模なもので、かける費用は数百億円といわれている。日量一〇〇万トンのうち、約六割が数百社にのぼる工場廃水、そのまた約七割がトヨタ自工を頂点とする自動車関連産業の工場廃水だといわれる。

県や市の当局者は〝工場廃水は各工場に完全処理をさせ、基準を守らせるから危険はない〟と説明し、市民の多くも、その説を信じきっているか、無関心である。

だが、ちょっとまてよ、と私は首をひねる。さっきのデータがあるからである。下水道が完全に整備され、川にフタがきせられてしまえば、何を流しても、だれがやったかはわかりはしないのだ。ここで名古屋市内と同じことが行われれば、世界に冠たる自動車産業の排せつ物が無処理のまま処理場へ、どっと押しよせることにならぬとだれが保証できようか。そうなれば、処理場の機能は無にひとしい存在と化してしまう。衣浦湾《きぬうら》・三河湾はひとたまりもなく、あの水俣の二の舞をくりかえすにちがいない。

これは一刈谷地方の人たちだけの問題にとどまらない。三河湾でとれる魚やノリを食する名古屋地方に人々にとっても、ゆゆしき一大事なのである。また数百億円にものぼる建設費を負担するのは国民全体である。

問題は大所高所や〝たてまえ〟にあるのではなく、〝人の心〟を信じられるかどうかという、もっとも原初的なところにあるのだということを、お役人さんにはとくに知ってほしいと思う。げにおそろしきは人の心である。

（「中部読売新聞」一九七九年一〇月二〇日）

愚直に生きる

加藤唐九郎さんの陶壁を中国社会科学院に贈る手伝いをし、北京から帰国したのが七月八日だから、あれからもう一カ月が過ぎたというのに、まだ猛烈な忙しさが続いている。日本を留守にしている間、本職の出版の仕事をほったらかしておいたので、たまりにたまった仕事をかたづけねばならない。そのうえ「鄧小平選集」を翻訳して日本で出そうという厄介な急ぎの仕事を持って帰ってしまったので、眠るひまがないくらいに多忙。おまけにくそ暑い。くたくたである。なんで出版屋なんて仕事を選んでしまったんだろう。と悔やんでみても、もうこの齢になってしまってはやめるわけにもいかない。

儲からない。年中スカン貧《ピン》である。また近ごろと来たら、ろくな本、つまりまともな本も出せない。出したい本を出せばたちまち首をくくらねばならないし、中身に眼をつぶって売れる本をと思って良心に苛責を感じながら出せば見事に売れず。やりきれない思い。

「しかし、あなたの仕事はやり甲斐があっていいじゃない。著者の方々との信頼関係もあって。わたし、そういう仕事をしたかったのよ」

糞喰らえ、である。

本当に信頼できる、惚れこんだ芸者と心中できれば本望である。それさえできぬこのみじめさをなんとする。

「地域に埋もれた人びとを発掘し……」と人は言う。そうではない、地域に埋もれた本ものたちと出会い、共に育ち、共に喜びを分かち合いたいという希望は持っている。だがいまはそれも、単なる絵にかいた〝希望〟にすぎなくなってしまった。甘くない周囲の状況が私たちをもう甘えさせてくれなくなってしまった。

真実とか理想とか初志とかいう、いわゆるカッコ良い言葉はいったいどこに行ってしまったのだろうか。私の毎日は妥協と怠惰の連続である。虚しさの中で溺れながら、もう怒ることすら忘れそうである。

この怠惰な社会はまぎれもなく一人ひとりの人間がつくり出した。その一人ひとりの人間に拳を振りあげてなんになる。人間、食わねばならぬということはなんと厄介なことであるか。そのために身も心も売らねばならぬ。

身や心を切り売りしながら、〝良心〟を掲げることのおこがましさ、虚しさ。そんな良心なら要らない。良心とはもっとささやかで懐かしいものであるはずだ。

せわしく虚しい日本から中国に行き、そこで初めてほっとする。中国では人間関係を含めてあらゆるものの形が原初的な素朴な姿で存在する。インスタント食品も食品添加物もマイカーもなく、無駄なものの氾濫は全くない。街には緑があふれており、何よりも素肌の地面が見える。不便だが、一人ひとりが大地を踏みしめながらそこで生活をしている、という実在感が伝わってくる。

〝四つの現代化〟のスローガンが街のあちこちに掲げられ、活気にあふれているように見える。しかし、これも一旅行者の捉えた一点景に過ぎまい。他人の皿はよく見えるものである。

明・清の皇城、故宮のあの巨大な異様さ。あの異様さは中国人が精神のバランスを失する源になっていはしまいか。ばかばかしい文化大革命が毛沢東の名でまことしやかに遂行されたのもそうだし、それが正常に戻ったとはいえ、人びとの疑心暗鬼は心の奥底に深く棲みついている。勇気をもって本当のことを言わない。おべんちゃら組や要領の良い奴や官僚主義もすでに出はじめている。日本から私たちに同行したゴマスリ男にも外から見ればそれはわかるらしい。それが古い昔から他民族に侵され支配されつづけてきたこの国の人びとの哀しい習性なのかもしれない。

私は中国のあちこちを歩いてみて、初めて日本という国をふり返る機会をもった。自分にとって虚しく嫌な日本、嫌な人間が溢れている日本、だが、まぎれもなく私を育んだわが祖国である。この虚構にみちた日本でいったい何ほどのことができるのか。底辺に這いつくばってエヘラエヘラしながらも、どこか愚直さを失わないで生きられるかどうか。もはや少数者であることの矜持など、とうに捨てた。虚しさを噛みしめながら、いま、ひたすら愚直でありたいと願うのである。

（「中部文芸」一九八二年）

四十五年後の夏に　軍国主義の末裔として

七月初めに報道された「花岡事件」に関するニュースは私たちに大きな衝撃を与えた。太平洋戦争末期、秋田県の花岡鉱山に強制連行された中国人が、鹿島組（現・鹿島建設）による過酷な労役と虐待に抗議して決起した事件だが、一年余の期間に事件後の拷問による死者を含めて、九八六人中四一八人にものぼる死者が出たという驚くべき事実を、人びとはあまり知らなかった。

七月五日に行われた中国人生存者と遺族による鹿島建設への初の補償交渉によって、初めて実態が私たちの前にクローズアップされた。

サハリンに置き去りにしてきた韓国・朝鮮の人たち、在韓被爆者、韓国・台湾の太平洋戦争犠牲者――等々の問題を合わせて考えめぐらすと、「戦後はまだ終わっていない」と強く思う。

敗戦の時、私は小学校六年であった。二年の時に戦争が始まり、次第に軍国主義一色となっていった。教師は意に沿わぬ生徒を片っ端からぶん殴った。校庭はサツマイモ畑と防空壕に変わり、日々、農作業や防空壕掘りに狩り出された。

音楽の時間には軍歌の斉唱、図画の時間には飛行機や軍艦や戦争の絵を描いた。「鬼畜米英」「撃ちてし止まん」の標語が一日に何度も唱えられ、いつしか私もいっぱしの〝軍国少年〟になっていた。

父が海軍の軍人であったこともあって、家族や先生たちによって、中学（旧制）から海軍兵学校というコースをなかば強制的に決められ、海洋少年団の訓練も受けに行った。が、私は心ひそかに〝七つボタン〟の少年航空兵に憧れた。新聞やラジオは華々しく日本軍の戦果を報道しつづけ、「聖戦」に日本が負けるとは思いもよらなかった。

敗戦の翌年、私たちは進学することになったが、当時は世情が混乱を極め、日本の将来がどうなるのか全く予想がつかず、私は進路を一転して農学校（旧制）を選ぶことになった。この農学校での六年間が、私の人生に大きな意味をもつことになった。

学校の創設者は山崎延吉という農本主義者で、思想的には保守的な人であったが、この学校には〝山崎イズム〟とでも称すべき彼の精神が脈々と流れており、私も少なからずその影響をうけた。とくに彼の行動様式の中から〝滅私〟の姿勢を無言のうちに学んだように思う。そして、人種や身分階層によって差別しない公平な眼、非は非として認める率直さを。

「知らない」ということは怖いことである。戦争中は皇国史観でものが語られ、私たちは軍国主義国家が必要とするもの以外すべて目隠しされて育った。「チャンコロ」「鮮人」と中国人や朝鮮人を蔑視した言葉が日常使われ、人びとは何の疑念も抱かなかった。

いま私は「知らない」ことは「悪」であると痛切に感ずる。知らないうちに人を犯していた――

それで罪に問われないということは許されまい。

日本は経済大国と言われる。だが、誰がその恩恵に浴しているのか。ソ連・東欧の社会主義体制が崩れ、いまや資本主義体制が〝絶対的善〟のように言われるが、「金力」が支配する体制が「善」であるはずはあるまい。サハリン然り、中国、台湾、韓国、朝鮮の戦争犠牲者に対する責任をなおざりにし、政府間レベルの交渉でなしくずしにしてきた罪はけっして許されるべきではない。

私はこれまで出版という仕事を通して、差別、社会的弱者、不正、歪められたものへの怒り、社会的正義の問題を一貫して訴えつづけてきたつもりである。スターリン主義批判もその一つであった。

戦後四十五年という節目に、この夏から秋にかけて二つの仕事を考えている。一つは「上シスカ事件」。敗戦直後の八月十八日、サハリンの北部上シスカにおいて日本人官憲の手によって十八人の朝鮮人が虐殺された。この事件の真相を明らかにするドキュメントである。

もう一つは「ダバオ国の末裔《まつえい》」。明治末からの移民でフィリピンのダバオにマニラ麻の一大産地を築きあげていた日本人たちは、大戦による日本軍の侵略と敗戦によって潰滅的打撃をうけた。戦後、現地住民たちによる厳しい迫害の中で苦難の道を歩んで来た彼らを、日本国政府は今日に至るも日系人として認知せず、棄てさってきた。その受難の記録である。

名古屋は南京と姉妹都市である。私たちは日本兵による南京大虐殺を忘れてはならない。軍国主義日本の末裔として、戦争責任をどう果たすかを終生胸に刻みつけながら生きなくては、と思う。それが人間の道である。

（「朝日新聞」一九九〇年七月二一日）

「賞」が怪しい

毎年、春と秋、叙勲の季節となると、私はじつにいやな気分に襲われる。上位の叙勲の受賞者は九割以上が「官」(教員を含む)の出身者であったり、政治家であったりする。しかもそのほとんどが「官」による〝御手盛《おても》り〟生産である。私たちの周囲を見渡せばすぐその辺りの事情は察知できる。栄《は》えある「賞」を手にするのは自薦、他薦で自らを売り込む碌《ろく》でもない連中ばかりだ。小・中・高校で名校長と言われ、仲間に信頼され、教え子たちから慕われている人物の名などはめったに見つけることはできない。

新聞の役割はオピニオンリーダーだという。その新聞が毎春秋、賑々《にぎにぎ》しく叙勲の記事を紙面に載せる。新聞記者というのは分別のある人が多いと思うのだが、政府や官僚たちによる巨額な国民の税金のムダ遣いをだらだらとつづける陋習《ろうしゅう》に手を貸しつづけるというのはどういうことだろうか。

芸術院会員や人間国宝にしても似たようなものだ。こういった肩書きを持っている人のほうがかえって「腕」は怪しいともっぱらの噂だ。「その中でまともな作家は一割か二割。あとは得意の〝寝わざ〟で切符を手にした人たちばかりだ。一割か二割くらいは本ものを入れておかないと全部がダメな作家だと思われてしまうからね」ときつい言葉で揶揄する人もいる。その一、二割の人の中に作品も人格も優れた作家がいることを私は知っているが、他のガラクタの中に埋まってしまって気の毒である。

若い頃、芸術や文学は純粋なものだと心底信じていたが、そんなことがあるはずがないということも、ようやく解ってきた。何が優れているかわからない〝専門家〟が多いことも事実だ。たとえば陶芸界に君臨して、したり顔でものを言ったり、あれこれを仕切り暗躍してきた人物の人格のいやらしいこと。〝支配〟する人物がいれば必ずそれを利用する人物が現れる。

そういう風潮の中にあって、「ぜひ芸術院会員に」という幾度かの打診を断りつづけてきた彫刻家の佐藤忠良さんの真摯な姿勢は、その作品のすばらしさとともにすがすがしい感動を私たちに伝えてくれる。

愛知県や名古屋市も芸術賞を出してはいるが、どういう経緯で「賞」に選ばれたのかよくわからぬことが多い。時節柄、透明性を欠く怪しげな選考方法はできる限りさけていただきたいものである。

（「アナヴァン」二〇〇三年四月号）

いま仏の心とは何か

日々どう生きるか

「いのちの尊厳」と聞くとなにか難しい命題をつきつけられたような気がする。だが、よく考えてみると、大切でないいのちなんてあるわけではなし、これは、いのち、つまり〝生〟に対する心構えを問うているように思うのだ。

自分は日々しっかりと生きているか、ものごとを正しく見ているか、そして間違いを間違いだとはっきり指摘できる勇気があるか。周囲の人びとに優しいか、迷惑はかけていないか――そういった、ごく普通に思えることどもがじつは「いのちの尊厳」に直接間接につながってくるのだ。

日本人のおかした非道

あなたはかつて朝鮮人や中国人や東南アジアの人びとを差別的な目で見たことはなかったか。差別をする心を持つことはすなわち精神の堕落を意味する。何人も人種を問わず平等でなくてはならぬ。第二次大戦末期、日本は天皇の名において多くの朝鮮人や中国人を強制連行して炭坑や鉱山で苦役に従事させ、ろくに食事も与えず、餓死者、病死者を出し、あるいは虐殺に近い暴挙をしばしば行った。旧樺太＝サハリンに連行された朝鮮人は敗戦後、すべてそのまま置き去りにされ、故郷に帰ることも許されなかった。それだけではない。敗戦直後、それまでの彼らへの狼藉《ろうぜき》に対する報復を怖れた日本人が朝鮮人狩りを行い、大量に虐殺を行うという事件もひき起こしている。

こういった悲惨きわまりない事件はけっして起こしてはならない非人間的な行為だが、戦時の緊迫した特殊な状況と群衆心理の中で人は人間としての正しい判断の基準を失ってしまいがちである。中国や東南アジアなどに転戦した兵士の中には犬畜生にも劣る卑劣なふるまいを行った者も少なくなかった。

本と人との出会い

これらは直接「いのち」にかかわる話だが、私は三十年にわたる名古屋での出版活動の中で、これまでずっと、もっとも大事にしてきたのは「人間の心」というものと「人はどう生きねばならぬか」を問いつづけることであった。言葉をかえて言えば「いのちの尊厳」を問いつづけてきたように思う。

徹底して社会的弱者の立場に立つということ。社会悪や社会の歪みに対して敢然といどむということ。少年時代に抱いたロマンの実現に向けて少しでも近づくこと——等々、出版の後進地域での仕事は苦しく遅々とした歩みではあったが、忘れることのできないいくつかの著作とその著者たちに出会う機会を得たことは幸せであった。

六年ほど前に出版した『さくら道』（中村儀朋編著）は一人のバスの車掌さんの物語だが、この車掌さんが一風変わった人物であった。「一生をバスの車掌ですごすのはいやだ」と彼は思いつめていた。その彼にある日突然転機が訪れた。「よし、おれは日本一の車掌になるぞ！」そう心に決めたその後の彼は見違えるように生まれ変わった。彼はみるみるうちに旧国鉄名金線（白鳥《しろとり》経由名古屋—金沢）の名物車掌となっていった。

そのうち街々で募金活動を行い、孤児たちを毎年バス旅行に招待したり、いまは御母衣《みぼろ》ダムの底に沈んでしまった村からダムの堤に移植された樹齢四百年を経た桜の巨木の〝移植の行程〟を丹念に写真に記録し、「写真紙芝居」なるものを車中で演じたりした。

この桜は故郷を捨てて去らねばならぬ村人の心を思い、電源開発総裁の高碕達之助氏が私費を投じ移植したものであった。活着するとは誰もが信じなかった桜が翌春芽を吹き、花をつけた。

太平洋と日本海を桜で結ぼう

「この地球の上に天の川のような美しい花の星座をつくりたい。花を見る心が一つになって、人々が仲良く暮らせるように」と、バス車掌佐藤良二さんは、いつしか果てしない夢のとりことなり、名古屋―金沢間のバス路線に一本一本桜の苗を植えていった。「太平洋と日本海を桜で結ぼう」というのだ。やがて樹齢の長い荘川桜《しょうかわ》の種を蒔き、苦心の末、実生《みしょう》の苗を育てあげることもできるようになった。約二千本の桜を植えた頃、不治の病に倒れ、四七歳の若さで世を去った。そのあとは彼の姉や友人たちが彼の志を継ぎ、苗木を植えたり、手入れをしたりしているが、それは遅々として進まない。

いま、岐阜から長良川ぞいに美濃市、郡上《ぐじょう》、白鳥、ひるが野の分水嶺まで、そして荘川村、白川郷、五箇山《ごかやま》、福光を経て金沢にいたる名金線のそこここに、時季が訪れる毎に佐藤さんの植えた桜が華麗に咲き誇り、人びとの心をなごませてくれる。

この佐藤さんの物語が映画になった。名もない平凡なバスの車掌さんが一心不乱に生きた感動的なドラマだ。試写を見て私は、思わず大粒の涙を流してしまった。この映画『さくら』は「遠き落日」「月光の夏」で知られる神山征二郎監督の作品で、二月に名古屋でも上映される。原作のジュニア版『さくらの星座』(新郷久著)も出た。

仏教とは?

桜の花を思い描くとき、ふと仏の心を思う。私の家の玄関には杉本健吉氏が描かれた可愛い仏像の木版画が架けてある。この絵を見ているといつしか心がやわらぐ。

が、いま、仏教とはいったい何なのかと問われたとしたら、私は何と答えたらよいだろうか。沈滞というか堕落というか。少なくとも私の居住する地域においては、庶民にとって「真宗大谷派」というのは何も見えてこない。見えるのは昔から〝本願寺方式〟と称えられる巧妙な御布施の吸い上げ機構としてのそれだけである。もし仏教が葬式仏教のみに陥っているとしたら、もうそれは形骸だけ、つまりヌケガラにすぎない。

多くの問題をはらみながらも根強く庶民の中に根を張りつづける創価学会は、会員同士の相互扶助というういたって現世的御利益によってなりたつ。また、キリスト教の人びとの中にはさまざまな奉仕活動や救援活動に身を捧げている人が多い。積極的に社会に出て行って、地域に根を下ろした活動をしている。大谷派の方々にはそれがけっして皆無だとは私は言わないが、あまりにも影が薄すぎるのだ。

葬式や法事や墓守りや、ありきたりの年中行事に明け暮れていやしないか。経典のありがたみを人に押しつけて、それでよしとしてはいないか。

社会的悪と敢然と戦う、あるいは地域の人びとと共に生きようという姿勢が感じられない。自ら社会の担い手たろうという姿勢がないのだ。

これでは、寄進を頼んだとき、信者（?）は腹の中でどう考えているかしれたものではない。いたずらに射倖心（見栄）をあおりたてるような寄付の集め方が目立つ。住職さんをとり巻く人びとのへつらいの笑顔の裏側の心の内をこそ知るべきである。自分が皆に慕われているとでも思ったら、とんだピエロである。

信者の世代はこれからどんどん交代するし、国際化する。すると「ナミアミダブツ?・」なんて人種が続々現れる。寺はけっして永劫安泰ではないのだ。

地域に溶けこみ、地域の人びとと共に手をたずさえて生きる方法を模索しなければ寺の未来はないと私は断言する。無知蒙昧な古い頭の御追従組に取り巻かれているかぎり、いよいよ脱出口はなくなるに違いない。まずは〝葬式仏教〟から抜け出し、何をすべきかを真剣に考えることから始めよう。自分から動くことからしか、道はけっして開かれないのである。

(「名古屋御坊」一九九四年二月一〇日)

弱者の立場　出版の原点を問い続けるNR出版会30年によせて

日本がおかしい。いまや人間社会の「倫理」というものが死語となりつつある。政・官・財の癒着による構造汚職に始まり、バブル崩壊による日本経済の破綻、さらには管理化・画一化による教育の混乱、デジタル技術の発達・普及による文化の変容――と、いま私たちはかつてない空前の事態に遭遇している。

出版業界でも大型書店、郊外型チェーン店の全面展開などによって大量製作・大量販売の時代に突入、雑誌やガイドもの、写真週刊誌や軽薄短小、エログロものの全盛時代となった。正統派は大出版社でもこぞって経営不振に陥っているのが現状だ。いわんや中小出版社においておや。ゆゆしき事態である。私たち小出版社には、日本文化の「核」となる仕事は私たちから発信し創ってきたのだという自負がある。

こうした中、私たち共通の「志」をもつ小出版社九社によって「NRの会」（のちに「NR出版協同組合」、現在は「NR出版会」）が結成されてから三十周年を迎えた。

「以来三十年間、独立不羈《ふき》と自由奔放を旗印にジャーナリズムの最前線を駆け抜ける。社会問題から思想、科学、サブカルチャーまで、大資本のコマーシャリズムとは一線を画し、パワフルながらもチョッと小粋な出版活動を続ける姿はまさにインディーズだ！……」

これは会員社の若い人が書いた記念イベントのためのコピーだが、言い得て妙である。

イベントのタイトルは、「これが元祖インディーズ出版社だ！」となっており若い担当者たちの発案だ。鎌田慧、津野海太郎両氏の講演やブックフェアが各地の書店で（東海地方、首都圏の十五書店で十月から十二月にかけて）行われている。

さて、「NR」とはどういう意味か。「ノンセクト・ラジカル（無党派革新）」とか「ノイエ・レヒト（新しい権利）」といった意味をこめてつけた名称である。会の発足の主旨は、お互いに刺激し合い、出版の原点を問い続けることにあったが、情報の交換と同時に、用紙の仕入れ、印刷、製本、宣伝、販売の共業化や共同利用によってコストの低減化その他をはかることにあった。

会の発足は一九六九年、時あたかも七〇年安保の前年であった。会員社からは宇井純の自主講座『公害原論』、荒畑寒村『谷中村滅亡史』、永山則夫『無知の涙』やスターリン主義批判、構造主義・

現象学関係の本が刊行され、話題をさらっていた。その後業界では「出版流通対策協議会」（現「日本出版者協議会」）が発足したが、その中枢を担ったのも「ＮＲ」の会員たちであったと思う。

会は幾変遷を経て「ＮＲ出版会」となり現在の会員は亜紀書房、第三書館、同時代社、風媒社、インパクト出版会、イザラ書房、雲母書房、社会評論社、新幹社、柘植書房新社の十社。それぞれに個性豊かな出版物を刊行し、つねに原点に立ち返り弱者の立場にたった出版を志しているが、鎌田慧氏の言うように小出版社の存在は日本の文化にとって不可欠なものであり、その使命の重さをいまこそ痛感している。

（「中日新聞」一九九九年十一月二〇日）

〝考えない〟若者とつきあう　活字文化の危機の中で

ひどい時代になったものだ。ここ数カ月、私は悩みに悩みぬいた。というのは、昨年から、さる大学で週二コマの講義をもつことになったのだが、いまの学生たちがいったい何を考えていて、私たちの学生時代とどんなふうに違っているのか、なかなか実感がつかめず、どう対応したらよいか困ったからだ。

一クラス一三五人もの学生の顔や名前を覚えるのは大変なことだ。他大学の教員をしている友人からは「授業中にケータイを使ったり、私語が多くて困っている」と聞かされていたので、そのことは最初の日にしっかり言っておき、まずまず成功した。

しかし、授業の中で短い作文を書いてもらって驚いた。期待した以上に、ほとんどの学生が自分の思っていることをきちっと表現できる力をもっている。基礎学力はあるのだ。それなのに何と中身が空疎で幼稚であることか。「いま自分にとってもっとも大切なものは?」という問いに対して、「金《かね》」と答えた人が圧倒的に多かった。あ然としてしまった。そして、「家族」「恋人」とつづく。恋人のことも開けっぴろげで写実的だ。ウソでもいい。自分たちの未来のことであるとか、現在の自分を内省的に考えた文章など書いてほしかったが、それは望むべくもなかった。

これまで、時代の変わり目ごとに若い人たちのことを〝新人類〟とよく呼んでいた。だが、もう彼らは〝人類〟ではなくなりつつある。必要にせまられてというわけでもないのに、週に四日、五日、多い人は六日もバイトをしている。その金でケータイやパソコンを使ったり、食べ、遊び、旅をしたりして、読書などサラサラ……といった具合なのだ。だから思考力はゼロに近い人が多い。何ともったいないことか。

一〇代から二〇代への思考の若々しく柔軟なこの時期に読書によって得るものが人生にとってどんなに大切なものであるか。この子たちがこのまま、あと十年たったらどんな大人になるか、心が痛んだ。だから、エピソードをまじえながら〝雑読、乱読、積ん読のすすめ〟を幾度も話した。講義に出てテキストを読んで、いい成績をとればよいのではないということも。

私が受けもっている講座は、いわば〝活字メディア論〟である。「この講座をとる人はまず新聞を毎日読むことが必須条件だ」と最初に念を押しておいた。「重要なニュースはテレビやパソコンの画面でも見られる」という意見もあるが、新聞と他の映像メディアは全く違うものだという認識を私はもっている。そこで、しばらくたったある日、出席学生全部に質（ただ）したところ、その日の新聞を見ていない学生が九割近くを占めた。またまたショックであった。

新聞を読むということは「大人」の世界への通行手形のようなものだ。大学生になった証《あかし》でもある——そう思っていた私が浅はかであった。

こんなに政治や社会が腐りきっていても、若者たちは自分と全く関係のないことだと思っている。かつては、若さゆえに正義感に燃え、自らを省みず「社会悪」に断固立ち向かっていったのが彼らの特権でもあった。それなのに名古屋では私立大学はもとより、名古屋大学でさえ怒りの風は微風さえ起きてないようだ。全滅である。ところが先日、豊橋にある愛知大学の本校に所用があって行ったとき、正門を入った所で「米国による中東・アジア支配を許すな！」といった巨大な立て看板に出くわした。特定の党派色はあるかもしれないが、若者は全部死んでしまったのではなかったと、なぜか、ホッとしたのも事実だ。

いまの学生たちは〝政治的アパシー〟につかり込んでいる。というより〝子ども〟のまんまなのだ。東大生の読書調査で漫画が占める比率が三六・二％、テキストが二四・二％、教養書は一二・四％だったという。何よりもこの数字が現実を端的に表している。

これは私の本業でもある出版界もモロに影響を受けている。文化や思想など人間の思考の核をつくっていく人文書の売れ行きがとみに落ちている。新聞だって読まない学生が九割。この〝読まない〟〝考えない〟若者たちをどうするか。出口なしの状況をどう打開するか、一大危機である。

出会い系サイト方式で簡単に情報を得、〝安直な充足感〟だけを求める若者たちの生き方を変えるには、彼らに影響を与えることのできるすべての人々に対して、いますぐ、新聞や教育機関はくり返し大キャンペーンを起こすべきだ。

私は大学での講義のテーマをしばしば逸脱し、学生たちに〝興味を持たせる〟〝やる気を起こさせる〟〝自信を持たせる〟ことに終始してしまったように思えてならない。しかし、授業が終わるたびに何人かの学生が質問やら、相談のために押しかけてくれるようになってうれしかった。このうちの幾人かが、やがていつの日にか「人間にとってもっとも大切なものは何か」という私の言葉に、ふと気づいてくれるときがあるだろうと、ひそかに期待している次第である。

（「朝日新聞」二〇〇二年三月六日）

エッセイⅱ

「ものわかりのよさ」こそ最大の敵である

〝立ちはだかる〟ことの意味

シラケ世代への決別の辞

つい先ごろ、さる週刊誌で「三十歳で老後を考える時代」という特集が組まれていた。いやはや、情けない時代になったものである。二十代の男が生命保険に入るのを見て、「世も末だ」と思ったばかりであったから、なおさらのこと。ダブル・パンチを食らったような思いがした。

私は昭和一ケタのさいごの方の生まれだが、二十代のころには、保険に入ろうなどとは露ほども考えたことがなかった。病気やケガをしたときのことをとり越し苦労で考えたり、ましてや老後のことまで考えるひまはなかった。そういったことを考えること自体が精神の退廃と老化を意味し、高揚する青春を穢《けが》すことであると思っていた。それよりも、今をどう生きるか、生涯をどう創造的に設計できるかということに心を奪われ、没頭していた。

ところが、いまは、退職金まで計算して会社選びをする人がふえてきたというから、これはもう言語道断である。〝シラケ世代〟といわれ、そういった〝シラケ人間〟倍増の洪水のなかに、いつのまにか私たちも立たされている。それらの人たちに気に入られるには〝ものわかり〟がよくなくてはいけない。かつて頑固であることを自負していた人たちや、先輩風を吹かしていた人たちまでが、粋《いき》な背広や派手なネクタイなどとともにスマートになり、〝ものわかり〟のよい人間に見事に変身しつつあり、それを私は苦々しく横目でみつめてきた。

私は、ただやくみもに〝頑固であれ〟といっているのでもなく、〝古い時代がよかった〟といっているのでもない。三十歳で老後のことまで考えなければならない人びとの精神の貧しさが哀しいのである。年寄りじみたその姿はこっけいであり、また哀れですらある。三十歳や四十歳はまだまだ鼻たれ小僧だと私は思っている。ようやく人生の戸端口《とばくち》にさしかかったばかりで、人間の世界あるいは人の一生というものがどういうものかが、わかりかけてきたところである。

二十代、三十代は自分の立てた目標に向かってがむしゃらに戦いを挑んでいく時代だ。情熱のすべてを賭けられるというのは若者だけに与えられた特権である。その特権を放棄するというのは、もったいないことだ。青春のアバンチュールやロマンを求める心は消えうせたのか、あるいは最初から持ち合わせていなかったのか。

〝さめた人間〟というのもいるのであろうけれど、そういう自己の私的利益のみを追う人間を私は嫌いだ。自分の選んだ人生にしゃにむに賭けてみることもせずに、楽に一生を過ごそうという手合いは私の敵でさえある。

話はかわるが、つづく不況のなかで今年も就職難。安定した職とあって教師希望者が殺到したとか。何十倍かの競争率という難関を通って、やっと教師になれる人びとはさぞかし基礎学力の点では優秀であろうと思われるが、私は彼らにけっして期待はしない。教育に対する情熱からではなく、〝安定した〟〝割のいい〟職業としての「教職」を選んだ彼らの多くに、果たして何が期待できるか。ダメな親やダメな教師のなかで、子供らだけがまともに育つということはありえない。

このように、四囲をすっぽり〝シラケムード〟に包みこまれてしまった私たちにとって、失地の回復はどうしたら可能であろうか。それはただ一つ、大地に仁王立ちになって〝立ちはだかる〟ことのみである。そして、彼らにかわって私たち自らがロマンを求めつづけること。「時代錯誤」といわれようと、「頑迷」だといわれようと、あえて少数派の道を選ぶことである。「ものわかりのよさ」こそ、私たちが駆逐しなければならない最大の敵である。

以上、独断と偏見にみちた暴論に近い極論を述べてきたが、こうした憎まれ口をたたく仲間が減ったことが何よりもさみしい。反論を期待する。

(「中部読売新聞」一九七九年一月六日)

田舎は様変わり

私の仕事場は名古屋市内にあるが、住んでいるのは三河の刈谷《かりや》である。トヨタ自動車発祥の地でもある。東京住まいからこの町に戻ったのは二十五年前のことだ。当時は自宅の周りは一面畑や水田で、夏などは夜になると蛙の合唱が賑やかに聞こえたりしたものだが、いまはすっかり住宅地と化してしまった。

所用で渥美半島在住の作家杉浦明平《みんぺい》さんに電話したら、「今度きみのところで出版した『短歌と天皇制』、あの本はいいねえ。よく調べて書いてあるね」とおほめをいただく。渥美暮らし四十三年、やはり村は様変わりしたという。「漁師はウエットスーツを着てるし、陸《おか》に上がれば外車に乗っているしね。ちょっと想像できないだろう」。ひところ病気で元気のなかった明平さんだが、話し好きの歯切れのいい口調が戻ってきて、ひと安心。

トヨタ系各企業のひしめく刈谷では、二十年前には一人区で社会党県議が当選するほどだったのに、いまは見るも無残。党員の数がわずか十人ほど。十年ほど前からこの町で反公害運動が続いている。トヨタ系二百社の工場排水をも受け入れる巨大な処理施設・境川流域下水道の建設に関してである。しかし驚いたことは社会党の市議（前）が推進派だったことだ。

かつて党本部の公害対策本部長の島本虎三氏が反対集会に駆けつけ檄をとばす場面もあったが、この上と下とのチグハグぶりが、最近の社会党を象徴してはいないだろうか。

（「社会新報」一九八八年一一月一八日）

ウサギとカメの違い

十一月十三日夜九時からのテレビ、NHK特集「世界の中の日本・教育は変えられるか・どうすれば変わるか」を見た。二部構成の一つの柱が「教師百人徹底討論」という鳴り物入りの企画だったから期待したのだが、見事に裏切られた。

一時間半の番組の中で討論部分はわずか三十分たらず。百人もの教師たちが三時間も討論した中から、ほんのさわりの部分だけをつまみ食いしただけの、しかも発言者の論理の起結を全く無視した制作姿勢に腹立ちを覚えた。〝徹底討論〟などとは聞いてあきれる。これだけの予算と人と時間があれば、私なら討論だけで一時間番組を二本はつくる。それだけ重要な課題と素材である。

テレビやラジオ、新聞・雑誌などでは、編集者の主観と独断によってこのようなひどい改ざんや歪曲がなされることがしばしば見うけられる。今度の場合、制作者は「歪曲ではない」と言うだろう。しかし、発言者の意図に反した〝つまみ食い〟はまさしく歪曲以外の何ものでもないのだ。

私は地方で出版の仕事をしているが、少なくとも私たちの場合は、著者も編集者も一冊一冊のもつ重みを考え確かめながら、納得した上で世に送り出す努力を重ねているつもりだ。テレビなどをウサギとするならば、私たちの仕事はさしずめカメである。遅々とした歩みではあるが、事実を歪めたまま人に押しつけたりはしない。心から心へと私たちの志を伝えていくことの営為こそが大事だと思っている。

（「社会新報」一九八八年一一月二二日）

人間と自然との共存

いま、名古屋港西部の藤前干潟一二〇ヘクタールのゴミ埋め立て造成計画が名古屋市によってすすめられている。ここは伊勢湾に残る最後の干潟であり、このほど鳥獣保護区として指定されることになった東京湾の谷津干潟とともに水辺の鳥類の大規模生息地・渡来地として国際的にも重視されている場所である。

干潟の保存を求める要請文がオーストラリア環境保護基金（ＡＣＦ）をはじめ各国の保護団体、日本鳥類保護連盟、市民団体などから数多く愛知県や市に寄せられているが、これらには何の回答もせず、市は計画を進行させている。革新系市議の中にも推進賛成の人もいる。
だがこの埋め立ては鳥類だけの問題ではなく、私たち人間の生活に大きなかかわりをもつものであることを考えてみる必要がある。干潟は海の浄化機能を果たしており、浜をつぶすことによって結果的には赤潮や青潮の発生をもたらし、魚介類に壊滅的打撃を与えて私たちの生活にも脅威を及ぼすことになるのである。
公害の怖さについては〝公害の世界最先進地域〟に住む私たちは、いやというほど思い知らされているが、公害は企業のタレ流しによってのみ起こるものではけっしてない。思慮の浅い開発こそ取り返しのつかない結果を生むものである。自然を守るということは人間の生活を守るということと不可分のものであり、自然と人間の共存の大切さをもう一度原点に立ち帰って考えてほしい。人間を大切にすること、それが革新派の人びとの心であるはずだ。（筆者註：この計画はその後、運輸省からの一片の通知でひっくり返り、いまでは保守派も革新派も公害から浜を守ったのだと口を揃えて言っているから、おかしい）
（「社会新報」一九八八年一一月二日）

〝二百万都市なのに〟

作家の桑原恭子さんたちが訪ねてくれ、しばらく話しこんだ。「名古屋にはプロの雑誌がない。何とか水準を超えたものを出せないだろうか」という。最近も〝新しい総合誌〟をめざした雑誌

『象』（水田洋編集長）が出るには出たが、内容が固く、どうしても同人誌の域を抜けていない。会員（同人）制という制約もあろうが、〝質〟と面白さの面でもう一つなのである。中央の伝統を誇る総合誌でさえ経営は苦労している時代に、商業主義的内容を排し、しかも魅力に富んだ雑誌を果たして地方でつくり出せるか、難問である。

三千社近くある出版社のなかで、その九九％が東京に集中している。文化の中央集権と流通機構の仕組みがそうなっているからである。単行本の場合でも京都などの文化的伝統をもつ都市での出版や、いくつかの例外を除いて、地方で出版が成り立つ可能性はきわめて薄い。

桑原さんも若くして直木賞候補になりながら東京に出ず、この地に執着して頑張ってきた。豊田穣さんなどは上京して成功したが、他にも多くの才能が埋もれている。だからこそ、自らを奮いたたせ、中央に向かって問題提起をしていく〝場〟をつくりたいのだ。

いずれにしても八方塞がりの現状を打破するためには、知恵と時間と資金が必要である。気ぜわしい東京とちがった、ゆったりとした鷹揚さがここ名古屋にはあるが、まぎれもなくこの街も文化の面では地方都市なのである。「だって二百万都市なのよ」と、誰かが言った。

（「社会新報」一九八八年一二月六日）

虚飾を捨てよう　うんざりさせられるアナクロ的生活習慣

数年前から「名古屋嫁入り物語」(東海テレビ)というドラマが何回も放映されており、見るたびにそのアナクロ的内容にウンザリした。これが平均的名古屋だと思われてはかなわない。「名古屋の名誉のためにこんな低級なドラマは駆逐しなくてはいけない」と真実思ったものだ。

だが、これに近い似たような話が私の周辺に全くなくはない。私は名古屋近郊の旧農村地帯に住んでいる。最近では田んぼも少なくなり、住宅地として見事に様変わりし、住む人の層も昔とすっかり変わってしまった。にもかかわらず、この土地に以前から住む支配層の頭の中は昔とちっとも変わっていないことに気づいた。

神社や寺が建物を普請をしたりすると、氏子《うじこ》や世話人たちが「お宅は昔から村に住んでいるから」と五十万円とか百万円とか各家に割り当てて半ば強制的に寄付を集めにくる。この攻撃を避けるのは至難の技である。一般のサラリーマン家庭でそんなに余裕のある家がどこにあろう。が、「何年かの月賦ででも」と言われれば、相当意志が固くなければ「ノー」とは言えまい。私は無神論者だから断っても当たり前なのだが、それがむずかしい。

昨年の夏、父が黄泉《よみ》のくにへと旅立った。冠婚葬祭の簡素化をとなえていた父の遺志に従って香《こう》奠《でん》と花は一切断り、生前父とかかわりのあった人だけに通知を出した。「本名で」と和尚に戒名をつけてもらうのも断った。虚飾はできるだけ避けたかったからだが、私のやったことは〝唐突な行為〃のように周囲の人びとに受けとられたようだ。

新聞の死亡記事を見ていると「〇〇氏の父」とか「△△氏の母」というのによく出あう。あれはいったい何なのか。奇妙な話である。新聞ですら旧態依然とした陋習《ろうしゅう》にどっぷりつかりこみ、あの部分のみ古さの中から抜け忘れてしまったのか。

昨年の初夏、さわやかにこの世に別れを告げた人がいる。名大の名誉教授だった鼓肇雄さんのことだが、鼓さんは死後、大学病院に献体をされた。葬儀はなし。家族と数人の人びとが家から病院に向かう車を温かく見送った。それから約一カ月後、氏を慕う人たちが集まり「お別れの会」が催された。氏の人柄をうかがわせるような心に残る出来事であった。

かのライシャワー氏は日本とアメリカの二つの国を愛した。「アメリカと日本のちょうどまん中あたりの海に空から散骨してほしい」という彼のねがいは遺族たちによってかなえられた。

私もつねづね、自分が死んでも葬儀だけは願い下げにしたいと思っている。墓もいらない。人びとの心の中にだけ生きつづけられれば、そんな幸せなことはない。「母なる海へ還《かえ》る」散骨こそが望みだ。

ただ、親しかった悪友たちが一晩酒を汲み交わし、「こいつはバカだったナ」と肴《さかな》にすることだけは許すことにしようか。

（「読売新聞」一九九四年一二月二九日）

教育への情熱

かつて日本のデンマークと称された農業地帯、安城《あんじょう》の一角、茶筅《ちゃせん》ヶ丘に安城農林高校がある。うっそうと茂る樹木に囲まれたこの学校は、建物こそ新しいが、七十年という歴史を感じさせる雰囲気に包まれている。ある日曜日、私はふと人恋しくなってこの学校を訪れてみた。この学校には杉本仙一という園芸専攻のちょっと風変わりな教師がいる。私はこの杉本さんの顔が無性に見たくなったのである。

「きょうは日曜日だけれども、たぶん彼は出校しているのでは？」とぶっつけ本番で出かけた私の予感が見事にあたった。

いる、いる。園芸科の農場にある温室の陰から、まだ春だというのに真っ黒い顔から白い歯をニッコリと出して杉本さんが「やあ」と笑いかけた。彼は休みの日でもひまさえあれば学校にくる。温室には彼が手をかけたカーネーションが、今を盛りと咲き乱れており、当番の生徒たちがせっせと手入れをしていた。

「先生、さっきの仕事が終わりました」

「ようし、それじゃあ、向こうの鉢物のほうをやってくれ！」

割れがねのような太い男らしい声で彼は指示をする。この彼のてきぱきとした号令のような声を聞くと、私はどうしてか心が休まるのだ。機械文明が発達し、ますます人間が柔弱化し、あるいは人間が人間らしさを失ってゆく中で、彼だけはいつまでもたくましさを失わない。彼には悪いが、彼は一見四十五、六歳に見える。でっぷり小太りしていて、教頭さんですよ、と紹介しても結構通りそうな感じである。そう彼にいうと「冗談言っちゃ困る。ぼくはまだ三十なかばなんだから」と彼は照れながらさかんに抗弁する。

私が彼を好きなのは、その男らしさと、もう一つ、彼の中に真の教育者の姿勢をうかがうことができるからだ。彼と会い話をしているといつも最後には教育論になってしまう。私は思う。いまの教師の中にどれだけ本当の教育者がいるだろうか。教育を論ずる人は多い。教育運動に参加する人も多い。しかし、その中に何人、そう、何人本当の教育者と呼べる人がいるだろうか。子供たちの胸に体当たりし、人間にとって最も大切なものは何か、どう生きるか、という姿勢をその胸に刻みつける。これほど意味があり、やりがいのある仕事はほかにはない。にもかかわらず、いまの教師たちから、そういった気概の感じられることはまれだ。

杉本さんは、その例外である。彼には教育に対する信念と、自分が正しいと思ったらどんな障害があろうと、どこまでもやり通すという気迫がある。必要とあれば生徒を張り倒すこともある。それでも父兄は「先生、どうぞ思う存分やってくれ」といい、生徒たちも彼を慕ってついてくる。それでこそ教師冥利《みょうり》につきるというものである。

私は戦争には反対である。政治と教育とは密接に結びついていて不可欠のものだと思っている。しかし、教育をイデオロギッシュに論ずる前に、教師の教育に対する姿勢——信念、情熱をこそ問いたい。子供たちの胸に生涯消えることのない痕跡をのこす、そういう教育をこそしてもらいたいと思う。私は必ずしも完成された教師像を求めているのではない。「若い教師がりっぱな教師になろうと努力する過程が子供たちに影響を与えるのだ」と金沢嘉一氏がいうように、日々の努力が、そして教師たちの生きる姿勢が子供たちを変え、世の中を変えてゆくのだと思う。

杉本さんのいるこの学校は、日本の代表的な農本主義者として知られる山崎延吉が創立した学校である。山崎は晩年には軍国主義体制の護持者としての役割を果たすことになったが、農村の指導者として明治・大正・昭和の三代にわたり数々の業績をのこした。彼はまた、すぐれた教育者でもあった。生徒や農民に対して〝私〟を捨ててからだごと体当たりしていった。彼が身をもって教えたのは、信念をもつこと、私心を捨てること、この二つであったと思う。この教えは戦後二十五年を経た今日でも、まだ脈々と生きつづけていると思うのだ。

杉本さんのらんらんと輝く目、大きく太い節くれだった指を見ていると、山崎延吉翁の鋭い目、そして温和な表情が、ふと私の脳裏をかすめていった。

日がだいぶ傾いた空を見あげると、さきほどから吹きはじめた風が校庭のヒマラヤ杉のこずえを大きくゆさぶっていた。

(「毎日新聞」一九七〇年五月一六日)

〝目刺し〟と〝白ハエ〟

昨年、友人を偲《しの》ぶ会のため上京した折に、「辻留」(元赤坂にある料亭)の辻義一さんと久しぶりに会った。会が終わったあと、辻さんらと三人で話しこんでいたら、いつのまにか私たちだけとり残されてしまった。「このまま別れるのは惜しい。もう一杯、どこかでやろうよ」ということになり、駒込から東京駅までタクシーをとばし、八重洲口の地下街で気軽に飲める店を探し、しけこんだ。

辻さんは最晩年の魯山人《ろさんじん》と交流のあった生き証人のような人だ。先年、雑誌に連載し好評だった「魯山人・器と料理」を一冊にまとめた（里文出版）ように、料理にも、器であるやきものにも一家言をもつ。しかし、いつも感心するのだが、話の中身はくだけていてついつい、辻さんのペースにこちらがはまってしまう。もう一人の友人の藤野邦夫さんはかつて大手出版社の名物編集者だったが、毎週会社を抜け出して東大に言語学を教えに行っていたという剛の者である。その後、年に十冊とか二十冊の翻訳をしていると聞き、その馬力に驚いたが、最近は世界の最先端の医学情報を勉強し、請われて関西や関東や各地の医学会などで講師として活躍、ひっぱりだこだという。目のつけどころの機敏さにはただ目を見はるばかり。だが、そんな小難しい話ばかりではない。地球には人類は男と女しかいないのだ。浮世絵の話などから、やがては下世話な話へと落ちつくのである。それがまた、ふつうの話でないところが面白い。

ところで、酒の肴《さかな》には何を頼んだか。辻さんが「ぼくは目刺し！」と言ったのには一本とられた。一流の料亭の主《あるじ》が何を選ぶか、興味津々であったからだ。私は畳鰯《たたみいわし》にした。酒があればあとは話に花が咲き、夢中になる。ぼくらはまだまだ若いのである。

閑話休題。「十一月の末ごろから釣りに凝っちゃって、毎日二、三時間、それこそ釣り三昧だよ。おかげで本を読む時間が減っちゃった」と言ってきたのは西三河のさる町で産婦人科を開業する友人のR君である。午前中の診察を終えると、昼食もとらずに矢作川《やはぎ》の上流まで車でひた走り、川に釣り糸を垂れる。釣れるわ、釣れるわ。鮎を少しスマートにしたような体形の長さ二〇センチほどの〝白《しら》ハエ（ウグイ）〟が立てつづけに釣れるのだ。白ハエは煮てよし、焼いてよし、甘露煮によし。身もしまり、さっぱりとした味で、意外と美味である。

夕方の診療時間までの二、三時間のうちに五十匹から七十匹も釣れるというから、もうやめるわけにはいかない。毎日、どっさりと獲物を持って帰る。訪ねて行った友人たちはみな、〝白ハエ攻め〟に遭っているようだ。もちろん、アルコールと彼の〝演説〟付きだ。R君の夫人がまた料理の腕が玄人はだしである。そこでR先生は入院患者にも御馳走しようと思い立った。しかし、魚が大きくないだけに、夫人一人で五十匹とか七十匹の腹出しから調理のすべてをこなすのは大変だと、先生自らが調理の手伝いをすることと相成った。

夕方の診療時間すれすれに帰院すると急いで診療室へ。そして、診察の合間を縫って調理場へ駆け込み魚の腹出しに励む――という毎日のくり返しだという。R君に言わせると「手はちゃんときれいに洗っているから大丈夫」だそうだ。

誰かがまことしやかな噂を聞いてきたと話す。「どこかのトウちゃんが、朝、布団の中で目覚めた時、何か生臭いにおいがするのでおかしいと思ったら自分の手の指の先から魚のにおいがしてきたそうだ。変だなあ?と。先生のせいではないか。生魚のにおいは洗ってもちょっとやそっとでは落ちないもんな」。

もしそうだとしたら、R先生、ひょっとして罪つくりなことをやっとるんじゃないかな。

こんな話、辻義一さんが聞いたらきっとおなかをかかえて笑いころげ、喜ぶことだろう。彼なら、この獲《と》りたての〝白ハエ〟をどう料理するだろうか。それにしても、〝目刺し〟と〝白ハエ〟――体形はよく似とるなあ。

（「あじくりげ」二〇〇六年一〇月号）

自分だけが見つめられている!!

東京で編集者をしていた二十代の頃、中央線の高円寺に住んでいて、駅近くの〝知る人ぞ知る〟古書店、都丸書店によく通った。帰りに時折、同じ通りにある赤提灯に入り込み店で知り合った友人と談論風発、時間を忘れてよく飲みかつ論じた。その後、無二の親友となった画家の橋本博英さんともそこで会った。彼はいつも本を小脇にかかえていた。私が、「絵描きなのに妙に小むつかしい本を読んでいるね」と言ったら、「一流大出でないと思って舐《な》めていたけど、やたら理屈っぽいね」と言われてしまった。

談じすぎ、飲みすぎて、鎌倉の自宅まで帰る電車がなくなり、私の下宿によく泊まった。やがて彼は洋画壇一の理論家とまで言われ、透明度のあるいい絵を描いていたが、先年、癌《がん》に倒れ、急逝した。

その赤提灯の店の通りの奥にもう一軒、古本屋があった。ある日、その少し先に新しいスナックの看板を見つけた。「凡」という店名につい惹《ひ》かれて、ついつい店の扉を押してしまった。店はカウンター一本のシンプルな造りで、二十歳《はたち》前と思えるキュートな感じの瞳の大きな女性が切り盛りしていた。「ママさんは？」と聞くと、「私よ」との答えに戸惑ったのを覚えている。客筋は悪くない。十人も入れば満席となるわけだから、一人でも大丈夫なんだろうなと独り合点した。

ところが、細身で、晩年の東郷青児の絵から抜け出したような、いかにも現代的タイプの女性と不釣り合いな色紙が壁にかかっていて、思わず噴き出してしまった。色紙には、

「裾野より捲し上げたる御富士山
甲斐で見るより駿河一番　繁治」

と墨黒々と書かれていた。詩人の壷井繁治の作で、猥雑《わいざつ》な意味も重ねられている。

「ときどき来て下さるのよ」と彼女は言った。いちばん人目につくところにこの色紙を貼り、動ずるところのないのを見て、田舎育ちの私はいささか気遅れがしたのも事実である。幾度か通ううちに客層もわかってきた。若い層は編集者や作家志望のいわゆる文学青年などが多く、その上の層の中にはもう詩誌や文芸誌に名の出てくる人もいた。年配者はそれなりに知名度の高い人もいた。

そういった人たちに混じってグラスを傾けていて、ふと顔を上げたら眼の前にママの顔があった、というより大きな黒い瞳が二つ、瞬《まばた》きもせず、ぎゅうっと私の眼を見つめているではないか。ぎょっとした。こんな経験は初めてであった。「ママは私を好きなのではないか？」。その夜は幸せな夢を見ながら私は眠った。

だが、夢は夢であった。店に来る客やママを何気なく見ていて気づいたことがある。

ママは誰の前に立っていても、真正面からじっと大きな瞳で相手の眼を見続けている。媚《こび》を売ろ

うとしているわけでもない。これでは相手が誤解しないはずはない――。

編集者をしていた若いA君は、彼女が何か頼むと嬉々として引き受けたり、マメに手伝ったりしていた。いや、彼だけではなく、右に座っている人も左の人も、こぞって「彼女は自分だけを想ってくれている」と思い込んでいるということに思い至ったとき、何か不思議な国にやってきたような気がして、笑いがどっと込み上げてきた。

それから少し経《た》って彼女は新橋に新しい店を出したが、私と親しかった詩人たちもそこへ足繁く通ったようだ。「赤い外車のスポーツ車に乗っていたよ」という話も聞いた。

そのあとのことである。著名な洋画家で芸大教授であった硲《はざま》伊之助氏が、教授の職を捨て、九谷焼の地・加賀の吸坂《すいさか》に移り住み作陶を始め話題を呼んだが、齢《とし》の隔たりを超え、彼女も生活を共にし同じ道を歩み始めた。

あれから幾十年――。いつだったか、『小説新潮』の表紙の絵を描いているのを見たことがあったが、いまでは女流陶芸家として一家を成している。私もここ二、三十年、やきものとも多少関わりのある仕事をしてきており、唐九郎記念館の役員も仰《おお》せつかっている。奇《く》しき縁ではある。

（「あじくりげ」二〇〇六年一一月号）

美女と唐九郎

「唐九郎さんが、小柄の美女と睦《むつ》まじそうに歩いていたよ」と、わざわざ教えてくれた知人がいた。二十数年前のこと。唐九郎とは今は亡き陶芸界の大巨人・加藤唐九郎のことである。最近の〝青山二郎ブーム〟の中で不世出の陶芸家として再び脚光を浴びつつある。

「えっ、ほんと?」と、思わず私は頭の中にその〝美女〟の姿を追い描いていた。唐九郎さんは豪放と言われる反面、可愛気のある人で女性にも人気があったが、いつも彼を取り巻いている数人の大年増軍団に阻《はば》まれて、新参者は近づけないような仕組みになっていた。彼女たちではないし…。

その五、六日前に唐九郎さんと飲んだばかりだ。八十歳になろうというのに、元気横溢《おういつ》。盃を重ねるにつれ、話は右に左に。昔の思い出から、茶道とやきもの、桃山ルネッサンス論へ。そして、めったに聞くことができないおハコの「ミュンヘンの酒場の歌」が出た。

泣いて涙が出るうちは　／この世に未練があるからさ

未練はお酒で捨てるのさ／酒場は浮世のパラダイス!

唐九郎さん独特の節回しで力強く、叫ぶように歌う。音程も正確。さすが、若い頃にヴァイオリンを弾いただけのことはあると思った。そのあとがまた――、

「きみも少しは胸に覚えがあるじゃろうが男は竹久夢二の絵に描かれているような、胸を病んでいるように見える、頼りなげで、もの哀《かな》しい女を好きになるもんじゃよ。〝何とかしてやらなき

ゃ〟と思ってねえ。ぼくもそれで失敗した経験がある。若いとき、ある女性とつい懇《ねんご》ろになって、驚いた。あれが〝名器〟というんじゃろか。彼女は毎晩遅くぼくの部屋まで通ってきて、そのうえ朝まで一睡もさせないんじゃ。三、四日目ぐらいには朝、外へ出るとすべてが真っ黄色にしか見えない。顔は土色だった。知人が心配して忠告してくれた。〝あの女性の連れ合いはもう二人も死んどるそうだ。それもあの名ナントカが原因だそうだ。三人目はお前だな〟と。可哀想だけど、死にたくはなかったので逃げ出してしまった。きみい、わかるか！」

唐九郎さんの猥《わい》談の凄さは真に迫って筆舌に尽くしがたい。身ぶり手ぶり、実演つきだからなおさらだ。可笑《おか》しいような、哀しいような変な気持ちがない混ざって、どんな顔をしたらいいか、困ってしまう。

いや、なぜこんな話を書いたのか。つまり夢二の絵の中の女のことをそのとき思いついたからだ。そんな人は周囲にいないか。しかし、それは空振りに終わった。

数日後、私のところに東京の某テレビのディレクターから電話があり、「いま、唐九郎先生の番組を作ろうとしているが、とんだ邪魔が入り困っている。力を貸してほしい」という。詳しい事情を聞くとざっとこうだ。先生の秘書と称する〝新山五歩〟（仮名）という女性が来て、「唐九郎先生に関する仕事上の連絡はすべて私を通して行うように。先生と一緒に社長の所にも行き了解がとってある」という。その後、幾度か番組制作の打ち合わせのために連絡をとったがうまくゆかず、素人に近い秘書相手では制作進行は不可能だとのことであった。

女性は名古屋に住んでいると聞き、「背丈は？」とたずねると「小柄の美系です」との返事。「ウーン」と唸りながら考えた。勘を頼りに調べていくと、ピタリ、当たった。彼女はそれより約十年前、日本の洋画壇の大家の作品の贋作で逮捕され、新聞や美術誌で賑々《にぎにぎ》しく報じられた主役であった。「人の噂も七十五日」とはいうものの怖いものだ。本名で某新聞社からエッセイ集まで出していた。また別名で雑誌にエッセイを載せたり、新聞社のカルチャーセンターの講師もつとめていた。きっちり揃った資料を前に唐九郎さんもさぞ驚いたことだろう。〝秘書〟はもちろん消えた。だが油断大敵。彼女はまたぞろ名前を変え、新聞・テレビ・デパートや名士などを騙《だま》して暗躍している。

（「あじくりげ」二〇〇六年一二月号）

心優しき怪人

詩人の飯島耕一さんから電話があった。

「元気かい。この前、一緒に飲んだあと、君たちはまたどこかに梯子《はしご》酒をしたようだけど、事件に巻きこまれて君が四谷署のブタ箱に長期間入れられていたという、もっぱらの噂だよ。大丈夫か。いったい何をやったんだい？」

ちょっとした事件（？）に尾ひれがつき、次々とふくれ上がり、いつのまにか本人もあずかり知らぬ大事件として面白おかしく伝えられていく、その様子を想像できたが、「ぼくがその張本人だなんて…」と、つい苦笑してしまった。

これらはだいぶ前の話である。東京・渋谷で泉鏡花原作の芝居を観《み》た時、数人で駅近くの居酒屋で一献酌み交わしたあと、ドイツ文学者の種村季弘さんと「行こか」と二人で妖《あや》しい空気の漂う新宿のゴールデン街の安酒場まで足をのばした。彼と私は同い年。二十代半ばころからの飲み仲間だ。私は彼を、「タネさん」と呼び、彼は私を「イナちゃん」と呼んだ。彼のことを〝博学無辺の百科全書派〟とか、澁澤龍彦さんのように〝怪人・タネラムネラ〟と称する人もいるが、彼は東京の下町で育ち、赤提灯をこよなく愛するチャキチャキの庶民派だ。私と話すときはいつも下町言葉を使った。

しばらくだべりながら飲んでいると、ひょっこり現れたのが、近くで居酒屋を営んでいるKさん。作家や編集者などが気軽に集まる店の女将《おかみ》だ。女性が一人加わると、途端に賑やかになる。そこへ旧知の小山田二郎画伯夫人が突如出現し、「二郎が居なくなっちゃったのよ」としつこく窮状を訴える。話がややこしくなってきて、気楽に飲んでいられる雰囲気ではなくなってきた。そのあとである、事件らしきものが起きたのは……。

「おなかがすいたね」と誰かが言い、女性を含め三人連れだって新宿二丁目の中華の店に行き、食べ、かつ飲みながら話していた。主としてタネさんと彼女だが、女性の方が口数が多い。タネさんの話を理解せず、そのまま自論を押し通す。「そりゃ違うよ」と彼が遮《さえぎ》るように言うと、何を勘違いしたのか、パッと彼女の手が出た。タネさんがドイツで買い求めてきたばかりで、お気に入りのメガネが瞬時に壁にとび、壊れた。「何をするんだ」とその手を押さえようとすると、それを避けて体ごと後ろに反り返った途端、彼女は椅子もろとも倒れこんでしまった。後ろにはドアがあり、引き手に当たった彼女の手からは血が噴き出していた。

物音に驚いて駆けつけた店長は暴力事件だと思ったのだろう、「一一〇番に電話しろ。救急車も呼べ！」と大声でわめいていた。これは大変だ。下手に警察に誤解されてはまずい。とにかくこの場はタネさんだけは逃がそうと、そっと彼を先に帰し、私が始末をつけることにした。やがて救急車とパトカーが来たので、怪我人を病院まで送り届け、四谷署までパトカーで行った。取調べは延々と続き、朝の二時か三時になってしまった。その間に女将も病院からこちらに回ってきていた。私はタネさんの名を一切出さなかったし、女将もさすが商売柄か、彼の名を全く出さなかったとのこと。予約してあったホテルに時間切れで締め出された私は一晩中、夜が明けるまで暗い町をほっつき歩いた。

それから一カ月くらいして突然、タネさんから電話が入った。「金沢に行った帰りで、いま名古屋駅だよ。これから寄ってもいいか」。私の事務所にやってきたタネさんは少し照れながら、「やあ、いつかはすまん。これ飲んでよ」と、スコッチウイスキーを差し出した。スコッチは当時高級品であったが、私は長期の〝拘禁料〟としてありがたく頂戴した。その夜は当然のこと、一緒に大須の末広で飲んだが、事件のことは一言も話さなかったように思う。彼は癌《がん》に冒され一昨年夏、私とは別の世界へと旅だった。心優しい男であった。

（「あじくりげ」二〇〇七年一・二月合併号）

名古屋と私　無駄だらけの楽しい街を

この街に棲《す》みついて三十年、昨今の私はすっかり名古屋人になりきったようである。だが、とっさに「あなたは名古屋を愛せますか」と誰かに問われたとしたら、ちょっととまどいながら、「ええ」とうなずくにちがいない。これがもし、東京だったとしたら、たとえそこに住んでいたとしても、そうは答えなかったろう。瞬時、「東京砂漠」という言葉が脳裏をよぎる。

名古屋は違う。道を歩く。すると、この大地はまぎれもなく私の住んでいる土地だという実感が足先から伝わってくるから不思議だ。好き、嫌いは別として、〝私の街〟なのである。つまり、〝仮の宿〟意識を捨て去った時から名古屋は私の街になる。とはいうものの、〝好きな場所〟が年々消えていく寂しさは何ともやりきれない。

かつては盛り場や歓楽街といわれる街があちこちにあり、広小路通にも屋台店が並び、人の流れと雑踏があった。いまは、栄も大須も、今池も円頓寺《えんどうじ》も大曽根ももう盛り場というにはあまりにもみじめな衰退ぶりである。

何百年と続いたこの街の歴史や、ここに住んできた人びとの情念がいまの街に残っていなくては嘘だと私は思う。それを見事にぶち壊したのが、一方で「大英断」だともいわれた戦後復興都市計画であり、地下街の建設であった。

名古屋は年寄りや弱者には温かくない街である。それは地下街に象徴される。インテリが頭だけで考えて作りあげた街がこれだ。すきま風も入らない、雑菌も繁殖しない〝清潔〟で冷たい街。時間がきたら有無をいわせず人びとを締め出す。

都心の地上には昼も夜もほとんど人がいない。こんな街が他に日本のどこにあるだろう。人は地下にもぐり、幹線の両側は銀行や証券会社やオフィスがひしめく。広小路――ここは日本でいちばん盛り場らしくない目抜き通りだ。

先日、久しぶりに大須の仲店をぶらついた。仁王門通の観音近くで、「名物屋」という昔懐かしい玩具屋をのぞき、いっとき、時のたつのを忘れた。子どものころ手にして遊んだ、あの玩具があるわ、あるわ。ブリキの金魚、ポンポン蒸汽船、独楽《こま》、竹トンボ、ハナ眼鏡、拳玉《けんだま》、ビー玉、紙風船――などなど。本町筋の角では老婆が懸命に団子を焼いていて、いかにも旨そう。前に行列ができていた。この街を歩くと、何か必ず拾いものをしたような豊かな気分になる。心のふるさととはそういったものではないか。

人生には道楽や無駄が必要である。文化はその中から生まれる。働き者ばかりの名古屋の人に、もっともっと無駄だらけの楽しい街をつくってほしいと思う。


（「朝日新聞」一九九二年一二月一七日）

うまいものと地域文化

柳田国男はその著『明治大正史　世相篇』の中で、明治以前と以後の世相とを比較して「色と音が変わり、匂いがすっかり変わった」といったようなことを書いているが、最近の世相を見ても全く同じことがいえるようである。町並みの色や人人の着るものの色が変わり、住宅街を歩いても魚を焼くあの下町独特の匂いに出くわすこともまれになってしまった。匂いや煙を出さない電気器具が氾濫しているせいであろうけれども、煙や匂いの出ない焼き魚を食べさせられるなんてやりきれない話である。

最近〝ディスカバー・ジャパン〟などという言葉が流行しているが、〝古きよきもの〟を商売にしようという人々と違った意味で、その素朴な美しさや味を大切にしたいと私は思う。

ところで、先日、陶芸家の加藤唐九郎さんと話していたら、偶然、食べものの話になった。「歴史の新しいところにはうまいものがない」というのが唐九郎さんの説であるが、〝中国の最高の文化は中国料理に代表される〟ともいわれるように〝食べもの〟は、それぞれの国や土地の風土と自然条件の中で歴史の年輪を経て磨きあげられるものであり、それは、文化の深度と比例するもののようである。

食べものはそれぞれ独自の顔や個性をもっている。たとえば、中国料理は人間によって〝作られた味〟であり、日本料理には生粋の〝材料の味〟が生かされている。酒についてこういう人もいる。

「日本の酒と西洋の酒とでは、製法も味も違うのはもちろんだが、洋の東西を問わず、日本やスペインやイタリアやドイツのように、概して封建時代の長かった国の酒はうまく、逆にアメリカのように、いきなり近代国家を築いた国の酒はだめだ」。

たしかに日本のように、古代から人々の生活は信仰（神）と深く結びつき、祭祀や年中行事の中で酒は切り離すことのできないものであったし、このような生活習慣の中で、永い年月をかけて今日の洗練された味が作り出されてきたのである。

京の味覚――それは日本の料理を代表するものであり、京の町の伝統の中で磨かれてきた〝調和〟の美しさであるといわれる。宮廷文化とともにあった有職料理、千以上をこえる寺院に発達した精進料理、茶道から発展をみた懐石料理等々。しかし、これらはいずれも庶民の生活の中から生まれた素朴な味覚から〝形式美〟へと変形され、昇華されたものである。

庶民が求め、発見した味覚も、それが、生み出した彼らの手から離れ、いったん上層階級や貴族の手にとりあげられてしまうと、そこでは、形式が重視され、材質そのものがもっている生命力や素朴な醍醐味をそこなってしまうことになる。

現代でも同じことがいえる。たとえば、ある地方に独特のうまい食べものが伝えられていることが一般に知れ、それが名物として商品化されるととたんに元の味がこわれてしまうことが多い。

名古屋市内の、とある薄汚いうどん屋で、うどんの味噌煮込みを食べたときのことである。大変うまかったので店の主人に「おたくのうどんは△△よりおいしいね」と話したら、「あんな店と一緒にしてもらっては困る」と即座にいかつい言葉がかえってきた。

△△△といえば、名古屋で知らない人はないくらい有名な店なので、私はほめ言葉のつもりで言ったのだったが、それが主人の癇《かん》にふれたらしい。主人が怒った理由というのはこうである。

「うどんでも何でも料理というのは〝手づくり〟の味を客に食べさせるのでなければならない。しかし、あの店が有名なのは、宣伝費をどっさり使い、支店をいくつか持ち、客がわんさと押しかけるからだ。店を大きくしたりして、まず利益を考えるというのではその店の味はおしまいだ」

つまり、うまいものを自信をもって心をこめて作っていれば、べつに宣伝しなくても客の口から口へと自然に伝わり店は繁盛する。そして、支店をいくつも持つようになっては、料理の味を厳重にチェックすることもできない、というのだ。「私はぜったいに支店を出さない」というこの店の主人の心意気を私は快くうけとめた。

客の関心を買うために、元味を都会風にアレンジしたりして元も子もなくしてしまっている店も多いようであるが、地域の文化についても同様のことがいえよう。自主性のない人々は、中央に対して助平根性を出し、何もかも中央に依存しようとする。

また、ものをおしはかる基準を中央の尺度で求めようとする風潮もある。自分自身の中にこそ、インターナショナルな視点を確立することが大事なのである。

（「中日新聞」一九七三年三月一一日）

一期一会

唐九郎風雲録

不死鳥

加藤唐九郎を語るとすれば、昭和三四年（一九五九）からの数年間、日本中を巻き込み話題をさらった「永仁《えいにん》の壺」事件を抜きにして語ることはできない。先年催された回顧展を主催した新聞社ですら、それを売り物にしようとしたくらいである。

鎌倉時代作と言われる「永仁二年」銘の古瀬戸灰釉瓶子《へいし》が、昭和三四年六月、国の重要文化財に指定されれ、それが唐九郎作だったということがわかったため、昭和三六年（一九六一）四月に指定が解除された。

この時のマスコミの報道は凄かった。唐九郎は贋物づくりの大悪人に仕立て上げられ、テレビやラジオ、新聞、雑誌などで、連日のように攻撃のフラッシュにさらされた。唐九郎、六三歳のことである。

昭和八年（一九三三）に起きた『黄瀬戸』事件（後述）といい、この事件といい、〝絶体絶命〟の大事件に二度まで遭遇し、まず誰しもが彼の再起がかなうとは考えなかったと思うが、さながら不死鳥《フェニックス》のように奇跡的に彼は甦った。

昭和三九年（一九六四）一〇月二一日から二週間、毎日新聞社の主催で「オリンピック東京大会記念・加藤唐九郎陶芸展」が東京・新宿の伊勢丹で催され、毎日新聞は、「大胆豪放完璧の技法（桃山茶器）をついに再現した　陶芸の鬼（巨匠）唐九郎のすべて」と、宣伝にこれつとめた。

連日会場に殺到した鑑賞者たちは、二百点をこえるおびただしい数の作品群の迫力と作陶技量に圧倒され、魅了された。古瀬戸、黄瀬戸、志野、織部、瀬戸黒、唐津、伊賀、信楽……などと、瀬戸・美濃系の作品にとどまらず、しかも、茶碗、花生、水指、壺、長皿、大鉢、鉦鉢《どらばち》、酒器にいたるまで、向かうところ可ならざるはなし。「桃山の美の再現、伝統をこえる創造的表現」（谷川徹三）、「そこに美の荘厳が……」（加山又造）等、ぞくぞくと賛辞が寄せられ、その成果によって昭和四〇年（一九六五）一月一日、毎日芸術賞を受賞、唐九郎は陶芸界の第一人者としての声望をかち得たのである。

永仁事件直後の三六年一一月、名古屋・丸栄百貨店で開いた個展の折り、知る人ぞ知るその道の達人（目利き）と言われ、小林秀雄、白洲正子らの古美術指南役でもあった青山二郎が東京からわざわざやってきて、会期中、毎日朝から夕方まで会場に坐っていた。前年の一〇月に『藝術新潮』で唐九郎と対談した青山は唐九郎に何か惹かれるものがあり、作品に強い関心を持ったのだと思われる。茶碗だけの個展で、千点以上焼いた中から二十五点だけを選び並べた小品展だったが、「魯山人の茶碗より良い」と青山はほっと胸をなで下ろした。

そして、『藝術新潮』三七年（一九六二）一月号には「永仁事件の解決の鍵は、唐九郎が今後永仁の壺以上の物を造って行くことだ。早い話が重要美術品以上の物を作ることだと前に言ったが、唐九郎は軽くそれを実現して見せた。」（「唐九郎を〝鑑定〟する」）と書き、そのあと、伊勢丹展実現のために骨を折ったと言われている。

日記の索引

私が唐九郎さんと初めて出会ったのはその直後のことで、昭和三八年（一九六三）の初め、私はまだ二〇代の若造だった。それから二十年の歳月にわたって親しい関係がつづき、彼から多くのものを学んだ。

東京で新聞の仕事をしていた私がその前年の夏、ふと、ラジオのスイッチをひねると、ちょうどラジオ東京（発信局は、名古屋のCBC）の録音構成で〝永仁事件〟の特別番組をやっており、唐九郎さんが過激に弁じ立てていた。日本の文化行政のあり方、とくに文化の中央集権、無知な官僚による文化の支配とその弊害についての痛烈な批判を耳にして、私はびっくりした。一陶工の発言とは到底私には思えなかった。マスコミによって〝大罪人〟と烙印を捺《お》され、断罪されていた渦中の唐九郎の奇想天外な発想による発言の数々が、それまで私が耳にした、いかなる知識人の意見よりも新鮮で説得力があるように思え、痛快だった。これは大変な男だ。ぜひ彼に会ってみたいと思った。そのことを文学者の杉浦明平、広末保、丸山静氏らに話したら、「あれは凄い人物だ」とのこと。ますます唐九郎さんに興味がわいた。

唐九郎さんを訪ねたのは、翌年、名古屋に移り住んでまもなくのことだ。敵地に単身のり込む思いで硬直していた私を彼は心やすく迎え入れてくれ、同年代の人に対するように対等に応対してくれたのが、いま懐かしく思い出される。齢に似合わず「ぼくはね……」とか、「あなたは……」とか、言葉づかいも若々しく、ていねいであった。挨拶もそこそこに話ははずみ、熱し、昼食もご馳走になり、ついつい夜遅くまで居つづけてしまった。これが、私が唐九郎の〝虜《とりこ》〟になるきっかけであった。

話した内容はいま詳《つまび》らかに覚えてはいないが、社会、政治、経済、歴史、思想史、美術……とジャンルも万般にわたり、読んでいる書物の幅もとてつもなく広かった。驚いたのは、「どうしてこの人はこんな百科事典のような頭を持っているのか」と、不思議であった。「ぼくは瀬戸の近代史を学問的に解明しようと勉強してきたんじゃが、明治維新を封建社会から近代への〝革命〟だと位置づける講座派（いま風に言葉を変えて表現するとすれば「マルクス原理主義」か）の理論ではなかなか理屈通りにはいかんのじゃ。やはり労農派（「構造改革主義」か）の封建的なものを残しながら近代への漸次移行という理論でないと、経済と密接にかかわりあう瀬戸の近代史は解けないんじゃよ。机上では何とでも言えようが、実際に現実を照らし合わせながらやってみるとそうはいかない」と、学者はだしの意見が出てきたことであった。

また、昭和史のある事件について話していると、「きみの言う年月日は違っているよ」と指摘され、「いや、〇〇の文献にこう出ている」と抗弁したところ、「ちょっと待ってくれよ」と奥の部屋へ行き、一冊のノートを持ってきて、「これはぼくの日記の索引じゃよ。あ、あった」とまた奥へ。今度は分厚い日記の綴じ込みを持ってきて、「ここにそのことが書いてある。この日、人と議論していて、その文献もちょっとおかしいということになり、あとでいろいろ調べたんじゃ。その結果がここに書いてある。まちがいない」と、その日記を読んで聞かせてくれた。いやはや驚いた。日記の索引までつくっている人がいるとは。あとになって気付いたことだが、このマニヤックなまでの几帳面さと、飽くなき好奇心が、あの巨大な『陶器大辞典』（B4判、全六巻、各巻平均一〇〇〇頁／宝雲舎、昭和一六年〈一九四一〉完結）を生み出す源泉であったのだ。

帰宅しようとすると、「最近読んだ本で面白かったのは何かね」と唐九郎さんがたずねた。「明治一〇年（一八七七）の西南戦争の頃、戦乱の熊本城下で育ち、陸軍士官学校を出て世界一の軍事大国ロシアに留学、その後数奇な運命をたどった石光真清《いしみつまきよ》の自伝『城下の人』から始まる四部作と、荒畑寒村の自伝です」と答えると、「それを貸してもらえないか。それと『福翁自伝』を持っていないか」と言う。

唐九郎さんとの出会いの日は、私にとって衝撃的な一日となった。「あの本のおかげで三日徹夜をしてしまったよ」と笑いながら、彼はあとで感想を述べてくれた。

資本論、同人誌、オーケストラ

唐九郎は明治三〇年（一八九七、戸籍上は明治三一年）、瀬戸市水野町の半陶半農の家に生まれ、四三年（一九一〇）、瀬戸市立第一小学校を卒業。その後、南画と漢籍を習いに中根聞天塾に通い、めきめき腕を上げて師範代として後輩たちを指導した。この塾での勉強がのちに中国の辞書や古文書などを読んだり、陶磁器関係の資料の解読、『陶器大辞典』の編纂の折りに大いに役立った。この塾に通っていた頃から彼は通信講座で数学や簿記や英語を学んだ。高等工業や美術学校に学んだ、河井寛次郎、濱田庄司、富本憲吉らとは育った環境は全く違い、すべて独学であったと言っていい。

幼児の頃から窯場に入り込んで遊んでいた唐九郎は、土いじりは馴れたもので、小学校を出る頃にはろくろも見事にひけて、一人前の仕事ができるようになっていた。家の周辺には古い窯跡がたくさんあり、子どもの頃から陶片を集めては宝物のように眺めたりして育った。その古陶の持つ魅力がやがて彼を古陶磁研究へと向かわせ、古窯発掘・調査、古陶復元へと駆り立てることになる。

唐九郎は早咲きだった。大正三年（一九一四）七月、一六歳の時に父の丸窯の権利を譲り受けて独立した。当時、瀬戸は陶都として栄え、不景気知らずだった。しかし、「名人職人に！」と願う祖母の期待を一心に担った彼は無難な駄物には手を染めず、新しいものにこだわったり、名人気質があだとなり、見事、経営に失敗、大正五年（一九一六）には倒産というはめになった。その後、実業家をも志したが、うまくはいかなかった。

青年期の人間形成に大きな影響を与えたのが、宣教師・井上藤蔵（瀬戸町永泉教会）と柿沼広澄（日蓮正宗瀬戸説教所）の二人である。大正六年（一九一七）に出会った井上は安部磯雄系のキリスト教社会主義者で、彼からは自由平等思想を学び、街頭で伝道活動に携わったこともあった。昭和六年（一九三一）に会った柿沼広澄はまだ学僧で唐九郎より年下であったが、親しくつき合ううちに、『資本論解説』などをすすめられ、唯物史観的思考が身につき、のちに陶磁史研究上役に立ったという。幾星霜を経て、昭和三八年（一九六三）五月に大石寺総監となった柿沼からの依頼で、同寺大客殿正面の大陶壁（縦三メートル×横一二メートル）を加山又造と共同で制作した。

多感な青年時代には彼もひとかどの文学青年であった。夏目漱石、森鷗外、田山花袋、徳富蘆花やトルストイ、ツルゲーネフなど、内外の小説を読んだり、友人たちと同人誌『靫《うつぼ》』を発行し、「霞《かすみ》」というペンネームで小説や詩や俳句や短歌も発表したりした。

日一日を君のみすがたゑがきつゝ慕へる我を君知りますや
あへなくばさびしとぞ思ふ吾が心あふてその後のなほも寂しき
栃の葉の散ることほひは何となく君をにくめる心湧きくる
春の夜を髪に木の葉のピン挿してかはゆき君は我とあゆめり

唐九郎、大正一二、三年（一九二三、四）頃の作品である。

愛知県にピアノが二台しかなかった頃で、そのうちの一台が瀬戸にあった。瀬戸は豊橋、岡崎、一宮などとともに瀬戸物景気で栄えていたのだ。彼は仲間と相談、オーケストラをつくり、自分はヴァイオリンを弾いた。「あんな西洋のもんにかぶれよって」という批判があると、さっそく琴の師匠の所に相談に行き、琴や尺八との和洋合奏の会を結成、幾度か演奏会を開き瀬戸の人々をあっと驚かせた。それだけではない。唐九郎は尺八や端唄《はうた》や三味線、踊りも習い、舞台で踊ることさえあった。

「氷柱」と古窯調査

古窯跡の発掘から古陶磁の研究へと、唐九郎はどんどん奥へ奥へと進んで行った。二四歳の時の小野賢一郎との出会いは、彼にとってある種〝運命的〟とも言える出来事であった。小野は大阪毎日新聞記者を経て東京日々新聞社会部長兼事業部長、日本放送協会文芸部長を歴任、当時は陶磁研究家としてやきもの趣味の普及に心を砕いていた。以後、小野が主催する『茶わん』誌や中央の専門誌紙にしばしば寄稿することになった。

昭和初期の経済恐慌の際には十五銀行が倒産したため、そのあおりを受けて旧華族や財閥が破産寸前に追い込まれ、それまで蔵の奥深くにしまわれていた茶道具など名品が、ぞくぞくと各地の美術倶楽部で売り立てに出された。人々は初めて名品を手にして、茶道というものが改めて見直されることになった。それまでは、作家自身が本歌がいかなるものであるかを知らないでいることが多かった。

唐九郎はこの機を逃してはならぬと、伝手《つて》を頼り、「陶磁研究家」という肩書きで、売り立てがあるたびに大阪・京都・金沢・東京の会場へと東奔西走し、名品を目のあたりに見ることができた。これが桃山陶への開眼へとつながっていく。

各地の芸術倶楽部を巡る旅費をつくり出すのにも苦労した。知多半島の中心にある半田などに行くと、街の骨董店に中国の明時代の赤絵の大皿が積んであったことがあり、それらをごっそり仕入れ、東京に行く時は一、二枚ずつ持っていき売ると、いい値段で売れた。それでずいぶん助けられたという。

「たぶん、知多半島の有力な商人たちは千石船を持っていて、中国上陸にまで渡って、あるいはどこかの島を中継地点として抜け荷買い（密貿易）をしていたのではないか。そういった陶器類に知多の店ではよう出会うことがあった」と唐九郎が語ったことがあった。

そういえば、江戸時代、吉原遊廓の経営者はその多くが南知多の出身であったという説もある。

昭和五年、三二歳の時につくった志野茶碗が時の大茶人、日本経済の牽引者であった益田鈍翁《ますだどんおう》（一八四八―一九三八）の眼にとまり、「氷柱《つらら》」という銘がつけられた。茶碗の箱の蓋裏には鈍翁の字で「藍は藍より出でて尚青く氷柱ハ水より出でて尚冷し　鈍翁誌」と記されている。いまこの茶碗は、翠松園陶芸記念館の収蔵作品の目玉の一つだ。昭和六年には「黄瀬戸魚文花瓶」で帝展に初入選し、彼の前途は洋々たるもののように思われた。

ここまでの腕に達しながら作陶一本にしぼれず、唐九郎は懲《こ》りることなく古陶の研究から離れられなかった。この時代、彼は陶磁史研究の上で重要な意味を持つ二つの大発掘を手がけた。のちに「本山コレクション」と称される大阪毎日新聞・本山彦一社長の美濃・瀬戸古窯跡大発掘と、唐九郎自身の発意で行った黄瀬戸を焼いた美濃の「窯下窯《かましたがま》」の発掘である。昭和六年一月、美濃の古窯跡を視察してきた論説委員の井上吉次郎が彼に助力を求め、唐九郎が正木社長への説得役となり、発掘の中心的役割を担うことになってしまった。美濃は大萱《おおがや》、大平《おおひら》、久尻《くじり》、笠原《かさはら》、郷《ごう》ノ木《き》、大川。瀬戸は古瀬戸から赤津《あかづ》方面の古窯を発掘し、椿窯《つばきがま》からはいいものが見つかった。途中からは加藤土師萌《はじめ》（のちの東京藝大教授、人間国宝）も発掘調査に参加した。

翌七年（一九三二）には大萱の窯下窯の発掘にかかり、九月から三カ月間を費やしたが、この窯では志野、黄瀬戸、瀬戸黒、あめ黒、柿釉等が焼かれたことが判明した。その中には以前から近くの小川で陶片を拾い、唐九郎が目をつけていた、茶人の言う本格黄瀬戸が含まれており、鉢類が多く、向付、皿、香合、ぐい呑み、壺類等が出土した。梅、若草、あやめ、露草、蕪《かぶら》、大根、菊花、秋草等が線彫りで軽快に描かれていた。

唐九郎編の『原色陶器大辞典』（淡交社、一九七二年）でも「窯下窯」の項で、「最もすぐれた黄瀬戸を出し、有名なあやめ手のドラ鉢や宝珠香合などの黄瀬戸の名器は、すべてここでつくられたといってよい。文禄二年（一五九三）銘の黄瀬戸の破片が出土して志野や黄瀬戸の年代を決定する貴重な資料となったことは有名だ」と、記されている。

発掘の度ごとに新発見があり、過去の通説はことごとく覆されていった。

『黄瀬戸』禁書事件と『陶器大辞典』の編纂

さて、昭和八年には大変な事件が起こった。同年二月、彼の初の著作『黄瀬戸』（宝雲舎）が刊行されるや、瀬戸の町は上を下への大騒動となった。陶祖として神社に祀られている藤四郎を「〝開祖〟ではない」と否定したことと、黄瀬戸、志野、織部は瀬戸固有のやきものではなく、本歌は美濃で焼かれたものであることを発掘調査をふまえて実証的に論述し、通説を否定したからである。

当時の瀬戸の陶工たちは、こぞって江戸時代後期の瀬戸の名工・春岱《しゅんたい》の作品を手本として作陶し、本歌の志野や織部とは似ても似つかぬものをつくって大手を振っていた。彼らに対して、「エタイの知れぬシロモノが黄瀬戸、志野、織部として、今日の瀬戸地方の工人達の脳裏に先入してゐる」と書いたからなおさらである。陶工たちをはじめ、利害のからむ人々や、「神様を否定するとは何事か」という人々が中心となって市民をたきつけ、「加藤唐九郎膺懲《ようちょう》瀬戸市民大会」なるものが陶祖を祀る深川神社で開かれたり、『黄瀬戸』を大量に持ち寄り、神社の社前で〝焚書《ふんしょ》〟するという事件が起きた。当時、瀬戸で発行されていた新聞には、「陶都瀬戸の不敬漢—市民の敵・加藤唐九郎を膺懲せよ」といった記事が次々と掲載され、市民をあおり立てた。

祖母懐《そぼかい》にあった唐九郎の家には連日脅迫状が舞い込んだり、石が投げ込まれたり、火をつけられるに及んで、ついに身の危険を感じて家族を別の場所に避難させることにしたが、そのうちに本人が暴漢に襲われ、ビールビンで頭を殴られて重傷を負い、やむなく生まれ故郷の瀬戸をあとにすることとなった。唐九郎の別の弁によると、当時は東京などに行っていて家にいることが少なく、昭和一〇年（一九三五）に良土を求めて、名古屋市郊外の守山《もりやま》町翠松園《すいしょうえん》に移り住んだのだとも言う。

唐九郎の浮気はまだまだつづく。『黄瀬戸』の執筆のみならず、昭和九年（一九三四）から始まった『陶器大辞典』の刊行にかかわり、そのうち編纂主任という大役を引き受けてしまったのである。作家活動も捨てたわけではないから大変だ。その上まだ発掘活動もつづける。

昭和一〇年の春のこと、妻のきぬは「夫が行方不明になってしまった」と困り果てていた。前年の一二月に「ちょっと丹波まで発掘調査に行ってくる」と家を出たまま三カ月以上音信が全く絶えてしまった。丹波に手紙を出してみたら、「もうだいぶ前に唐津に行った」という返事がきた。唐津に連絡してみたら、「もうこちらにはいない」とのことで行方は杳《よう》として知れなかった。しばらくして知人から、「朝鮮の鶏龍山《けいりゅうざん》で発掘をしているというハガキが届いた」という知らせがきた。いつのまにか丹波から唐津へ行き、朝鮮にまで行ってしまっていたのである。食べるにも事欠くありさまの家族のことなど、唐九郎の頭の中からはきれいさっぱり消え去り、古陶磁のことのみに没入していたのだ。

一つのことに打ち込むと、あとのすべてのことは忘れてしまう——とは言っても、これは極端な一極集中である。この生き方、物凄い集中力と、浮気心の道草こそが、あの数々の名作を生み出す源泉となったのではないか。

『陶器大辞典』編集にかかわってからは、社員のストライキに同情して宝雲舎を追い出されたり、資金繰りをめぐって畏敬する小野賢一郎とも対立したこともあった。「唐九郎なら仕方ないさ」と赦《ゆる》してもらえることも多かったが、持ち前の放縦な生き方が誤解を招くことも多くあったようだ。

「永仁の壺」以後

戦争末期の昭和一八年（一九四三）、平戸橋《ひらどばし》（現・豊田市）に疎開。この地で本多静雄（一八九八―一九九九）と再会。以来、終生の友としてのつき合いが始まる。本多は元日本技術院の部長で、工学博士の肩書きを持つ研究者でもあり、実業家、文化人でもあった。また、古陶のコレクターとしても知られるが、唐九郎の助言も得て、名古屋大学の楢崎彰一氏らとともに、猿投古窯《さなげこよう》、渥美古窯の発掘も手がけ、日本の陶磁史を書き変えた人物であり、永仁問題を含めて、つねに唐九郎への温かい理解者であり、庇護者であった。その本多もこう書いている。

飽くなき追求とその野生……（中略）その人物性行と陶芸技法の二つの角度から眺めてみると、私は彼氏ほど行動に迫力のある男を知らない。（中略）彼の行動はしばしば常軌を逸し、世人を驚かすことがある。（中略）当初にはすこぶる計画的で、そのアイディアも優れているが、途中で出会ったさまざまのできごとに気を移してしまい、横道にはいったり、道草を食ったりして、初めの予定地点には多くは到達しないで、思いもよらぬ所へ船をつけてしまう。（中略）その一例として、百貨店などでは彼氏の個展を計画することはタブーとされている。（中略）こうした彼氏の行動は、それが意図的でないだけに憎気がなく、周囲の理解者には愛すべき逸脱として寛恕されるが、他の多くの人びとには憎むべき不信、または性格不全として批判されるのである。

（「加藤唐九郎の苦悩」、『淡交』増刊号Ｎｏ．16、淡交社、一九六五年五月）

まさに言い得て妙である。

その本多と川崎音三（一八九五―一九七四。元丸栄百貨店会長、名古屋商工会議所副会頭。戦後いち早く日本陶芸振興会をつくり陶芸作家を支援した人物として知られる）と唐九郎が中心となって計画し建設されたのが、世界最大規模の陶磁器専門の博物館として知られる、愛知県陶磁資料館（瀬戸市）である。一時は、陶芸専門の大学や試験場も併設しようという遠大な構想もあった。

唐九郎の恩人でもある川崎が経営する丸栄百貨店の新館オープン記念として、昭和四八年（一九七三）一二月に催された「野の陶人 唐九郎展」には、志野、織部、瀬戸黒と、唐津、伊賀、信楽のほか志野唐津、瀬戸伊羅保などの作品、大陶壁など、唐九郎独自の作品を加えた八十数点が出品された、他の作家の追随を許さぬ力量がほとばしる大個展となった。前年の一〇月末に刊行された『原色陶器大辞典』の編集のため何年も家をあけ、缶詰状態で全く作品をつくる時間もなかったのに、ウォーミングアップなしで、よくもこれだけの作品ができ上がったものだ、と驚き入った次第だ。
永仁以後、一切の公職を離れ作陶に専心没入したことが良かった……と唐九郎はよく語っていたが、けっして〝専心〟とは言えないのではないかと私は思う。彼のあの大きな頭の中には、正確なデータをぎっしり詰めた精密機械のようなものが嵌《は》め込まれているのではないかと、私には思われてならない。彼の仕事は単なる名人芸ではなく、科学的思考がつねに基礎になっているのだ。

唐九郎を支えたもの

私は茶盌と言えどもオブジェの本質を持っていなければならぬと言う信念を持っている。茶盌と言うものは茶を飲む道具であってはならない。一つの人格を持った生きものになっていなければならないのだ。そう言う意味で唐九郎茶盌の優れたものの幾つかは、ちょうど光悦の茶盌を観るに光悦その人に対すると同じような、そう言う臨場感がある。つまり氏の茶盌は茶盌であって既に茶盌に滞っていない。

（『追悼・加藤唐九郎』、翠松園陶芸記念館、一九八七年）

と三輪龍作氏は書いているが、あの手のひらに入る小さな茶碗が世界へと無限に拡がっていき、宇宙を包み込むような力強さとおおらかさを感じさせる、あれはいったい何なのだろう。それが作家の〝力〟なのである。雷雲とどろくような噴出する劇場、そして優しさ、恥じ入るような可憐な心を併せ持ったこの不思議な人物の精神性が、作品にはさまざまな形で投影されている。
唐九郎の生涯を通して作陶の絶頂期は、やはり昭和四〇年代だと言ってよいのではないか。やがて「動」から「静」へと作風は移っていく。

唐九郎は万巻の書を読んだ。美術書はもちろん、建築、文学、評伝、法律、経済、哲学、思想史、キリスト教、中国思想、仏教……と種々雑多。一見、何の脈略もないように見えるこれらの本は、彼の頭の中に無数にある別々の抽《ひ》き出しに収められ、やがてすべてが見事に「やきもの」に収斂されていくのである。たとえば茶道のよって来たる淵源を探ったり、日本人の精神構造や美意識の形成過程を探ったり、陶磁の歴史と経済や法のつながりなど、である。彼は「野の陶人 唐九郎展」前後、名古屋国際ホテルに長期滞在したことがある。また病院に入院した時など、部屋にはあっというまに本の山が築かれてしまった。いま何万冊かの書物が記念館には収蔵されている。

昭和五八年（一九八三）には、生前交流のあった郭沫若《かくまつじゃく》氏が初代院長をつとめた北京の中国社会科学院（北京市、文化行政と研究を兼ねた機関）の建物が新しく建築されるにあたって、同ビルの貴賓室に陶壁を制作し贈った。シェーク・ハンドの図柄の作品は題して「交響・協調」。これが対外的には最後の大仕事となった。その後、昭和五九年（一九八四）一〇月から名古屋、東京、京都において「志野・黄瀬戸・織部―桃山と唐九郎展」（日本経済新聞社他主催）が新作をも含めて大々的に開催され、人生の有終の美を飾った。

奔放自在、だだっ子のまま、八八年の生涯を生き、昭和六〇年（一九八五）一二月二四日、奇しくもクリスマスイヴの朝、唐九郎は永遠の至福に達した。

（季刊「陶磁郎」加藤唐九郎特集号、二〇〇三年五月）

稚気あふれる器量人　――本多静雄の魅力――

おおらかさと人懐こさ

本多さんのまわりには、いつもほのぼのとした空気がただよっていた。険しい顔をした人もいつのまにかおだやかな顔になり、女性たちも老若を問わず、「本多さん」「本多さん」と寄ってきて、いつのまにか賑やかな楽しい輪ができる。素玄会（会員それぞれが持参した古美術品を説明し、大勢で批評し合うという楽しい会）のときも、民芸の会のときも、「陶器と桜を観る会」のときもそうであった。本多さんは多くの人に愛された。

愛知県豊田市花本町（元・西加茂郡猿投町花本）の近在きっての素封家に生まれ育った。そのためか、育ちのよさを絵に描いたような、おおらかさと人懐こさを持っておられた。頼まれると「いや」と言えぬ性格の方であったように思う。その〝根っこ〟にあった温かさが人を引きつける大きな魅力であった。

しかし、あるとき、本多さんの意外な一面を垣間見たことがある。名古屋の大須観音境内で開かれていた骨董市に同行したときのこと、とある出店で欅《けやき》の直径二尺以上もある大盆を見つけ、さっそく値段の交渉に入られた。店の主《あるじ》は本多さんの堂々たる体軀と年齢に気押されたのか、「これは大負けのギリギリで八万円です。これ以上負かりません」と最初から哀願するように言った。しかし、そのときの本多さんは強かった。「三万円にしとけよ」と絶対にゆずらない。何度も互いの言い値のキャッチボールをして、ついに根負けした相手は「最初に言った値段でも原価を切ってしまっているのに」と泣き顔で四万円で手放した。私は本多さんの粘り強さに驚歎したが、氏は案外、こうした〝市《いち》〟での商いのやりとりを楽しんでおられたのかもしれない。

技術者運動を担う

本多さんは、戦前は官界一筋。戦後は経済人として生きられたが、早くから工学博士の学位もとり、もともと学究肌の人であり、他に科学者・文化人・趣味人といったいくつかの「顔」を持っておられた。

明治三一年生まれ。京大工学部を出て逓信省に入省、昭和一〇年七月、通信事業研究のため満一年ドイツへ留学された。この夏に、ヒトラー全盛のドイツでベルリン・オリンピックが開かれたので本多さんは日本選手団の世話を引き受け、「前畑ガンバレ！」で知られる女子二〇〇メートル平泳ぎの決勝レースをスタンドから見守り、声援をおくったとのことである。

留学から帰った昭和十二年、以前からひそかに準備しつつあった「技術者運動」（官界における法科万能主義に対する技術者の地位向上運動）が形となって現われ始めた。

六月一二日、神田学士会館で内務・鉄道・農林・逓信・大蔵・商工各省の技官有志による懇談会を行い、法科万能主義への対策を協議したところ、どこから洩れたのか、翌一三日の朝日新聞には

「六省の中堅技官〝革新〟烽火《のろし》あぐ　法科万能の鬱憤爆発」という大見出しで記事が掲載され、一大センセーションを巻き起こした。

本多さんはこのときのことを「会合の事実が洩れたことを驚くとともに、こんなに朝日新聞が取り扱ったことに喜びと痛快感を味わったものである」と『青佳自伝』で述べている。

「何しろ当時の官庁は東京大学の法科卒業生は上層部を占めて、他の者は人でないという取り扱いだった。技術を知らないものが、技術の行政を司るとは何事だ。法律の字句だけ学習したものが、技術者を指揮する力はない。任せろというものであった」

が、当然のこと、すでに軍部が政治の実権を握りつつあった時代であり、イデオロギーにかかわる不穏な運動ではないかという嫌疑で警察も動いていたというから、勇気がなければできぬことであった。

七月七日、蘆溝橋事件勃発（日中戦争始まる）。

戦争勃発のため、少し様子を見たのち、一一月一三日、九段の軍人会館で日本技術協会と六省技術者協議会主催で「技術立国技術者大会」が開催され、昭和一七年の技術院創設へと結実していった。運動の中心を担ったのは企画院の宮本武之輔次長で、本多さんや松前重義氏（のちの東海大学総長）らが精力的に運動を推進した。

大本営参謀総長に和平進講

もう一つ、本多さんの一生の中で氏の運命を変える最も重大な事件が第二次大戦末期に起きた。

自ら創設に尽力し、第一部長までつとめた技術院に突如、辞表を出し郷里の平戸橋に帰ったのである。氏は昭和一八年、時の大本営参謀総長杉山元帥の求めに応じ、技術院を代表して、戦争の相手であるアメリカを中心とする連合国の資源の豊富さや技術水準の高さと、日本の物資の欠乏や劣悪な技術の現状を科学者の立場から比較検討した詳細なデータに基づいて説明、早期講和の締結を進講（目上の者に対する講義）した。だが、それは自らの力と精神主義を妄信する元帥や軍の力によって抹殺されてしまった。たとえ理にかなったことを話したとしても、軍の面子を潰すような発言をしたとなればただではすまされないからだ。

　同じような例をあげれば、昭和一九年七月、かつての同僚で技術者運動をともに推進した松前重義氏は「蒙昧な東條英機政権に国の運命をゆだねることに危惧を感じ策を弄した」という理由で、当時、通信院工務局長という要職にありながら、陸軍二等兵（最下位の兵卒）として、敗色濃く、すでに潰滅に近かったフィリピンの最前線に送られ、それこそ九死に一生を得て生き還ったのである。本多さんの素早い行動は賢明であった。松前のようにならずにすんだ。

　そのことを知った財界の重鎮で日本の電力王と称されていた松永安左エ門氏は「本多ごとき人物を野におくのは惜しい」と、一九年七月に全日本科学技術団体研究会理事長に、九月に埼玉県志木にあった東邦産業研究所の理事長（ともに松永氏が創設）として迎えた。松永氏には若い頃より知遇を得ていたが、茶人（号＝耳庵）としても知られる氏に茶道の手ほどきや、やきものの何たるかを教え導いてもらったという。戦後、深いかかわりをもつようになった加藤唐九郎さんと会ったのも松永氏が催した茶会の席であった。

本多さんは先に述べた劇的事件について「自伝」の中で必ずしも明解に書かれているわけではない。しかし、私見を臆せず申し述べると、「きみは人の心の中まで推測できるのかい」と笑いながら、あえて否定をされなかった。当時の技術院総裁は華族出身のいわば飾りもので、その責任を本多さんが一身に背負っておられたのである。

松永安左エ門氏を反面教師として

「東邦産業研究所の近くの柳瀬という地の山荘に松永さんが住んでおられたので、月に二度、三度とたずね、人生の考え方を教えてもらったが、松永さんは自由主義の権化のような人で逸話に富み、独特な処世観をもっておられた」

戦争の最末期に近かったが、「こういう時節だから少し茶をやるといい」と言われ、茶道具一式をもらったという。「本多君に妙な良くないものは渡せないし、良いものは惜しいなあ」と言いながら選ばれたそうだが、あとで実物を見ると立派なものばかりだった。

「松永さんは美術品を買うなら天下一のものを買えと言われる。しかし、天下一のものはぼくにとっては身上《しんしょう》をはたいて買わなきゃならないから、あとは何も買えなくなってしまう」「富士山の頂上のお鉢回りだけで帰ってしまって、裾野を含めた全体を知らなければ富士山の本当の良さはわからない。一級品でなくてもいい、一級品のできるまでの道程、つまり、やきものの歴史とか、成り立ちを知ることが大切だ。完品でなくても、破片であっても、つくられた当時の形が想像できるわけですね」と本多さんは言う。この言葉の中にも、ただやきものを鑑賞するだけでなく、技術史家としての本多さんの眼がうかがえるようだ。

唐九郎さんとの交流深まる

敗戦の年、東邦産業研究所を辞し、郷里平戸橋にもどり、晴耕雨読の生活に入る。「これまで一生懸命働いたので、それから余生を生きようと思った。そうしたら生活のための実用ばかりでない〝趣味の世界〟が開けてきた」「柳（宗悦）さんと会ったのは終戦の年の暮れに日本民藝館を見に行ったときですね」「唐九郎さんは一八年の暮れ頃から私の家の近くに名古屋の守山から疎開してきていて、私同じ年齢ですからすぐ仲良しになった。私は一八年の暮れから翌一九年六月まで平戸橋に帰っていましたから、互いに行ったり来たりして自然に交際が深くなった」「松永さんも『唐九郎はなかなか上手な奴だよ。あいつは見込みがある』と言っておられた」。

唐九郎さんは研究心旺盛で若い頃から瀬戸や美濃の発掘を手がけ、古陶磁の研究者としても一家言持っている人であり、昭和八年には『黄瀬戸』（宝雲舎）を刊行。通説を覆し世間をあっと驚かせた。また昭和九年から刊行され一六年に完結した膨大な『陶器大辞典』（淡交社）全六巻の編集責任者でもあった。

近くに住むこのような博覧強記の友人を持ち、本多さんはやきものの世界へとどんどん足を踏み入れて行った。二一年に平戸橋に定着してからは、閑《ひま》さえあれば訪ねていき、作陶を教えてもらい、四、五年の間に茶碗、水差、ぐい呑みなどいろいろなものをつくった。

その頃の本多さんの作品の中に瀬戸黒の少し厚手の茶碗がある。なかなか温かみのある茶碗である。氏も「思い出深い茶碗だ」と言って大事にしておられた。銘はよくもつけたり、「古女房」だ。「茶碗の底のけずり方が足りないので、手に持ったとき茶碗の下部が重いのと、口端部にささくれが出来て少々煩《うるさ》いので、〝尻が重くて、口が煩い〟という意味でそう名付けた」とのこと。いかにも本多さんらしい。

昭和二一年には日本陶磁協会が中心になって行った瀬戸市赤津にある室町後期の小長曽古窯の発掘に小山冨士夫、磯野風船子、三上次男、加藤唐九郎、荒川豊蔵らとともに参加、以来、やきものを鑑賞しているだけでなく、人間の技術の歴史、生活史として究明しようという姿勢を貫いた。そこでも民芸ともつながる。

猿投・渥美古窯の発見・発掘

本多さんののこした業績の中でも特筆すべきは、日本の陶磁史を変えたといわれる猿投《さなげ》古窯（正しくは「猿投山西南麓古窯址群」）と渥美古窯の発見・発掘である。いずれも陶片や作品（壺）を偶然手に入れたことから始まるが、猿投古窯は名古屋市南部から猿投山麓まで約二〇キロ四方一帯、一五〇〇基に及ぶ大規模な奈良時代からの古窯跡であり、ここでは日本で初めての施釉陶器が焼かれた。精力的に調査をすすめた氏は学術的意味を重視し、名大考古学教室に協力を依頼した。昭和二九年のことである。

それより数年前の二四年、彼は不思議な黒い壺を手に入れる。謎を追ううち、渥美半島の田原《たはら》町で数個の同様の壺が見つかった。さらに近くの坪沢で十八基の窯跡が見つかり、大荒子、皿山などでも組織的発掘が行われ、渥美半島の古窯跡の全容が明らかとなった。

こうして陶磁史の闇の部分といわれた古墳時代以降、平安時代までの陶器には考古学、原子物理学等を応用して作陶年代を明確にするという徹底した時代考証が行われた。本多さんならではのことである。

一方、加藤唐九郎、川崎音三氏らとはかり陶磁器専門の世界で最大規模の博物館を構想、昭和五三年、愛知県陶磁資料館の建設へとこぎつけたが、ここでも大きな役割を果たされた。

民芸への新しい視点

本多さんは永年名古屋民芸協会の会長をつとめられたが、柳宗悦さんの「民芸」を見る目と一味も二味も異なった科学者らしい新しい〝眼〟を披歴しておられる。時代はどんどん変わり、価値観も変わっていく。したがって工芸品だけが民芸だという考え方にとらわれず、どしどし新しい視点を持ち込まねばという。たとえば、たくわん、梅干し、こんにゃく、田楽、鬼まんじゅうなど食べ物の中にも民芸とみなされるものがあるのではないか。そして、「川に架かる〝橋〟もワクを大きく考えれば、民芸に入るのでは？」と自宅近くを流れる矢作川に架かる橋を源流から河口まですべて写真に撮り、一冊にまとめ、橋＝民芸論を展開しておられる（『民芸彷徨』矢作新報社）。橋はその場所に合致するように造られるオーダーメイドだとの説だ。

円空仏も民芸説。二十数体を集めたが、中でも「帰依者像」が好きだという。円空や瀬戸の石皿や大徳利など民芸的なものはすべて豊田市民芸館に寄贈された。

本多さんは数多くの狂言を執筆し、毎春自邸で催される「陶器と桜を観る会」（二日間で約二千人が訪れる、個人が催すイベントとしては最大級のものだといわれた。全国から著名な人士も数多く参会された）の折、和泉流宗家の狂言師を招き自作の狂言も時折上演したりしておられたが、「狂言も民芸の一つである。能は上手物で、私はそんなに好かん。狂言は下手物だけど大変親しみ深くて面白い。能は上流階級の権力者のものであり、優美なもので、狂言は下賤なものだという感覚があるが、美意識を変えると狂言の方が古典芸能の正統で、能の方が異端であるということにもなりかねない。……狂言は庶民の感覚を確実にとらえている」と言われる。

狂言の作品集は『本多静雄新作狂言集』二巻、『青佳新作狂言集』二巻、『白寿翁新作狂言集』二巻、『百寿翁新作狂言集』一巻、の和綴じ本（名古屋ベルサロン刊）にまとめられている。その中には「窯ぐれ」「狛犬盗人」「三国山」「井戸茶碗」「ケツネ山伏」「食べもの」など、やきものや古美術、民芸、茶道などに題材をとったものも多く含まれている。狂言の一作ごとに友人である杉本健吉画伯の挿絵がカラー版でそえられていて楽しいつくりになっている。

そういえば、本多さんに「これまで、どんなやきものを手に入れられたときがいちばん嬉しかったですか。猿投古窯の『多口壺』（その後、重文に指定された）ですか」とたずねたとき、すかさず「渥美古窯の遠清銘の壺に出会ったときだよ」という言葉が返ってきて驚いた。「日本橋の不言堂に行ったとき、高さ四十九センチの大壺が置いてあった。肩に八行の文字がヘラ彫りで書かれていて、最初の一行に「従五位下惟朝臣遠清」とあり、「遠清」は三河の守だったことを知っていたので、どうしても買いたいと思った。不言堂はどこの壺かわからんという。一日遅かったら手に入らなかったと思う。あとで調べたら平安時代の渥美の壺だった」という。この大壺は愛知県陶磁資料館に寄贈され、一時は一階フロア正面に置かれていて、堂々とした感じがある種の雰囲気を醸し出していた。

「明治三十一年の戌《いぬ》年生まれにちなんで…」と笑いながら話されたが、陶器の狛犬も精力的に蒐集された。鎌倉期のものから現代まで数知れぬほど集められたが、そのおおよそは『陶磁のこま犬』（求龍堂）によってうかがうことができよう。実物のほとんどは陶磁資料館に寄贈され、一室に展示されている。そのうちの一体、十九世紀作の瓦製の狛犬はなかなかハンサムで、「坂東玉三郎」という愛称が本多さんによってつけられた。幾歳になっても茶目っ気たっぷりの方である。

唐九郎さんへの温かい支援

一つ二つ書き残したことがある。それは加藤唐九郎さんと令弟・秋五さんにまつわる話である。やきものに興味を持ち始め、奥へ奥へとかぎりなく深く突き進んで行ったのも唐九郎さんのおかげだったと本多さんは述懐された。唐九郎さんほど、やきもののことを知り、その歴史や美の本質や日本人独自の美意識について深く語り教えてくれた人はいない。猿投や渥美の古窯を発見・発掘できたのも、唐九郎さんの教えやアドバイスがあったからだという。

「永仁の壺事件」が起きたとき、唐九郎さんのひたむきな学究的な生き方を知っているがゆえに、また唐九郎さんの作家としての才能を惜しみ、一貫して〝唐九郎庇護〟の姿勢を貫かれた。川崎音三氏と手を携え、まず問題の壺を買い取り、傷口が必要以上に拡がらないように打つべき手は打ち、あらゆる面で協力を惜しまなかった。

唐九郎が不死鳥のごとく甦り、〝唐九郎芸術〟を見事に花開かせたのは本多・川崎、そして鋭い審美眼をもつ、あの青山二郎の温かい友情があったからである。

秋五さんのこと、杉浦明平さんのこと

令弟秋五さんは平成一三年に亡くなられたが、古武士の風格をもった日本文学界の至宝ともいうべき文学者である。戦前に草稿をまとめられたという『トルストイ「戦争と平和」論』は千頁近くもあり圧倒されたが、戦後、新聞連載された『物語戦後文学史』は重厚感の中に意外や軽妙洒脱さがうかがえる文体で話題になった。秋五さんは戦後いち早く荒正人、平野謙、山室静、埴谷雄高氏らと文芸誌『近代文学』を創刊。この雑誌は戦後文学史の中で歴史的役割を果したが、刊行資金援助のため本多さんが骨を折り、昭和三八年まで続いた。

『本多秋五全集』は一冊数百頁という大冊で全十六巻、別冊二巻。この全集刊行のために本多さんは蒐集した美術品を処分するなどして資金協力をされた。「ぼくは全集を出せたから墓はいらんよ。これが墓だよ」と秋五さんは私に言われた。全集完結を祝う会が平成一一年三月に東京・神楽坂の出版会館で催された折、私も出席したが、会場で写した写真を持って入院中の藤田保健衛生大学の病室にうかがった。すでに面会禁止となっていたが特別に入室を許され、本多さんは写真を手に大変喜んで下さった。

その少し前の一一年一月のある日、本多さんから電話がかかってきた。「今日の午後、会いたい

んだが、時間はとれないかな」ということで、急いで出向くと、「稲垣君、きみは杉浦明平さんの全集は出版しないのかね」と聞かれた。「全集ですと三十巻から五十巻になりますから、なかなかむつかしいかと思います。いま十五巻くらいの著作集を検討しているところです」と言うと、「弟の秋五でも全集を出したわけだから、明平さんのような愛知県を代表するような作家とすれば全集でないとだめだ。いったいいくらくらい費用がかかるかね。ぼくが協力してもいい」とまで言って下さった。明平さんとは秋五さんや唐九郎さんを通して親しくしておられたのだ。さっそくそのことを明平さんに報告すると非常に喜んでおられた。だが一カ月を満たずして本多さんは入院してしまわれ、この企画が陽の目を見ることはかなわなかった。残念であった。

さようなら、それも目出たい

同一一年四月四日、「陶器と桜を観る会」の日、宴庭の舞台の上に本多さんの姿があった。ベッド様なものに座ったまま大きく、ゆっくり手を振っておられる。重篤な病状であるにもかかわらず、本人が「ぜひ」ということで、病院から抜け出してやってこられた。周囲に家族全員が付きそい、長男の谷雄さんが声の出ない本人に代わって挨拶をした。なりやまぬ拍手……。

胸にジーンとくるものがあった。何という仕合わせな人であろう。

五月六日、長い長い眠りにつかれた。百一歳であった。

（「陶説」二〇〇七年一二月号）

徹底した生

――岩城康夫さんは現役のパリパリ――

岩城さんとの出会いにより、それからの私の人生がどれだけ変わり、満たされたものになったかはかりしれない。つねに両刃《もろは》の剣《つるぎ》を胸につきつけつつ物事に立ち向かわねばならぬということ――人生の厳しさをこれほど強烈に教えて下さった方はいない。私にとっては自らを映し出す怖い鏡のような方である。

岩城さんと初めてお目にかかったのは、いまから二十三、四年前のこと、さる方の出版祝いの席であった。その時の個性的な風貌をいまも鮮やかに思い出す。

穏やかに話される言葉の中に一言の無駄な言葉もなかった。そして、要所要所をきゅっと締めて話される話しっぷりのうちに意志の強さが感じられた。

初対面のその時の印象は、歳月を経たいまでも、そのまま変わっていない。

以来、ときどき誘っていただき、一献汲みかわしながら話をさせていただくことが多くなった。東京に居を移されてからも、名古屋に来られるたびにお目にかかっていたように思う。話の中身は政治・思想から始まり、文化・芸術、教育、人生、その他万般にわたり、話がつきることがなく、いつも数時間に及んだ。どのような内容の話であっても、つねに物事の本質を問いつつ、正攻法で論理的に話されるのが特徴だ。

妻などは、居酒屋やバーで若い女性を肴にしてニタニタやっているんではないかと猜疑の眼で見たものだが、一度岩城さんに面識を得るや、とたんに認識を改めてしまった。

岩城さんと数時間も二人で話をするということはけっして楽なことではない。岩城さんの話には岩城さんなりのベースがあって、その水準が並の高さではないからだ。しかも、話が私の守備範囲からはずれることがあったり、奥へ奥へと専門的になったりする場合も多い。私はひたすら聞き役にまわり、多くの事柄を学ばせてもらった。

私のような浅学の者が岩城さんの周囲で〝生き残れた〟(おかしな表現だが)のは、編集者という、岩城さんとはまた別の世界の住人であったことに加えて、私が加藤唐九郎という巨人の知遇を得ていたからだとも思う。「唐九郎さんが可愛がっているやつとは?」という興味もおありになったからかもしれない。

岩城さんから切っ先を喉元につきつけられると、相当の論客でもたじろぐ。攻撃に転じた時の岩城さんは怖い。読みの深さと、眼光、舌鋒の鋭さによって相手は射すくめられ、瞬ち窮地に追いつめられる。そして、やがてニセモノは消え去る。幸いにして私は生来のニヒリズムというか、農本的楽天主義がそれを救ってくれた。

あつかましくも私は、「岩城さんは潔癖すぎるんじゃないかなあ。完璧主義ですね。道楽や無駄がなさすぎる。一見、無意味に思えるようなことや挫折の体験が人間を二倍も三倍も大きくし、人の心のひだや、弱者やダメな人間の心がわかるようになるということがあります」——そんなことを酔ったまぎれにほざいたこともあった。人間の器量ということについて話が及んだ時のことである。だが岩城さんは、バカなことをいう私を鷹揚に受けとめて下さった。

知り合って三、四年たったころ、ある夜、関西大学教授の鶴嶋雪嶺氏と私が居酒屋で話していると、ふいに岩城さんがそこに現れた。鶴嶋さんは岩城さんの京大時代の後輩であった。ひとしきり旧交を温めたあと、鶴嶋氏は私の耳に口を寄せ小声でそっと言った。

「岩城さんは学生時代、京大きっての秀才と言われていた伝説的な人だよ。てっきり大学に研究者として残られるかと思っていたが、卒業されてからフッと姿を消し、二十数年間、杳《よう》として行方がしれなかった。あれからいったい何をしておられたんだろうか」

岩城さんにも疾風怒濤の時代があった。栄達の道を捨て、若者特有の正義感とロマンに支えられて、自身を丸ごとぶちこんだ世界があった。

私には岩城さんのすべてをトータルに語る力はないが、生命を賭して青春を燃焼しつくしたこの時代の日々は、岩城さんの個人史の中でも最も充足感に満ちた日々であったにちがいない。

岩城さんは幾つかの顔を持っておられる。名古屋の港区・南区という下層地帯での医療セツルメント推進—医療生協の設立、港商店会の世話人、あかつき学園、日本幼児教育センター、ｅｔｃ…。だが、それらすべてを誰かが語ったとしても、岩城さんの一断面、皮相をなでるだけで終わってしまうだろう。

不幸にして志なかばで病に倒れて約二年間の入院生活を余儀なくされ、所期の目途を頓挫させざるを得なかった岩城さんの「無念」の心中はいかばかりであったろう。

私の胸のうちにはここ数年の世界の激動の余波がいまも点滅している。取り払われたベルリンの壁、ソ連型社会主義の見事な崩壊。酬われることを企図しない若かったあの日々の営為——世代こそ違え、同じ時代を共有した者にとって、いまの時代をどう生きねばならぬかということが、岩城さんとの間でいつも共通の話題となる。

いま、岩城さんは日本の洋画界や陶芸界の第一線で活躍する人びととも親しくしておられ、彼らの信頼も非常にあつい。交友の幅をひろげられることによって、ご自身の世界をますます大きくされ、さらに人間的厚みを加えられた。

なおかつ、七十歳を越えてルソーを原書で読み直す作業に取り組み、新しく教育論を執筆中とのことである。岩城さんはまだまだ現役のパリパリである。

（『灯ここに　あかつき学園40年の軌跡』風媒社、一九九三年二月）

わが師、わが友

素顔の明平さん

―追悼　杉浦明平―

著書『私の家庭菜園歳時記』でも知られるように、明平さんは自身の健康をも考えて、ある時期から午前中は農作業、午後は執筆という形を日課としてきたようである。うまいものには目のない明平さんの二五アールの畠には実がなって食べられる果樹やイチゴなどがぎっしりと植えられている。柑橘類だけでも三十種類ほど。杏《あんず》やサクランボなど気候風土の違う所で生育する果樹も幾種類もあるが、果実が実ったことがないとのこと。竹までも含めて、美味しそうなものを片っぱしからとり寄せるのだそうだ。

明平さんはとくに杏が大好きで長女が生まれた時のその字を使いたかったのだが、親友の猪野謙二さんに先取りされ切歯扼腕、ミナと名づけた。

晩年のことだが、明平さんも関わっていた『海風』同人のはらてつしさんからこんな話を聞いた。「昨夜九時ごろ明平さんから電話があって、『いま、ぼく反省しとる』と妙に神妙な声で言うんだよ。何かと聞いたら、『夕方、自宅の前の畠で転んで起き上がれない。痛いし、大声で叫んでも誰も来てくれない。時間をかけてやっとの思いで起きて、家の裏にたどりつき、女房をめちゃくちゃに怒鳴っちゃった。女房の機嫌も悪いし晩めしもうまくないし、早々に二階の自分の部屋に引きあげてきたんだけれど、考えてみると自分で勝手に一人相撲をとっていたみたいで、女房にすまんと思っている』と言うんだよ。自分で直接話せばいいのにそれができなくて、二十も年下のぼくのところにしおらしい声で言ってくる……」

「大正二年生まれの男にしては可愛いところあるじゃない」と私は思わず言ってしまった。

私が明平さんと初めて会ったのはいまから四十年ほど前、『日本読書新聞』に勤めていたころだが、同じ職場にむかしいた大先輩でもあり、同郷でもあったので親密感を強く感じた。

一九六三年に私が名古屋で出版の仕事を始め、最初に手がけた本も明平さんの紹介によるものであった。明平さんはといえば、前年に『海の見える村の一年』、この年には『赤い水』（のちに映画化）などを出し、仕事も脂《あぶら》がのっているころであった。渥美町の地方ボスと闘いながら五五年から続けてきた町会議員もこの年の三月に辞め、執筆に専念されていた。

六八年の一月から七〇年一〇月まで『朝日ジャーナル』に連載された「小説渡辺崋山」は前年の学生運動に触発されて書かれたものだと言われるが、挿絵を担当した水谷勇夫氏の作品とともども力作であった。

七一年一一月にできた日中正常化をすすめるための学者・文化人の東海ブロックの組織では佐藤昇、加藤唐九郎氏らとともに中心的な役割を担ってもらったが、国交回復後は中国社会科学院の研究者との学術交流が長く続けられた。唐九郎さんと会うのが楽しみで、隔月くらいに開かれる役員会には渥美の先端から欠かさず出席された。神出鬼没、変幻自在、話術の天才とも言える唐九郎さんと、地獄耳とも言われる情報通であらゆることに興味を示す明平さんとの会話は、芸術・文化・思想論あり、果てはエロ話（とは言ってもそんじょそこらのエロ話とはわけが違う）まで尽きるところを知らず、ついつい深夜に及ぶことが多かった。

七一年には『ピノキオ』の訳者である明平さんを告発する人物が現れたが、その中心的人物がいまでは転向して自民党推薦で京都府の綾部市長におさまっていると、つい昨年のこと激しながら明平さんは怒っていた。

「全集」を出したいので力を貸してくれと読売新聞出版局にいた友人から言われたのは七二年ころのことだ。だいぶ協力はしたが、幾冊かの版権を持っている岩波書店がＯＫせず、実現しなかった。結局『杉浦明平記録文学選集』（全四巻）という形で七四年に完結した。

明平さんを肴にして酒をのむ会、つまり、毎年六月九日の誕生日前後に「明平さんの誕生日を祝う会」が開かれるようになって一昨年まで何回続いただろうか。大手術後はしばらく休んだが、二十回くらいにはなろう。東京や静岡や三重などからも数十名が渥美に集まって旧交を温める。岩波の女性編集者も大の明平さんファンだ。女性が多いのもこの会の特徴だ。「父は女性が大好きだし、女性には優しいもんね」とは長女のミナさん。

私の社では、言論弾圧の厳しい戦時下と戦後の早い時期に書いたものをまとめ私家版として出され絶版となっていた『暗い夜の記念に』（戦後明平文学の原点となった記念碑的書物）の復刻版を九七年に刊行、九九年には『明平さんのいる風景　杉浦明平生前追想集』（はらてつし・玉井五一編）を本多秋五、鶴見俊輔、木下順二氏ら多数の方々に執筆をお願いして出版したが、いちばん喜んでくれたのは明平さんだった。しかしよくもまあ、〝生前追想集〟などと称したものだと、われながら、その厚顔ぶりにいま顔赤らむ思いである。

（『図書新聞』二〇〇一年三月三一日）

厳しさと温かさ

―洋画家・橋本博英を悼む―

橋本君、いま私の脳裡では、貴兄《きみ》は五月の朝、画架やキャンバス、絵の具などを肩や手に南足柄の山野を足ばやに歩いています。やがて、とある丘にさしかかり、じーっと周囲を見わたすと、もう貴兄の、どこをどう描くかという狙いは定まったのでしょう、さっさと画架を立て、スケッチを始めています。

そんな姿が彷彿と目に浮かびます。

私の住んでいる名古屋は、貴兄の父君が最晩年を過ごされた地でもあります。貴兄がこちらに来るたびに一夕、一献汲み交わすことになるのですが、とくに春から初夏にかけての季節には「今夜はゆっくり飲んで泊まっていったら?」と言っても、「いや、今晩帰らないと明日一日を棒に降ることになるから」と、寸時を惜しむように必ずその夜、小田原に停まる新幹線の終列車にとび乗って帰りましたね。

春から夏への季節の移ろいは目まぐるしく、一日ごとに木々は花を咲かせたり、新しく芽ぶき、色合いを変えていきます。〝その日〟はたった一日しかないのです。雨でも降れば、また大切な一日を失うのです。南足柄の自然の中にアトリエを構えた貴兄は、周辺の風景を描きつづけてきました。その季節は自然との戦い、いや、自身との戦いの日々であったのでしょう。一日たりとも、一時間たりともゆるがせにできなかったのです。

朝は六時に起き、食事をつくり、七時すぎには朝食、そしてすぐ外にスケッチに出かけ、夜は読書、九時就眠――という規則正しい毎日は、とても私のような凡人には真似のできないものでした。「地位でも名声でもない。まず人格である。描くことによって人格を磨き、その人格が絵を描くのだ」と貴兄は書いていますが、自らを厳しく律することの大切さを身をもって私たちに示してくれました。誰も見ていなくてもきちっとやる、姑息なことは一切しない。

しかし、貴兄は温かい人でした。義理、人情に厚く、どんなに忙しい時でも時間をやりくりして、友人や教え子の個展があれば、駆けつけ、「やあ!」と、あのにっこりとした人懐っこい笑顔で画廊に現われ、夕方には銀座のスナック「樽」などで一献傾けながら芸術論に花を咲かせ、時には強烈な舌鋒で相手にパンチを喰らわせたこともありました。

また、貴兄は教え子に厳しかったということをときに耳にします。しかし、貴兄ほど若い人たちのことを心にかけていた人はほかにいないのではないかと思います。教え子のTさんが名古屋で個展を開いた時、わざわざやってきて、「彼はねえ、素質はあるんだ。この静物の中の果物や花瓶なんかの描写力はぼくなんかよりはるかにうまい。これで全体の構成がきちっとしていたら鬼に金棒なのにそこが残念だ。そこをわかってほしいんだ」と、心配していたこともありましたね。貴兄の優しさがじーんと伝わってきました。

貴兄の芸術論・絵画論は群を抜いていました。確かな理論に裏づけられた理路整然とした主張には誰もが敬服していたと思います。

何よりも「基本」に忠実であるという貴兄の真摯な姿勢から私は多くのものを学びました。洋の東西を問わず、絵画の大先達から何を学びとり、自らは何を創り出すか、その目的に向かって大きく飛躍をとげようとしていた矢先に、貴兄は思いもしなかった病魔に襲われてしまったのです。

貴兄と初めて会ったのは昭和三〇年前後の学生時代、貴兄がバイトをしていた阿佐ヶ谷美術研究所の近く、高円寺の居酒屋でした。互いに安酒を飲みながら、よく議論し合ったものでした。あの頃、貴兄は丸山眞男さんの『現代政治の思想と行動』という書物を持ち歩いて読んでいて、その中身についても話し合ったことを覚えています。話がはずんで、つい時間を忘れ、当時鎌倉に住んでいた貴兄は終電車に間に合わなくなり、私のボロ下宿に転がり込んで一緒に寝たことも時折ありましたね。同い年ということもあり、ウマがよく合ったのでしょう。

あれから八、九年後に私は郷里の三河に帰り、名古屋で出版社を始めましたが、以来、変わらず親しいつき合いが続きました。二週間に一度くらいの割で、まるで定期便のように電話で三十分から一時間くらい話し合ったものです。嬉しいことがあったり、頭にくることがあると電話です。不思議と貴兄とは考えていることがよく一致しましたね。人に言えないこともよく話し合ったものです。

絵画については幼稚園生だった私はずいぶん貴兄から教えてもらいました。

私の書いた原稿を送ると「面白かったよ」とか「全くその通りだよ」と褒めてくれたり、時には厳しく意見を率直に述べてくれました。

私のところで出版した本で気に入ったものがあると大量に注文し、貴兄は友人たちや、あちこち配ってくれたりもしました。名古屋―金沢間を岐阜県白鳥経由で走っていた国鉄バス、名金線の車掌・佐藤良二さんが、「太平洋と日本海を桜で結ぼう」と二千本の桜を沿線に植えつづけ亡くなった話をつづった『さくら道』に感動し、そのジュニア版をつくろうと積極的に協力もしてくれましたね。それが『さくらの星座』（新郷久著）でした。桜の絵も、「さくら咲く道」ほか幾枚か描きました。

貴兄との〝出会い〟と〝わかれ〟をいまふり返ってみて、感無量です。

いま、爽やかな一陣の風が吹きすぎていきました。

肩書きや上辺だけで判断せず、どのような人に対しても真正面からきちんと〝相対する〟という生き方を生涯貫き通した貴兄は、誰にも替えがたい大切な友人でした。

いまごろは、貴兄とそっくりの真っ直ぐな〝生〟を生き抜いたお父さんの規明さん（河川工学の権威）と時折談笑しながら、下界の私たちを見下ろしていることでしょうね。

（「橋本博英追悼文集」二〇一二年二月）

自己アピールの下手な先生
――追悼　阿利莫二――

阿利さんとの出会い

私立大学運営上の恥部でもあり、伏魔殿とも言われた校友会（OB会＝評議員会・理事会）の不明朗なシステム改善に身を挺して粛然とした姿勢を貫いてこられた阿利さんが志なかばにして突然逝ってしまわれたことは何としても悔やまれてならない。

私が初めて阿利さんにお目にかかったのは法政大学法学部政治学科への学部編入試験での面接の折であった。阿利さんは試験官として、「どうして政治学科を選んだのか。何を勉強したいのか」と、終始にこやかに質問をされ、私はどぎまぎしながら自分の考えを述べたのを記憶している。一九五四年（昭和二九年）のことで、私は少しずつ社会的に目覚めつつあった時期であった。阿利さんは一九五二年に法政にこられたということをあとで聞いたが、赴任された二年め、若手のバリバリであった。ちょうど皇居前での血のメーデー事件の少しあとでもあり、破防法・教育二法・スト規制法・学生選挙権問題の自治庁通達、内灘基地反対闘争など国内は湧きに湧いており、その上ビキニ実験での第五福竜丸被災事件、朝鮮戦争終結による未曾有の不景気の到来などによって私たち国民や学生たちの怒りは一気に過熱していった。

当時の法学部長は中村哲先生。石母田正先生が『歴史と民族の発見』を出されたばかりでゼミではマルクス、エンゲルスの『ドイツイデオロギー』を、飯田貫一先生がレーニンの『帝国主義論』、倉橋文雄先生がエンゲルスの『家族・私有財産及び国家の起源』を、松下圭一先生がウェーバーの『職業としての政治』等を使って学生の指導をしておられ、他大学と比して極めてユニークな教授陣と講義内容が何よりも魅力的であった。他学部にも革新的な学生は多かったが、人の意見を受け売りするような教条主義的な傾向の人たちが多かったように思う。私たちの中にも幾人かはいたが、その後こういった重厚な教授陣、優秀な若手研究者を募って早稲田や慶応、他国立大学に入れる実力がありながら法政にやってくる学生が増えつつあった。講義を盗聴にやってくる東大生や他大学の友人もいた。

“「先生」と言ってくれるな”

私が阿利さんのことを「先生」と呼ばずに、教え子でありながら、「さん」づけで呼ぶのを不遜なやつだと思われる方もいられるだろう。が、それにはわけがある。私は何とか政治学科に編入させてもらったが、助教授の中には若手の方が多かった。私の同級生の中に太田巖君（のちに青森県の中学校の教員になり、教員組合活動などで活躍した）という豪傑がおり、彼は一九二八年（昭和三年）生まれ、青森県庁に数年勤めてから大学にやってきた。私より五歳年上、先生の松下さんより一歳年上であった。松下さんが初めて「政治思想史」の講義を持たれたのが一九五四年（昭和二九年）、私たちが最初の教え子であった。さすがに初めて立つ馴れない教団の上では、彼は上がりっぱなしで上気して天井を向いたまま早口に喋り通され、私たちはノートをとるのが大変で厚い大学ノートが三冊にもなってしまった。年下の松下さんに向かって太田君が「松下先生」「松下先生」と何度もわざと大声で質問するので、松下さんは顔を赤らめながら「おい、その先生というのは何とかやめてくれないか」と哀願された。他の先生も同じような理由で「先生」とは言わず「さん」づけがならわしとなった。

研究会活動

思えば私たちはいい時代に法政の政治学科に学んだように思う。当時は法学会というのがあり、その下部組織である政治学研究会、労働法研究会、法社会学研究会、アメリカ政治研究会、司法会等の学術研究団体があり、社会調査の折などにはそれまでの業績に応じて大学からいくばくかの補助金がもらえた。私は政治学研究会に所属していて二年上には伊藤昭一郎さん（現・法大教授）、一年上では酒井清亮さんが責任者をつとめた。酒井さんは岐阜県土岐市で中学教師をつとめ、現在土岐地方労働評議会の議長をつとめている。彼は大学院に行く予定だったが、卒業寸前に実家が倒産状態となり、急遽郷里に帰り小学校の代用教員を振り出しに教員生活を全うした生真面目な人物である。

私たちの学年では法学会の実力研究会である労働法研究会と政治学研究会を牛耳ろうと、前記太田巌君が〝労研〟を私が〝政研〟の責任者をつとめることになった。政治学研究会ではレーニンの『国家と革命』やウェーバーなどをテキストに週一回くらいの割で研究会を開いた。チューターには当時助手だった藤田省三さんや早稲田の大学院に行っていた（まだ法政の大学院には政治学コースがなかった）伊藤昭一郎さんが来て下さったりした。藤田さんの、指導というよりは、学生の目線まで下りて、対等に真剣に話される姿勢に私たちは感動し大変啓発された。いずれにしても研究室は毎日私たちの溜まり場となり、学生運動の拠点となったり、大学祭等のイベントの基地となったりした。

一九五五年（昭和三〇年）夏、阿利さんの指導で伊豆半島の先端にある南崎村に約一、二週間かけて「農漁村の村落構造と農漁民の意識構造」の実態調査に出かけた。私たち学生はそれぞれ分担をきめ、毎日村をかけずり廻りながら村人からのアンケート調査に携わった。夕食後、阿利さんを中心にその日の報告とディスカッションをくり返した。この時は阿利さんの後輩である清水睦さん（中央大学助手、現・中央大学教授・憲法）も調査に加わって下さった。途中からは中村哲先生も様子を見に来て下さり、ひまを見ては海岸で油絵を描いておられた光景を思い出す。この調査の時、生まれて初めてアワビなる〝高級料理〟を無造作に食べさせてもらった。まだ石廊崎近くは今のように観光地化されておらず、ひなびた漁村の風景が広がっていた。この調査の結果は阿利さんが中心となり私たちもお手伝いしてまとめられ、『法学志林』に発表されている。

こうしたこともあり、私たちは阿利さんと随分と親しくさせていただいた。ご自宅まで遊びに行ったことも何度かある。そこで、阿利さんは体が弱く、たまに休講があったりしたのも、ルソンの影響だということを初めて知った。

私はそのころ、日本一貧しく汚い学生長屋、九段の学生会館の住人で、大学まで歩いて約十分、着の身着のまま、アルバイトに出かける時以外は下駄ばきで通学していた。道で阿利さんにばったたり会った時、「君は気楽でいいなあ」と笑いながら、半分冷やかし気味で言われたことがあった。実は鉄筋コンクリートの校舎に下駄ばきで入るのはご法度であって、学生課の職員に咎《とが》められ、「水虫で靴がはけないので」とごまかして下駄ばき許可証をとったりしたのだった。

このころの私は貧乏にかこつけてバカなことをよくやった。コッペパンにバターやマーガリンなど何もつけず、食事は一日二個と水ときめて二十日間頑張り通し、もうコッペパンを見るのもイヤになってやめたりした。おかげで栄養不足によってひどい脚気《かっけ》に悩まされることになってしまった。東大の友人にもアレクサンドロビッチ・ムサイスキーと異名をとったむさくるしい男がいた。こんな体験があって私も阿利さんの健康上の苦しみが少しずつ理解できるようになってきた。

大学改革の殉教者

阿利さんから声をかけられて、東大の辻晴明先生や鵜飼信成先生らが中心になって実施された「選挙民の意識」調査にも参加したりして、若手の研究者だった佐藤竺さんや多くの方々との知遇を得た。大学を卒業して出版編集者を経て日本読書新聞に入った私は阿利さんをはじめ、こうした機会に知り合った方々から多くの力を貸していただいた。

一九六三年（昭和三八年）、私は独立して「風媒社」という出版社を名古屋で創業。そのかたわら、放送、新聞、雑誌などにもかかわり、原稿を書くことも多くなった。いつだったか、朝日新聞の全国版の「人」欄に紹介された時か、原稿を書いた時のことだったと思う。東京に出たついでに大学に立ち寄ったら阿利さんにばったり会った。

「なかなか面白い仕事をしているじゃないか。また時々研究室の方にも顔を出してよ」とやさしく声をかけて下さった。

私は自己アピールの下手だった阿利さんが好きである。目立たぬところでこつこつと仕事をされてきた。その阿利さんからの影響であろうと思うが、「野の石となれ」というのが私の座右の銘である。〝黒子〟に徹すること。光の当たらないところで営々と地味な仕事を積み上げているような無名の人びとをどうしたら世に送り出すことができるか、が出版人としての私の最大の関心事となった。したがって、創業以来ずっと「すでに世に出ている人には原則的には原稿を頼まない」ということを頑なに守り通してきてしまった。流通機構の問題もあって〝神田村〟以外では成りたちにくいといわれる出版業界にあって、名古屋という地方で、しかも、このような頑迷・愚直な生き方を貫くということは自分で自分の首をしめるようなもので、貧乏はつねにつきものであった。風媒社が一般の人びとに認知されるまでには長い時間を要した。いま、やっと花が咲き始めたばかりである。

阿利さんが総長になられた時、「君に力を貸してもらいたいことがある。この大学の改革というのがなかなか大変なんだ」と、なみなみならぬ決意のほどを披瀝された。誰もが手をつけられなかった大仕事に手を染めるということは下手をすると命とりになる。それを承知で真っ向から改革に手をつけられた。だが、一つ一つ難問を片付けながら前に進まれる姿を見て、「不言実行」という阿利さんらしい行動に陰ながら拍手をおくった。とはいえ、のしかかる重圧によるストレスは、ただでさえ健康状態の不順な阿利さんの心身を一層確実に蝕んでいったものと思われる。阿利さんの死はまさに殉教者としての死であったと私は思う。

大学改革という壮途むなしく、志なかばにして斃れられたことは何とも無念なことであったろうと思われてならない。

私は遠隔の地にあって何もお手伝いらしいこともできなかったのが残念の極みである。三、四年前だったろうか。政治学研究会のOB会にご多忙の中を久しぶりに出てきて下さった阿利さんの、くつろいだ楽しそうな笑顔がいまも忘れられない。

（追悼集「思い出の阿利莫二」一九九五年六月）

君はいまごろ鼻歌を歌っているか
――神谷長君をおくる言葉――


神谷君、いや長《つね》さん、君はなぜそんなに生き急いでしまったのか。残念でなりません。長さん、今日は君を送る日ですが、しめやかにやるのはよしましょう。人を楽しませるのが好きだった君にふさわしく明るくやりたい。

今ごろ君は病気の苦しみから逃れて、川の向こう岸でギターを抱え鼻歌でもうたっているんじゃないだろうか。

長さん、君とぼくは大学の同期生ですが、初めて出会ったのはたしか大学二年のとき、昭和二十八年の五月、駒場の東大教養部で開かれた、ある研究会の席でした。あの頃、ぼくたちの間には青春の熱い血がたぎっていました。真っ直ぐにものを見つめようという純粋でひたむきな思いが胸にうずいていました。よく話し合いました。〝悪い奴ほどよく眠る〟社会なんて許せない！

君は病気がちでしたが、学業を終えると故郷に帰り家業を継ぎ、ぼくも数年遅れて故郷刈谷に帰って名古屋で仕事を始め、以来、互いのつきあいは深さを増していきました。

君を夕方訪ねると、ついつい君の話術のうまさにひきこまれ、帰るのはいつも夜中の二時、三時でした。「おい、長さんとこへ行くときは朝帰りを覚悟でなきゃいかんぞ」と、ぼくらの仲間の間ではそのことが了解事項みたいになっていました。

文学論あり、芸術・芸能論あり、社会批評ありで、話題は百科全般にわたり、時には実演つきのおまけもありました。とにかく君は無類の話し好きでした。

そして、人が考え及びもしないような意表をつく発想で、ぼくらをしばしば驚かしました。

記憶力も抜群。釣り好きな長さんは、やはり釣り好きの作家井伏鱒二が大好きでした。太宰治も好きでした。いつだったか、「こういう小説の第何頁の何行めにこういうところがある」と、井伏や太宰の小説の数頁を完全に暗記していて、ソラで読みあげるのです。また、誰かが目の前でうたった歌を、たった一回、いま初めて聞いたばかりなのに、すぐ歌詞も曲もその場で覚えて、歌い出したのにはど肝を抜かれました。

GI刈りに丸眼鏡、木綿の上下に下駄ばき、自転車――これが長さんのトレードマークでした。知らない人は誰も会社の重役だとは思いもよらない。でもこれは長さん流のダンディズムでもあったんだな。いつか継ぎ皮をあてて数カ所修理した皮靴がピカピカに磨かれて玄関に揃えてあるのを見たことがあります。背広を着る時にはこれをはくんだなと思ったのですが、新品を買うより修理代の方が高くつくんじゃないかとも思いました。しかし、長さんは決してケチじゃない、物を大切にするということにこだわったんだ、その靴に愛着を感じたんだな、とぼくは思いました。

いたずらっぽさ、茶目っ気、それでいてシャイなところがある――それもこたえられない君の魅力でした。庶民感覚を大事にしながら生きつづけました。君が晩年、マメに作りつづけた三栄ハウスの広告のデザインは、まさに豊田市になる前の旧挙母《ころも》の田舎町の庶民感覚を頑迷に守りつづけ、その奇妙な泥臭さゆえに成功していたようにも思えます。何となく信用できそうな気がしてくるから不思議です。

ひと頃は映画のトラさんに熱をあげて、ついに東京は柴又の帝釈天にまで奥さんのつやさんを連れて行ってきたと聞き、さすがのぼくも驚きました。長さんは車寅次郎の義妹サクラがとっても好きだった。

まだまだ驚いたことがあります。宇野重吉の息子の寺尾聡が歌った「ルビーの指輪」が流行った頃、皮ジャンを着込み、サングラスをかけ、ギターまで抱いて寺尾聡そっくりのポーズと声音でそっくりさんをやらかしたというのです。大インテリの君がそうするから可笑《おか》しさが倍加するのです。

表面から見ただけでは一見信じ難いような意外性、君にはそんな一面がありました。

落語も好きでしたが、落語から学びとった話術で、君の話にはいつもユーモアが湛えられていました。聞くのも好きでしたが、相手を退屈させまいとする気遣いがいつも感じられました。病床にあっても、いつも自分から喋り、苦痛をおして見舞客にサービスをつづけました。

長さん、君は仕事の上では、病気がちなこともあって隠者のような生き方を選びましたが、自らの身の置き所をいちばん心得ていたのが君自身だったように思います。

長さん、君はいつも人の仕合せを念《おも》いつづけた人です。故郷挙母の町を愛し、矢作川を愛しつづけました。少年の頃から矢作川で泳ぎ、釣りをして育った君は、美しかった矢作川の水が汚濁していくのが哀しかった。多くの人びとの努力の甲斐あって、今では川の水質も徐々に回復されてきています。

かつて社会になかなか理解されず、君やぼくだけが苦労して築きあげようと努力してきた営為が、いまでは多くの人たちに理解され、当たり前のように言われていることも、これも時代の趨勢というのでしょうか。ぼくたちが青春を賭けて念ったことどもの幾つかはかなえられ、また幾つかはうたかたの夢と消えました。しかし、真実はただ一つ。悪徳が栄え続けることは決してないのです。

長さん、君が生きた五十七年の人生は、ある意味で充実した人生だったように思います。多くの人を愛し、また多くの友人たちから慕われ愛された、たぐいまれな人生でした。

長さん、ぼくたちは君から多くの贈り物を受けました。それは、人間はどう生きねばならぬか、どうあらねばならぬかという生身《なまみ》の教訓です。君が通り過ぎて行った道のあとから、さながら映画の画面のように、温かさ、優しさ、一途さ、頑固さ、そして、無欲——という大きな文字が地平線いっぱいに立ち昇ってきます。

ぼくは昨日の夜、せいいっぱい泣きました。「なんでこんないいやつが、こんなに早く死ぬんだ！　長さんのばか野郎！」

長さん、どうもありがとう。

（筆者注　神谷長氏は社員千人ほどの企業の常務）

（弔辞・一九九一年九月）

瀬尾健さんの思い出　―世界の人びとへの贈り物―

古ぼけた一室での談笑

名古屋を早朝に出発、新大阪、天王寺を経てＪＲ阪和線の熊取《くまとり》にある京都大学原子炉実験所に着いたのは、たしか午前十時半ころだったように記憶している。一九九〇年の初夏のことであった。

電話ではいろいろお話ししたり、論文等を拝読してはいたが、現実には初対面の瀬尾さんはいたって気さくで、懐かしげに研究所の自分の部屋に招じ入れて下さった。

薄暗く、古ぼけた一室でコーヒーを入れて下さり、長時間にわたって「原発事故のシミュレーション」の企画の趣旨や内容の構成をどうするか等話し合ったり談笑したりした。

そのあと、実験所の食堂で昼食をご馳走になり、また話は長々と続いた。

瀬尾さんは、八月に訪ソしてチェルノブイリ原発事故の被曝の調査とソ連の研究者との交流をすることになっているので、その準備にいま追われている。したがって、私の依頼の要件についてはぜひやりたいが、原稿執筆着手は帰国後しばらく経ってからにしてほしいとのことであった。

もちろん、私は了承した。

非凡な文才

瀬尾さんが帰国されて少ししてから、「こんなものを旅行中に書いたんですよ」と、旅の途次に綴った日記の一部を見せられた。一読してみて、瀬尾さんの文才に私は驚いた。

とくに、第二次大戦中にヒトラーのドイツ軍によって村全体が油をかけられ、生きたまま村人全員が焼き殺されて全滅、廃墟と化したというハティニ（カチン）の記念公園を訪ねた折の文書のうち、この村の悲劇の歴史を解説した英文のパンフレットの翻訳の個所が光っていた。

「これはおそらく原文より上手い。名訳ですね。瀬尾さんはきっと文学者になっても相当いい線いっておられたんじゃないですか」と瀬尾さんに言った覚えがある。これは、お世辞抜きの本心から言った言葉であった。

瀬尾さんは本になったこの日記（『チェルノブイリ旅日記・ある科学者が見た崩壊間際のソ連』）の「あとがき」で、この本を出版することになったのは「日記の一部を整理して書きととのえたものを見せたところ、思いがけずほめられたのがそもそもの始まりであった」と書いておられるが、それは右のようないきさつがあったからである。

本格的な人間論

しかし、私は本を出版する立場の人間として、この時いろいろ悩んでいた。たとえどのように重要な調査の記録であったり、すばらしい文体で書かれたものであっても、四年以上も前に起きたチェルノブイリ原発事故について書かれた本はわんさと出ているし、「人の噂も七十五日」というように、もう人々の念頭から忘れ去られようとしている。出版して売れるという自信は全くなかった。出すとすれば絶対に赤字覚悟でやらねばならない。売れる、売れないは本の中身とは全く関係ないのである。それならどうしたらよいか。それから瀬尾さんとの間で意見やアイデアのキャッチボールが始まった。

単なる調査記録では困る、それかといって旅行記仕立ての日記でも困る。さてさてどうしたものか。しかし、とにかく〝やろう〟ということになって、少しずつ原稿が整理されて送られて来、また当方の意見を申しのべて書き足したり、書き直したりしてもらっているうちに、九一年にソ連で八月革命が起こってしまった。目の前に起きた一大事件の遠い向こうに押しやられてしまったチェルノブイリを扱うことは、ますます私としてはやりにくくなってしまった。

それとは別に、瀬尾さんの原稿を読んでいくうちに、「これは単なる被曝実態の調査報告とか旅行記ではない」という確信が強まっていった。科学はいかにあるべきかという本格的な命題を旅行記にことよせてたくみに秘《ひそ》ませた類まれな科学・技術論であり、人間論であるということと、日本の原発行政への厳しい警告の書であるという思いであった。

魅惑的な女性

が、出版というものが採算を度外視できぬものであるかぎり、どうしたら少しでも読まれる本にするか工夫をこらさなければならない。そこで、できるだけ写真を入れたりして、読者の食欲をそそるようなものにしようということになった。

文中に白ロシア原子力研究所を訪れた時の話が出てくる。そこにソフィア・ロマノーヴナ・カリーニナ（ソーニャ）という魅惑的な女性が通訳として登場する。「その女性の写真をぜひ入れたい」と私が言うと、彼は最初は何やかやと口を濁して「いい写真がない」と言う。

たとえば、日記の中に彼女はこんな風に書かれている。

「……女性が一人目についた。年齢は三〇代半ばか。豊かな金髪、紺のスーツに映えて肌が山吹色に輝いて見える。昔読んだアンナ・カレーニナのイメージがこんなだったなと勝手に連想をふくらませていた」

「笑顔がとびきり良かった。どぎまぎしながら握手したが、抜け目なく、ソーニャと呼んでもいいかと聞くのを忘れなかった。彼女の英語もまた独特の訛があったが、なんといってもそのアルトの甘い響きが良かった」

こんな女性の写真がないはずがないと私が執拗に追及すると、彼はついに観念して、苦笑しながら白状した。

「じつは、これは架空の人物なんですよ。実在する一人の人物を二人に分け、一人を女性に仕立てたんです。そうでもしないと、当時のソ連では彼らが上部機関から睨まれ、迫害を受ける可能性があると考えたからです」

それでやっと理解できた。瀬尾さんはソーニャの名を借りて旧ソ連の科学者たちの体制批判の声を代弁させたのであった。そして、資本主義国の科学者たちへのソーニャの羨望の眼差しに対して瀬尾さんは文中でこう答えている。

「批判的な目を持つ広範な大衆の存在が不可欠なんです。これがないと、公害や企業の横暴をチェックすることができません」

いや、どうしてどうして。文才があるどころか、この日記は実録であると同時に一つのすぐれた〝文学作品〟でもあったのだ。

病床での原稿の推敲

この本ができたのが九二年の七月。その原稿の整理とともに最初からの念願だった「原発事故のシミュレーション」の仕事も続けられた。

最初、序章などは、権力と企業の横暴は許せないという激越な調子で書かれていたが、これまでの「原発もの」とは全く異なる、瀬尾さんにしかできない専門分野の研究成果をできるだけかみ砕いて生の形で客観的に表現していただくようにお願いした。瀬尾さんは「これで一般の人々に理解してもらえるだろうか」と小刻みに何度も原稿を送って下さった。少したつと「また手を入れたから」と推敲を重ねた原稿が送られてきた。

そうこうしているうち、昨年三月下旬、突然、ガンで入院されていることを知らされた。赫子夫人からは「ベッドの上で原稿に手を加えている」と瀬尾さんのこの本に賭ける決意のほどを聞かされ、目頭が熱くなった。

病院に連絡し在院の日を確かめた上、京大付属病院に出向いたのが四月十二日だったが、苦しみをやわらげるために東洋医学の治療に出かけられたとかで、あいにくベッドは空だった。

それからお会いすることもできぬまま、瀬尾さんは二カ月足らずで急いで逝ってしまわれた。

以来一年、今年六月、同じ京大原子炉実験所の小出裕章さんらの御力添えにより、瀬尾さんのライフワークともいうべき『原発事故…その時、あなたは！』を無事刊行することができた。

いちばん喜んで下さっているのは瀬尾さんご自身であると思う。

この本の中に瀬尾さんはずっとずっと生きつづけておられます。そして多くの人々の心を揺さぶりつづけることでしょう。

瀬尾さんから世界中の皆さんへの素晴らしい贈り物をどうもありがとう。

（「瀬尾健さんを偲ぶ集い」でのスピーチ。一九九五年七月一日）

死ぬまでが戦い

――追悼　加藤唐九郎――

〝永仁の壺事件〟のさなか、たしか昭和三六、七年にラジオ東京の録音構成で私は唐九郎先生の肉声を初めて聞いた。先生は何かを食べながら、さかんに日本の文化のありようを批判、というより攻撃しておられた。

私はびっくりした。〝贋物づくり〟としてマスコミの集中砲火を浴び、見事に天下の大悪人に仕立てあげられた「唐九郎」の口からこのようなまっとうな〝日本文化〟論が聞けようとは思いもよらなかったからである。話の中身はすこぶる面白かった。とくに文化の中央集権、官僚による文化の支配とそれによる歪みに対する痛烈な批判が痛快であった。既成の評論家や学者どものお座なりの表現とは次元を異にした発想が新鮮で私の心をゆさぶった。

私はその年の暮れに東京を引き揚げ、翌年名古屋で出版社を始めることにしていたので、ぜひ会ってみたいと思った。文学者の広末保さんや杉浦明平さんに会ったとき、そのことを話したら、丸山静氏がぞっこん惚れこんでおられるということだった。名古屋へ来て早々に丸山氏にお会いした。丸山氏は〝惚れる〟なぞという言葉では簡単に表現できないほど、「唐九郎」に入れこんでおられた。

私が唐九郎家を最初に訪れたのは、たしか昭和三八年二月二五日の朝だったと思う。まだ二十代であった若僧の私を「どうぞ、どうぞ」と茶室に招じ入れて下さった先生は、自分と同年代の人に対するように、対等に、しかも激しく熱しながら弁じたてられた。博識であった。なおそのうえに、非常に謙虚であった。

「最近読んだ本で何が面白かったか」とたずねられ、「石光真清の『城下の人』から始まる四部作と『寒村自伝』です」と答えると、「それを貸してくれんか」と言われた。後日、それらを持参すると、数日後、「あの本のおかげで三日間徹夜をしてしまったよ」と読後の感激も新たに維新前後から現代にいたるまでの歴史や文化について、また話のつきることがなかった。

初対面であったのに、その日は昼食もご馳走になり、一日中居つづけて夕食までいただいて夜遅く帰宅したように記憶している。

その日から今日まで、唐九郎先生とはずいぶん中身の濃いおつき合いをしていただき、身に余るほど多くの事柄を教えていただいた。

翠松園陶芸記念館の設立、『川崎音三伝』の執筆・刊行のおりには終始裏方としてではあったが、お手伝いをさせていただいたことも懐かしい思い出の一つである。とくに後者に関しては、昭和四九年から約九年間、毎週土曜日の午後、原稿執筆のための準備・調査の作業をご一緒に続けたわけであるが、不遇な時代に受けた川崎さんの恩義に報いようとされる先生の熱い感謝の気持ちがひしひしと私に伝わってきた。毎週土曜日をつぶすということは〝貧乏ひまなし〟の私にとってかなりきつい先生への奉仕であったが、自身の人間形成にとって、この九年の間にどれだけの〝肥やし〟をいただいたかはかり知れない。

〝五十、六十は鼻たれ小僧だ。その齢になって初めて世の中のことが少しずつわかりかけてくる。

そのうえに立って、どれだけ日々努力するかによって勝負がきまる〟——というのが私が先生から得た教訓である。死ぬまで戦いなのだ。八十幾歳にもなって、徹夜で万般の書を読み研究し、新しい知識を吸収しようとされる先生の姿をみて、私は感動を覚える。こういう努力があってこそ、〝長生きしたやつが勝ち〟という言葉が生きてくるのだ。

先生の周辺に居ながら、先生から何も学べなかった人は不幸である。「当世畸人伝」とかいう連載もの（『新潮』）の中で先生をとりあげた白崎秀雄もその一人である。彼は最初から先生を悪玉に仕立てようという予断をもってその文章を書いている『名匠無頼　加藤唐九郎』を書いた室伏哲郎氏は同書の中で白崎のそれまでの〝優れた業績〟を高く評価しておられるが、この文に関するかぎり、私はけっして優れた書き手だとは思わない。私は〝贔屓の引き倒し〟で先生を弁護しているのではない。先生と私的につき合う機会を多く持ちながら、先生から何も学べなかった白崎の心の貧しさを哀れに思う。名人気質ゆえに多くの欠陥を持ち、誤解されやすく、人から非難されるような部分もあったであろう。でありながら、なお偉大であった先生の〝陽〟の部分をいささかも描けなかった白崎の精神的みすぼらしさだけが私には際だって見えてくる。

先生が亡くなられてしばらくして「遺作」と鳴りもの入りで宣伝された「歴史ドキュメント・家康暗殺計画の謎——加藤唐九郎・織部を追う」というキワモノめいたタイトルの番組がＮＨＫで放映された。この番組を見て唖然としたのは私だけではあるまい。

先生は桃山文化、茶道の精神史については非常に関心をもっておられたし、日本のやきものの歴史、ひいては日本人の美意識の革命に決定的役割を果たした古田織部についてはとりわけ深く調べておられた。私は先生から幾度も話を聞いているし、家康によって彼が断罪される何らかの理由（家康の誤解である場合も想定される）もあったかもしれないという先生の独特の推理も聞いた。

出演依頼は「家康暗殺計画の謎」というようなタイトルの番組ということでは断じてなかったそうである。

だが、あの番組を見るかぎり、番組制作者は「織部は暗殺計画の首謀者の一人である」という確たる予断をもって番組の制作にあたり、先生をむりやりその証言者に仕立てあげたかったように思える。番組の中で先生は一言も「暗殺計画」という言葉は使っておられないし、そう制作者がきめつけること自体が奇異にさえ思える。織部については先生とずいぶん話し合ってきたが、織部が「暗殺」に加担したなどということは先生の口からは一言も聞いたことがない。

驚いたことは、番組放映のすぐあとで出版された同名の本（日本放送出版協会刊）の中で、先生が言っていない言葉が担当ディレクターによって勝手に加筆されていたことであった。

「僕はねえ、どうしても織部がやっているうちにそうなったと思うが、結局は―（ここが暗殺計画の狙いはとおきかえられている）―社会改造です。じゃから徳川幕府とはあいいれぬものができてきたと思う。いつの時代でも、新しい芸術をどこまでもつきつめようとすれば、―（ここに既成の概念や価値観とぶつかりを補足している）―社会改造につながるのです」（『歴史ドキュメント』第三巻二二一頁）

つけ焼き刃の知識で予断をもって相手の言葉をつまみ食いし、自己流に解釈して別の論理を組み立てる――そのことの怖さをつくづく感じさせる番組であった。唐九郎先生はけっしてあのような単純な論理でものごとを裁断されるような方ではないのである。織部の時代精神（あるいは芸術家・茶人としての織部の精神と言いかえてもよい）に迫ろうとした先生の内なる意識が理解できなかったのであろうか。

しかも、寒中、入院中の先生を美濃の山中に連れ出したり、作品を割るシーンなど、番組の脈略とは無関係の意味のない場面の撮影の強行にはあきれはてたし、その後数日で先生が他界されたことを思うと、〝何ということを〟という思いがいまも消えない。

もう一つ、私には忘れられない出来事がある。それは昭和五八年七月の中国社会科学院の陶壁制作である。

昭和五五年のこと、中国社会科学院の中に日本研究所が新たに設立されることを私は聞いた。社会科学院の初代院長（当時は中国科学院と称した）は郭沫若氏であり、氏は生前、唐九郎先生とは親密な間柄であった。また一方、日本のやきものの始源は中国にあったといってもよい。そこで、日本研究所に陶壁をつくって寄贈したらどうか、と先生に話したところ、「もし中国側が受け入れてくれるようじゃったら光栄じゃ。ぜひつくりたい」ということであった。たまたまその年の夏、日中友好国民協議会（中国社会科学院の研究者との学術交流を行う学者・文化人の組織）の訪中団の一員として訪中した私は、事前に組織の会議ではかったうえ、北京でその意向を中国側に申し入れた。その結果、五八年に陶壁の完成をみたわけであるが、当初の〝日本研究所の建物の正面に大陶壁を〟

という構想は、同研究所が新しく建設される社会科学院の十四階建てのビルの中に入ってしまうということで変更を余儀なくされ、社会科学院の外国人接待用の貴賓室の壁面に入ることとなった。私は先生の大陶壁が日中の学術・文化交流の象徴として永久的に残り、北京の一つの名物となるようにと念《おも》ったのであったが、スケールが小さくなったことが残念であった。

しかし、陶壁制作の打ち合せや贈呈のための三度の訪中を通して、この陶壁制作がいかに重要な意味をもっているかということを身にしみて感じとった。中国側も単なるセレモニーとしてでなく、日中の民間レベルの文化交流の一つの礎石としてこの陶壁を受け入れて下さった。梅益先生（当時、社会科学院秘書長）、孫耕父先生（同副秘書長）方にもずいぶんお世話になった。人民大会堂での中国美術家連盟の人々と唐九郎先生との芸術シンポジウムは圧巻であった。大勢の美術家たちを前にして、中国現代美術批判の論陣を張られる先生の舌鋒は鋭く、政治優先、リアリズム一辺倒から転機を迎えつつある中国の人々に感銘をあたえた。

「日中の真の交流は国レベルのものでなくて、民間の文化交流が主でなくてはいかん。双方の国民同士が固く手を結んでいけば、戦争なんか起こりゃせん」

先生のお声がいまも耳に残っている。

先生、私をここまで育てて下さってどうもありがとうございました。先生は冥界にあって、いまもときおり歯ぎしりをしながら、熱っぽく語ったり、徹夜で読書をしていらっしゃるでしょうね。そして、ときにお見せになった、あの少女の羞《は》じらいに似た愛らしい仕草を、今度は誰にお見せになるのでしょう。

（『追悼加藤唐九郎』翠松園陶芸記念館、一九八七年一二月刊）

照れやでオッチョコチョイ ——伊藤幹彦君を偲ぶ——

私はいつのまにか八十歳をとうに越してしまったようなのだが、これまでに〝心友〟と呼べる「友人」は数人いた。もちろん、若くして逝ってしまった友もいる。

何も言わなくてもすべてわかっていてくれる。いつも自分のことのように私のことを心配していてくれるのだけれど、あまりそんな素振りは見せない。ときどき「むりすんなよ」とか、「体《からだ》に気をつけろよ」とか、何かを感じ、忠告やら、はげましの言葉をかけてくれる、いわば分身のような一面をもった友だ。

その心友の多くがもう居なくなった。そのほとんどが「がん」にやられた。あっという間に居なくなったという点でも同じだ。心の支えがポキン！と折れてしまった感じで、しばらくは人に声もかけられない。

幹彦君の場合は、二人だけでそんなに長い時間、話し合ったり、議論し合ったりしたことは少なかった。なのに、いま私が何をやろうとしているのかは聞かなくてもわかっているという感じだった。若い頃から俳句に親しんできたようだから、空気や風や〝気〟を読みとる一種の勘のはたらきが素早かったのだ。

しかし、コマゴマとした資料集めをマメにやる一方で、人の目があまり届かないような意外な資料を探し出してくる。彼の発想の面白さや意外性はマメな資料探索や人一倍強い好奇心にもとづいているが、ただそれだけだと単なる「面白いお話」で終わってしまうが、けっしてそうではない。ときに、ナマのままの半煮えの言葉がとび出してくることもあるが、そこが面白い。とんでもないことを言っていたり、〝何てやつだ〟と思わせたりする発言や行動が人々の目に奇異に映るときでも、一枚上皮を剥がすと、じつに原理的な問題意識によって支えられていることがわかったりする。

正直いって彼は照れやである。偉そうにものを言う人間が大嫌いである。何十年もM市の役人をつとめながら、こんなに純粋で、オッチョコチョイで、出世とは縁のない生き方をした人はマレだ。したがって、彼のまわりには教条主義が大嫌いな人の群れができたようだが、何ものをも怖れず、愉しみながら斗い、かつ生活するという新戦術を編み出していったようである。

（『遊民』第一一号・二〇一五年春）

怪人・唐九郎伝説

1

少年のような純情さ

「あ、かわいい」

画廊の中をゆっくり歩いていた私の右横にいた女性が思わずもらした小さな声が耳に入った。

「え?」と、彼女の視線の先を私は目で追った。そこに、これまで想像だにしなかった世にも不思議な光景を見ることになった。

左側には清楚な和服姿の若い女性が立ち、その向かい側に立つ唐九郎に対してにこやかに初対面の挨拶をしていた。唐九郎の作品展をみるために京都からやってきたという。

ところが、唐九郎の仕草がどうもおかしいのだ。いつまでたっても一言も発しない。頬をぽおっと赫らめ、耳までまっ赤にしてモゾモゾ、手は揉み手のままなのである。そう、少女の羞に似た仕草といおうか。

やっと声を発したかと思うと、

「ぼ、ぼくが唐九郎です」

と額に汗をかいている。あとはつづかない。

豪放磊落、怖れるものなしと言われた唐九郎はいったいどこに行ってしまったのか。一瞬、人見知りして人前でものが言えなかった私の少年時代が脳裏によみがえった。

可憐で初々しい人とか、素朴な女性に対して声もかけられなかったほど初なところが彼にはあったのだ。怪物といわれる反面、唐九郎という人にはじつに純情な〝少年〟のような一面があったことを私ははじめて知った。

唐九郎は本当に可愛かった。

一九八〇年代、唐九郎八〇歳代。名古屋のデパートでのできごとである。

初恋の人との逢引き

瀬戸内寂聴さんが「奇縁まんだら」というタイトルで「日本経済新聞」にエッセイを連載している。その最近号（二〇一〇年三月一四日付）に唐九郎から聞いた初恋の話を書いている。

「初恋の人がいて、小学校の同じクラスの少女を好きになり、憧れていた。相手も憎からず思ってくれていることはわかっていたが、何しろ二人ともうぶだったので、心を打ちあけることもせず、手も触れず、卒業してしまった」

それから、幾星霜が過ぎ、七十を過ぎた頃、偶然、相手の住所がわかった。彼女は東京に住んでいた。

「天にも上る心地がしてね、思いきって電話をかけてみたんじゃよ。そしたら、昔の愛らしい声の本人が出てきた」

「東京に行くから会いたいと言ったら、向うも会いたいという。どこで会おうかということになった。三越のライオンの前なら、間違いがなかろうということになった。

もうわくわくしてねえ。会ったら何と言おうかと、夜も眠られんくらいやった。それで、約束の日、三越のライオンの前に行ったんじゃ。人はいっぱい出入りしとるが、彼女の姿はない。三十分も前に着いて一時間も待ったが来ない。あきらめかけて、ふと気がついたら、向こうのライオンの前で、一人の婆さんがしょんぼりしとる。そういえばずっとその婆さんそこに立っとった。はっとしたら、向こうもはっとした。もしやと、声をかけたら、何とそれがわが初恋の夢の果ての姿やった。会わんが花じゃ。長生きもほどほどがええ」

寂聴さんは言う。

「私は笑いが止まらなかった。それ以来、三越のライオンの横を通る度、私はそこに立って、ライオンをそっと撫でずにはいられない」

この唐九郎の話術には彼流のトリックが仕掛けられている。私が直接唐九郎から聞いた話には二人の恋人が小学校を卒業してからの続編、じつは愛と悲しみの物語があったのである。いやそうではなくて、第二の恋人を見つけたのかもしれない。

どちらにせよ、女性の前では、たとい恋についての百戦錬磨の寂聴さんであっても話しにくかったのであろうか、そのとっておきの秘話を紹介しよう。

肉と魂の葛藤

「明治生まれの人間というと、男女は口もきかん時代じゃったと君らは思っとるじゃろうが、ぼくらの青春時代は大正デモクラシーの全盛期で、けっこう自由な雰囲気があったんじゃ」

名古屋から瀬戸に向けて電車の鉄道が敷かれたことでもわかるように、瀬戸の町は好景気にわき、中央での流行も大都市名古屋を経由してどんどん入ってきた。そうした当時の風俗や瀬戸の先進性を語りながら、唐九郎はいつのまにか、かつて相手を裏切って別れることになってしまった女性について語り始めていた。

「あれはの、瀬戸の大きなセトモノ問屋の娘で性質のとてもいい娘じゃった。ぼくと同じくらいの年じゃったが、十五、六歳からのつきあいで、着物のセンスが素晴らしくよくて、また、帯のしめ方もきりっとして、すがすがしい感じじゃった。

彼女は女学校に通っており、ぼくの知らないことも知っていて、いろいろ教えてくれた。映画も一緒に観に行ったし、評判の洋画が封切られると名古屋まで出かけたりした。本を買ってきて一緒に読んだり、文学の好みも似ていた。当時女学校というと相当資産家の娘でないと行かせてもらえなかったが、彼女には偉ぶったところが少しもなく、小学校もろくすっぽ行かなかったぼくをちゃんと認めてくれてきちっとつき合ってくれたし、彼女の母親もぼくたちの仲を〝公認〟という間柄じゃった」

中根聞天塾や通信教育で勉強したことがいつのまにか教養として身についていて、彼女の目に好もしい男性だと映ったのだろう。

二人で岐阜県との県境にある虎渓山などへ歩いて、いまでいうハイキングに出かけたこともよくあった。いつも彼女が手作りの弁当を持ってきてくれた。もう二人でいるだけで楽しかった。ある時、定光寺に行った帰りに道に迷って薄暗い森の中に入り込み、やがて池の端に出た。幻想的な雰囲気の中で唐九郎は、ついに愛の告白をしてしまった。

「二人でこの池に飛び込んで死のうか…」

それからのち彼の煩悶の日々が始まった。

「じゃがな。精神的恋愛ちゅうものは一方で非常な虚しさを伴うもんじゃ。愛していながら相手を抱けぬ辛さ。憧れや尊敬の念を抱いている女性にはなおさら直接その想いを伝えられぬもどかしさ。肉と魂の葛藤というやつじゃな」

ところがそこに難題が持ち上がってしまった。唐九郎が敬慕してやまない祖母が溺愛していた許嫁のきぬとの縁談を持ち出したのだ。

「自立してやろうと思ってもままならぬひけめと、勝手気ままの自分を許してくれた父親の寛大さへの心苦しさもあって、〝身内の総意〟として出てきたこの縁談をぼくはどうしてもいやだと断りきれなかった」

しばらくしてきぬの家に行った。まだ十六歳のきぬは子どものようにあどけない顔をしていて、しもやけで赤くふくらんだ手が妙な懐かしさを感じさせた。

「ぼくは不意にきぬの手をつかみ、『来い！』と言って人の居らぬのを幸いに一室に連れ込み、そこできぬを抱いた。ぼくはあの瞬間、獣欲の虜になって、愛する人を裏切り、無邪気にぼくを信じていた娘をけがしてしまった。ぼくは自己嫌悪に苛まれつづけた」

とても結婚できそうもない人を諦めるために、自分で自分に引導をわたしたのだ、と思おうとしたが、それは勝手のよすぎる理屈だとは自分がいちばんよく知っていた。彼は迷い、苦しみの淵でもがきぬいた末、瀬戸の永泉教会の扉をたたいたのだった。

花婿のいない結婚式

「花婿はどうした」

「唐九郎はどこへ行った……」

結婚式の会場は騒然となった。が、祖母のたきは意外にも落ちついていた。

「唐九郎め、とうとうやりおったか」

大正七年一二月一一日、新居となるはずの家で親族一同が集まり、唐九郎ときぬの華燭の典がとり行われようとしていたが、定刻を過ぎたのに肝心の新夫唐九郎の姿が見えない。

「いつまで待たせるんじゃ」

「花婿がいないんじゃ、今日の祝言は取りやめじゃな」

と、客や親戚の誰かが怒りや嘆息まじりに言った。

「いや、あの子はちょっと変わっとりますで、こんな大仰なことはいやじゃ、いやじゃと常日頃言っとりましたでの。まさか、ほんとに消えるとは思いもせなんだ。花婿が居らん祝言なんぞ私も聞いたことはないが、ここはこの婆の顔に免じて許して下さらんか。あとのことはこの私が必ず責任を持ちますでのう」

たきは、ちょっとした油断がこのような結果をもたらしてしまったことを後悔しながらも、この場を何とか取り繕おうと、必死で親戚の人びとの説得につとめた。

「花婿のいない祝言」という前代未聞の出来事を目のあたりにして人びとは口々にぶつぶつ言いながらも、この家の長老であるたきの言葉に従い、花嫁だけの結婚式に参列することと相成った。

まだ十六歳で初だったきぬは夫になるはずの唐九郎がいなくても、いささかの疑念もいだかなかった。きぬは小さい時から、たきに実の孫のように可愛がられてきたし、彼女の親たちもそれまで家族のように親しくつき合ってきたからである。きぬの母は唐九郎の子どもの頃の子守役だった。

「まぁ、よろしくお頼みします」

たきは深々と頭を垂れた。

花婿がいなければいないだけ賑やかにしなければ、と祝宴はより盛大に夜遅くまで続けられた。

「ぼくはどうもあの結婚式のような空疎な形式的なことは大嫌いじゃった。ぼくは中根聞天先生から老荘思想を学び、その後西洋の文学を読んだり、キリスト教に帰依していて、三三九度の盃や祝詞など形骸化した儀式の中に身を置くことが何よりもいやじゃった。あの頃の結婚というものは本人の意思とは関係なく親がきめるのが習わしじゃったし、きぬはおばあさんが気に入ってぼくに押しつけたんじゃ。

正直言うと、もう一つ理由があった。それは自分の意思の弱さから一人の女性のいたいけな心を踏みにじってしまったという脛に疵を持つ過去がぼくにあったからじゃ」

唐九郎は朝早くから家を抜け出し、あちこちをほっつき歩いたあげく、夜遅くになって戻ったが、家人は誰も彼に文句を言わなかった。それが一層強く彼の胸に突き刺さった。

「男はのう、女と違って二十歳くらいまでの若い頃はまるで空想の世界に生きているんじゃ、じゃが、その夢から覚めるとすこしずつ現実が見えてくるもんじゃ」

失恋、結婚という体験を経て唐九郎にも普通の生活人としての処し方が身につくかと思われたが、なかなかそうはいかなかった。きぬは働き者で欠点があるわけではなかったが、別れた女性との間で培った歳月の穴がぽっかり開いたまますぐには埋まらず、昔から家族の一員のように育ち、何でも許してくれるきぬの優しさもあって、自由気ままな生き方が身についてしまった。

その正体雲煙漠々

唐九郎は桃山時代を頂点とする日本のやきものの歴史の中で最もすぐれた名工である。彼は天賦の才に恵まれてはいたが、人一倍、いや、人の十倍もの苦労をものともしない努力家であった。いったん、こうと決めたら猪突猛進、どこまでも突き進む。周囲のものは何も見えなくなってしまう。そこで多くの人々から誤解を招くことしばしばであったが、少なからぬ彼の理解者たちは「唐九郎なら、さもありなん」と寛大な心で彼を赦してしまうのだった。

誰よりも的確に性格や性癖を含めた唐九郎像を見事に表現している一文があるので紹介しよう。一九三三年に刊行された加藤唐九郎著『黄瀬戸』（宝雲舎刊）の序文「筆者を語る」。筆者は小野賢一郎（一八八八生まれ、大阪毎日新聞を経て東京日々新聞社会部長、日本放送協会文芸部長などを歴任。雑誌『茶わん』主宰）である。

「……そも〳〵そも唐九郎といふ男は、陶作家なのか陶史家なのか。専門家みたいに史に詳しいかと思へば轆轤も見事だし、焼いたものが何でも焼く、焼いたものが相当以上なんだから、いつたい君は、何をどうするんだ——と聞いてみたくなる。馬鹿に犀利なあたまをもち神経質で敏感で正直で貧乏であるかと思ふと、世事に間がぬけてゐるし気の利かないこと夥しいものがあり、一張羅の洋服を泥まみれにし、帽子位どこでどう忘れるのか常習になつてゐる。不眠不休で地図を引くかと思ふと、その地図を忘れて東京へいつたり京都へいつたり探ねて歩くんだから――恐らく正体が掴めない。私なんか大いに正体は掴んでゐるつもりなんだが、どうかすると、その正体が雲煙漠々として猿投山の彼方へ去つてしまう。始末に了へないといつて、これ位厄介な男はいない。

されば此の『黄瀬戸』たるや旧年中には脱稿刊行すべかりしものが、今年になっても二月になっても一向捗取らない。電報を五本、六本打ったとて手ごたへがない。やつと原稿の一部が着いたと思ふと又返してくれろといふ、返したが最後、電報の連発、督促の使者、あらゆる艱難を嘗めさせられた揚句、天気がいゝとハガキ一本か、返電がくる。明日送るといふ、其の明日が五日先の明日か、十日先の明日か唐氏のカレンダーは我々の暦とちがつて、人間業ではかなわないと諦めたるもの、豈ひとり私のみならんや。

最後の原稿と写真を持つて上京すると前触れの電報をよこして今朝唐氏は東京に来た。写真は持つて来たが原稿は持つて来ていない。さうして序文を私に書けといふ。万事この調子である。『黄瀬戸』の出版の肝煎を承はる私たるもの、やり切れざらんとするも豈――あゝやり切れない。…」

唐九郎の唐九郎たる所以、唐九郎と親しくつき合った善意の人たちの心情、そして、本を一冊出版するために振りまわされつづけた小野の困憊ぶりがじかに伝わってくる。唐九郎に悪意がなくとも、惚れこんだ分が強ければ強いほど、時には敵にまわってしまう人もあったのではないだろうか。

この『黄瀬戸』、日本陶芸史の書き換えを迫る革命的な一書だったのである。唐九郎の身には危険が近づきつつあった。

2

「肉と魂の葛藤」後日譚

前回の私の原稿を読んだという友人から、「これは奇しき縁とでもいうんでしょうか。じつは私の娘が嫁いだ先の曽《ひい》おばあさん（故人）が、むかし若い頃、唐九郎さんと恋仲だったようで、プラトニックラヴで哀しい別れとなった相手のようです。先方の家にお邪魔したりした時にいくつか唐九郎作品を見せてもらったので、どうしてこんなにお持ちですかと聞いたところ、曽おばあさんが唐九郎先生と親しかったので皆本人から貰ったものだそうですという。そこで、『遊民』の原稿を読んで、はたと気づいた」とのこと。

思いもしなかったことが時おり起きたりすることはあるものだが、こんなにはやく反応があらわれるとは驚いた。

唐九郎がきぬと結婚したのは大正七年、二十歳の時。苦しみぬいた末、とび込んだ永泉教会の牧師井上藤蔵はキリスト教社会主義を唱える安部磯雄を師と仰ぐ青年牧師であった。

「夜更けにぼくが瀬戸の教会の前を通りかかると、ちょうど夜の祈祷会の讃美歌が流れてきて、切ないぼくの心に染み通るような感じじゃった。ぼくはたまらず教会にとびこみ牧士に自分の犯した過ちを洗いざらい懺悔した」

井上牧師は温かく唐九郎を包み込んでくれた。神の前には誰もかも罪人であること、悔い改める者のみが救われるということ、そしていまどう処すべきかなどをこんこんと説いた。

唐九郎は恋人に会い、言い出すのが辛かったが、「きみを好きだが、結婚することはできん。許してくれ」と謝った。じっと彼の話を聞いていて、しばらくして上げた彼女の顔は涙でびっしょり濡れていた。

それから数日して彼女と二人で教会に行き井上牧士に会った。唐九郎はきぬと結婚したが、恋人はその後も教会に通い熱心な信者になった。唐九郎はできるだけ彼女から遠ざかるよう心がけた。彼女はその後結婚したあともずっと瀬戸に棲み、穏やかな一生を過ごしたという。


「井上先生とぼくとの出会いはぼくの人生観をがらりと変えてしまった。何よりも、瀬戸の窯屋仲間や職人たちの雑駁さ、不条理さ、固陋さといった中で、私が模索していた何か新しいもの——つまり清冽で知的なものがここには溢れているような気がした」


と唐九郎は書いている。

穏やかだが非常に力強く、彼の説く一つ一つに目から鱗が落ちる思いがし、唐九郎の血となり肉となっていった。弱肉強食の富める者のための社会が許せなかった。唐九郎は二十歳、大正デモクラシーの洗礼をうけ、自我意識に目覚めていく時期でもあった。そして信仰生活にどっぷりつかりこみ、キリスト教を通した社会改造・社会改革運動をめざし、東海地方各地で伝道活動に積極的に従事した。

大正一二年から昭和初期にかけて『靫《うつぼ》』という同人誌に短歌や俳句や小説も「霞《かすみ》」と筆名で発表しているが、初期に書かれたつぎのような恋歌は別れた元・恋人を想う心を詠んだものであろうか。


日一日を君のみすがたゑがきつゝ慕へる我を君知りますや

あへなくばさびしとぞ思ふ吾が心あふてその後のなほも寂しき

私の友人の娘の嫁ぎ先の家の曽おばあさんに贈ったという作品は、唐九郎が自分の作品にどうにか自信が持てるようになってからのものにちがいない。昭和五年（三二歳）には早くも唐九郎一世一代の最高傑作ともいうべき作品をつくっている。

まさに縁は異なものである。ついでに書きとめるが、唐九郎さんの長女の名は「エス子」、次女は「マリエ」である。いかに信仰にうちこんでいたかがわかろうというものである。

大発掘による大きな成果

さて、話を本題にもどそう。

唐九郎が書いた『黄瀬戸』なる本が瀬戸で大事件を引き起こすことになるわけであるが、いったい何がどう書かれているのであろうか。

先に小野賢一郎の「著者を語る」という一文を紹介したが、その文章の先をもうちょっと辛抱して読んでいただきたい。

「さて『黄瀬戸』の内容である。校正刷の大体を通読するに、或は独断に陥る点なきにあらずとするも、こんな男でないと思ひ切つて言へないことをいつてゐるのだから我々にとつては有難いのだ。前人未踏の境地を丹念に掘り下げ掘りひろげて研究したのだからうれしい。この書は必らずや各方面にいろ〳〵な刺戟を与へるであらう、それだけ出版の意義があり著者の努力がある。何といつても此書は宝雲舎編集部の面々を、泣かせ、狼狽させ、憤慨させ、喜ばせたゞけあつて、内容もしつかりしてゐること、新しき研究資材を提供してゐることは確かだ」

唐九郎は少年時代から瀬戸の古窯跡に残る陶片の発掘や収集に熱心であったが、その傾注ぶりは並みではなかった。そうした実体験をもとにして、陶都・瀬戸の歴史ややきものの成り立ちと技術の推移について、さまざまな面から興味を抱き、また疑念を感じながら、実作者として、研究者としての道を歩み始めていた。

この時、唐九郎は三五歳、すでに帝展に入選し、ある意味では作家としての地位も確立していたが、一方で陶磁史の研究者としても一目置かれる存在でもあった。

昭和六年頃から東洋陶磁研究所発行の『陶磁』、宝雲舎の月刊『茶わん』などに論文を発表しており、生産地の中央、瀬戸に住み、しかも実作者であるということが、他の研究者や執筆者たちと視点が大きく異なっていた。

「作家としての地位をすでに確立していた」と書いたが、じつは昭和五年（三二歳）には、国宝として知られる志野の名品『卯花墻』と比べて〝勝るとも劣らぬ〟との評価もある『氷柱』という鼠志野の名碗をつくっている。この作品は当時、日本経済の牽引者であり三井財閥の総帥であると同時に大茶人として知られた益田鈍翁（孝）が所持し、「氷柱」と命銘した。

作品の箱の蓋の内側には、

「藍は藍より出で丶　尚青く　氷柱は水より出で丶尚冷たし　鈍翁誌」

と毛筆で記されている。

唐九郎の古窯跡調査は徹底した学究的な発掘によって行われたが、昭和五、六年には古陶磁史研究の分野で大きな成果をあげた、大阪毎日新聞主催の二つの大発掘――美濃・瀬戸古窯跡の大発掘を行った。

美濃では大萱、大平、笠原、郷ノ木、大川を掘り、そこから瀬戸へ入り、品野、瀬戸、赤津と掘り進んだ。瀬戸で最も古い椿窯の跡からは種類も多く、良品が出土した。

「大毎がバックアップしてくれただけあって、この時の調査はかなり大がかりなものであり、地域も広範囲に亙り、多くの資料を入手することが出来た」

と唐九郎は喜んだ。この発掘にはのちに人間国宝・東京芸大教授となった加藤土師萌も加わった。

しかし、前から目をつけていた古窯を一カ所発掘しそびれてしまった。

翌七年、美濃の大萱にある窯下窯《かましたがま》発掘を今度は個人の力で行った。四年前の九月、山裾を流れる小川の中で焦のある美しい黄瀬戸の鉦鉢の破片と、緋色の濃い志野茶碗の破片数個を拾い、持ち帰った。これが〝歴史的〟な窯下窯の発見につながったのだ。

唐九郎はその後、数回その地をたずね窯跡らしきものをつきとめて発掘をきめ、同年八月末、山の所有者と契約をかわした。五百六拾余円と三カ月をかけた大がかりのものだったが、同年一一月末に発掘終了。発掘品は石炭箱に五十一箱あった。

「最もすぐれた黄瀬戸を出し、有名なあやめ手のドラ鉢や宝珠香合などの黄瀬戸の名器は、すべてここで作られたといってよい、文禄二年（一五九三）銘の黄瀬戸の破片が出土して志野や黄瀬戸の年代を決定する貴重な資料となったことは有名。ほかに志野・瀬戸黒・あめ黒・柿釉などの種類も焼いている」

と『原色陶器大辞典』（淡交社）の「窯下窯」の項には書かれている。

唐九郎は当時のことを感慨深そうに私に語った。

「どこかの美術館に行くと、そこには秀吉好みの茶室が復元されていて、周囲には金箔をはりめぐらし、茶釜も茶碗もすべてきんきらきんになっている。ありゃあ嫌なもんじゃが、ちょうど権力の頂点に立ち絶頂期にあった時じゃから慢心もしとったじゃろう。天下に秀吉の力を見せつけるという魂胆もあったじゃろうが、日本は小国でそんなに資源があるわけではない。私が掘りあてた『文禄二年八月』銘の黄瀬戸の陶片はまったくの偶然ではあるが、秀吉の子、秀頼が生まれた年につくられたものであった。そこでぼくは、あらぬ想像をたくましゅうした。

年老いて子どもができ、親バカぶりをさらしたような秀吉の話は誰でも知っているだろうが、秀頼誕生の祝宴のために美濃の陶工に黄金の食器を焼くよう命じたのではないだろうか。聚楽第跡から金箔をはった瓦が出土しているくらいだからね。相当なもんだったと思うね」

以下、講談社刊の『日本のやきもの』シリーズ⑬に、どのような食器を黄金製に似せて作ったのかという唐九郎の記述があるので、紹介する。

「黄瀬戸の器《うつわ》の形をみてみると、薄手で金属的にピシッとしている。また、ロクロできちんと仕上げた、ゆがみのない形であり、いずれも金属器の姿によく似ている。黄瀬戸のドラ鉢などによくある、縁《ふち》を花びらのように切った鉢が、元来金属器のヒダを模したものという事実にも照合する。折しも中国では明《みん》の万暦《まんれき》年間、このころの墓が戦後、新中国のもとで発掘され、黄金のドラ鉢など、豪華な王家の金の器が出土しておる。当時、朝鮮、中国に異常な野心をもやしていた秀吉が、それを知らぬはずはない。そうかといって、日本では器をすべて黄金で作るわけにも行かぬのじゃ。そこで、めでたい誕生の祝いに、黄金色のやきものを求めた……というのはどうだろう。太閤様が用いた器《うつわ》だから、下々の者にまで使われては沽券《こけん》にかかわるとでもいうのか、おそらくお上《かみ》の係官の立会いのもとに、不良品はことごとく砕《くだ》いてしまったんじゃ」

このような長い期間をかけた研究、調査と、窯下窯出土の陶片から年代を特定する決定的な証拠を得て、歴史的事実を明らかにしようという画期的な内容を盛った『黄瀬戸』の文章には、「やったぜ！」といった唐九郎の気負いがこめられているようにもみえる。これまでの彼の主張をまったく無視してきた地元・瀬戸の工人たちに投げつけた、まさに紙の礫であった。

『黄瀬戸』焚書事件—町は大騒動

昭和八年三月、唐九郎の著作『黄瀬戸』が宝雲舎から刊行されるや、瀬戸の町は上を下への大騒動となった。同書は高度な学術書であったが、全国の研究者や陶磁愛好家の間では評判となり、翌四月には重版されるほどであった。

しかし、「加藤唐九郎膺懲《ようちょう》（こらしめる＝注・筆者）瀬戸市民大会」と称する集会が公会堂で開かれたり、陶祖・四郎衛門景正（通称藤四郎）を祀る陶彦神社に『黄瀬戸』を持ち寄って社前で御祓いをした上、積み上げて焼却処分にするという〝焚書事件〟にまで及んだ。

唐九郎糾弾の理由はさまざまだが、その一つは同書の中で彼が「藤四郎なる人物が実在の人物であるかどうかも疑わしいが、これが瀬戸の開祖でないことだけは明らかだ」と断言したからである。瀬戸の町では毎年春になると「藤四郎祭」が賑やかに催されており、祀り神の藤四郎に対して、明治天皇の伊勢神宮行幸の折に従五位を贈位されていた。その神社を否定されたとあってては黙ってはおれないということもあった。

当時、瀬戸で発行されていた名古屋日日新聞には「陶都瀬戸市の不敬漢を葬れ、『陶彦社』の神域深く。煙は高し尾張の小江戸」（四月二日）とか、「陶祖を毒する瀬戸の不敬漢、市民の敵・加藤唐九郎を膺懲せよ」（四月五日）等という大見出しの記事が連日のようにデカデカと書かれ、市民たちを煽りたてた。

第二の理由は、それまで瀬戸で古くから焼かれてきたと思われていた黄瀬戸、志野、織部、瀬戸黒などは「美濃で桃山時代につくられたものであり、瀬戸固有のものではない」ということを実証したからである。

その頃の瀬戸では幕末の春岱などの作品を最高のものとして、その写しをつくり続け、〝大作家〟として君臨していた人びとがいたが、彼らの面子は丸つぶれとなり、一方でそのことによって不利益を蒙る立場の関係商人など、いわゆる守旧派が一緒になって陶祖である神社を否定するとは何事か、と市民を煽りたて、やくざ者が雇われ、唐九郎抹殺のためのあらゆる手段が用いられた。

祖母懐《そぼかい》に住んでいた唐九郎家には連日脅迫状が舞いこみ、石を投げこまれたり、家に火をつけられるにいたって、ついに家族を別の場所に避難させることになったが、制作中の作品は侵入した暴徒によってたたき壊された。そのうちに本人が暴漢に襲われ、ビールビンで頭を殴られて危うく一命をとりとめるという事件が発生、やがて、生まれ故郷・瀬戸を石もて追われ、去ることになった。

だが、この「石もて故郷を追われ…」というのが定説になっているようであるが、事実は少し異なるようである。人一人が死ぬかもしれぬという大事件ともなれば、殺人容疑の事件として警察も放ってはおけまい。利害がからむ人たちが煽りたて付和雷同して騒ぎ立てた人たちは、事件が意外に大きくなるにつれ、後難を恐れてひっそりと鳴りをひそめ始めた。

知的な人々やクリスチャンなどの間では唐九郎の立場に理解を示す人や同情をする人もいた。本の評判も、小さな瀬戸の町をのぞけば、「よくぞ書いた」という声も多かった。一時にパッとクス玉のようにしぼんで行きつつあったし、この本の評判に力を得て、小野賢一郎が次々と新企画を考え、大判（B４判）の『陶器大辞典』全六巻（昭和一六年完結）の刊行という大事業を始めてしまったのだ。その編集のためと称し、唐九郎を東京へさらっていったのである。

しかし、だからといって彼は祖母懐の自宅をまったく留守にしたわけではなく、妻や子どもたちは父の家に預けたままではあったが、時々帰宅をして制作や調べものに没頭したこともあった。いい土がこの土地にあったからである。かといってこの地に落ちつけなかったのは、ここは湿気が強かったのと、瀬戸の真ん中にあり、常に町中の窯を焚く煤燼によって、彼が最も大事にしていた古文書や資料、書物などが痛んでしまうことに困っていたからである。正確に祖母懐を去り、愛知県東春日井郡守山町（いまの名古屋市守山区）に移り住み、終の棲家と定めたのは昭和一〇年二月のことである。ここには美しい緑の山々と唐九郎が惚れこんだ土が一生使っても使いきれぬほどあったからである。

『黄瀬戸』は「考古学、文献学、歴史学、工芸史の研究成果の総合の上に、更に実技者としての技術的な分析を加えた」、当時としては群を抜いた水準の研究として高く評価された仕事であった。いまでこそ、それは定説となっていて誰も疑う者はいない。しかし、その種のやきものは古来、連綿として瀬戸で焼き継がれてきたと信じこみ、その上に胡座をかいてきた人々の土台を根底から揺さぶることになった。

「無学な陶工ごときに何がわかるか。本を出版するなどとは笑止千萬」――町の有力者や、本歌とは大違いの幕末の写しをつくり虚名を得ていた〝大作家〟など、利害関係をもつ人たちによって唐九郎抹殺のさまざまな画策がなされ、多くの人々が、「唐九郎に天誅を加えよ！」と踊らされたのだ。

「陶祖、陶祖といかにも尊重しているかに見せかけながら、実は一部の人間の私利私欲に使われているというのが、瀬戸の歴史に関心を持つ者としては腹に据えかねた」

と唐九郎はいう。

『黄瀬戸』については関西の財界人小林一三、名古屋新聞の主筆小林橘川（のちに名古屋市長となる）らがすぐ反応を示し、高い評価を与えた。

大阪朝日新聞も同年四月八日号に「『他意はないが学理は曲げぬ』――陶祖架空論の加藤氏が語る其後の感想」という見出しでインタビュー記事を掲載しているが、唐九郎は、

「自分の研究結果が図らずも陶祖を否定するやうな立場になつたことは、ある意味で陶祖を誇る瀬戸市民に不快を与へることで甚だ恐縮してゐる次第ですが、別段その後矛盾といはれる人々、或ひは陶彦神社の御神霊である藤四郎翁を傷つける積りは毛頭なく、只自分は研究家としてその所信を発表したまでなのにかく問題視されることが不思議でもあり、ことの意外に驚いてゐる次第です。中には、何とか学説を取消して瀬戸市民の信仰を傷つけない方法を講ずる意志はないか、と忠告するものもあるが、学者としては学理に真摯でなければならない以上なんとも致し方ありません」

と慎重な回答をしている。この年、プロレタリア作家、小林多喜二が治安維持法で逮捕され、拷問によって獄中で虐殺されている。

何はともあれ、この本の筆調からは唐九郎自身の意気込みのほどがうかがわれる。そして、面白いのだ。

だきたい。

小説より面白い推理――つかのまの桃山時代

『黄瀬戸』本体の肝心な〝さわり〟の部分を抜き書きするので、ぜひ、本人の「地」の文に接していただきたい。これまでの記述と多少ダブる部分もあるかと思われるが、その点はどうぞお許し願いたい。

「毎日窯をたき、土をねり、ロクロをまはしてゐながらも、それが黄瀬戸であるか、はたまた、志野か、織部かの判然たる区別も、筋立つた解釈も、とんと知らない。又知らなくともちつとも差支はなかつた。是は只私一人のことではなくて、今日の瀬戸方面の多くの工人達も、また其の先祖代々も皆然りだ。

キイロな瀬戸の陶器ならば、何でも黄瀬戸、長石による白釉の貫入ものならば、みな志野であると、ヌク（のろま＝注・筆者）の早合点か、タワケの一つ覚えかにさう信じきつてゐる。

黄瀬戸、志野、織部等、之を代々伝へ、現にこれを造つてゐる筈の尾濃の工人達が、事実に於て之を知らぬ存ぜぬと不可思議千萬な話だ。これには何かの仔細があらねばならぬと、私は気がついた。

さうしてやつと次の様に考へた」

と、これまでの発掘調査による実証的研究と合わせて、歴史をはじめ各分野にわたる知識をたくみに融合させながら、独特な推理によって唐九郎は、これらのやきものが時の権力者に好まれ、優れた茶人によって指導され、つくられたが、下剋上の時代の常である権力者の栄枯盛衰によって、ある時期に生産が頓挫してしまった。それが桃山時代の美濃であると、断定するのだ。何と小説を読むより面白いではないか。

「瀬戸系統の何処かの窯に優秀な工人の一群があった。或時代に或階級の人士が彼等に命じて自家の好みの器物を造らしめた。ところが其出来上りが頗る良くて其階級に俄然好評を博し、又々諸種の嗜好の試みは註文となつて、この窯場に一時に雑沓するの盛況を見るに至り、これが為に工人の彼等に曽て覚えぬ所の地位と人望を得て、諸方に同族は伝播し、各々得意の技量を誇る時が来た。然し其の幸運の日は束の間の夢にしか過ぎなかつた。彼等が指導者と仰ぎ擁護者と頼んだ顧客である彼の階級は、あまりにも変化の多い生活の所有者ばかりであつて、彼等が製作の妙技の域に達し、而も大量の需要に応じやうとしてゐる頃には、最早或者は敵に降り、或者は斃れ、又は遠地に移されて、彼等の生産は頓に消化を失つてゐた。

さうして之を造らせた者と造つた者との関係が漸く世に忘れられた頃、誰いふとなしにこれ等の器物を分類し命名して、黄瀬戸、或は志野、或は織部等と呼びならはすやうになつた。さうして之が次第に諸方の数寄者に転々として伝はり、後世になるに従つて其の器物の数は漸減するに反して之を愛好する人々の数を増加せしめて、いよ〳〵ます〳〵珍重されるに至つた。

そして一方之を製作した最も栄誉あるべき筈の工人達は、顧客の地位の変動から需要のなくなつた仕事に全く失望して、何処かに離散し、又は転業するの止むなきに至つてとつくの昔に其陶法は忘れてしまつた。其処で黄瀬戸だ、志野だ、織部だと騒ぎたてられても、其後に現れた新しい工人達には、何が何だか解らないのは当然のことだ。勿論前の之を造つた工人達と雖も其名前は知らない。それも其筈、それは彼等工人の手をはなれて幾代かの後につけられた名であるからだ。

愛好者は、昔のまゝの作ゆきと土味《つちあじ》と釉薬は無論のこと、コゲも、火色も、釉のシワも、ゴトクの痕までも垂涎萬丈、其まゝでなくては承知しない。で、或工人に註文して之を彷《うつ》させる。幾つ出来ても似て非なるものばかり、工人の眼には色や形の技法は映じても材質から来る味の感覚と、これを使ひこなした偉大な指導者の侘びた心が、愚昧な彼等には読めやう筈もない。しかも似て非なる彷作の又彷作が、次から次へと鼠算的に生れて市場にあふれる。

古くて味のよい彼の器、即ち志野や、織部や、黄瀬戸は名品と数へられ、珍器と崇められて、富豪の家の庫裡深く蔵されて容易に之をうかゞふ事も出来ないで、反つて彷作は本歌の名称を奪被して、世上に自由に横行するに至つた。このエタイの知れぬシロモノが黄瀬戸、志野、織部として今日の瀬戸地方の工人達の脳裡に先入してゐる」

陶祖藤四郎については、

「瀬戸焼の発祥した事に就いては今迄の殆ど全部の説が、鎌倉時代に藤四郎景正といふ者が僧道元に従つて支那に渡つて彼の国の陶法を学んで帰朝し、尾張瀬戸の地に窯を開いたといふ物語に一致してゐる。然し私はさうではないと断言する。それより以前から瀬戸焼はあつたもので、この藤四郎なるもの丶伝説はそれよりもずつと後世の、かの文禄四年（一五六一年＝注・筆者）に『別所吉兵衛の一子相伝書』の藤四郎物語が書かれてから其の伝説が、あたかも事実であるかのやうに伝へられたもの丶様である。さうして藤四郎なるものが実在の人間であるかのやうに伝へられたもの丶様である。さうして藤四郎なるものが実在の人間であるかどうかも疑はしいが、これが瀬戸の開祖でないことだけは明らかだ」

それだけではない。

「…美濃山に現れた瀬戸の陶工加藤一族の活動は、野武士の様でもあり、山窩の様でもあつた。さうしてこの一族の宗家なりと称する瀬戸の藤四郎なるものは、或は山窩の親分であつたかも知れない」

と表現はなかなか過激であった。

思いもしなかったライバル

唐九郎を狂人扱いして抹殺しようとしたものは守旧派ばかりと思っていたが、必ずしもそうばかりではなかった。

『黄瀬戸』出版の直前に出された『陶都紳士録』（昭和八年、大瀬戸新聞社編）には唐九郎について次のような紹介がなされている。

「氏は一昨年帝展に入選せる帝展系の陶芸家たると共に、また陶芸史の権威者として其の名全国に遍し。氏は久しき以前より古窯跡を発掘して古陶磁器並にその破片を蒐め、或は古文書を漁りて考証し、遂に瀬戸窯業史に組織を与へ、独創的なる見解より之に系統を附与せる等、其の燃ゆるが如き熱情と敬虔真摯なる学究的態度は深く尊敬すべし。就中、黄瀬戸、志野、織部の研究に関しては、その蘊奥を究めて余す所なく、永年に亘る苦心考究の結晶は近く『黄瀬戸』『志野』『織部』等各単行本として江湖の好事家に見ゆる筈なり。近時代は各地の窯業試験所又は趣味家の招聘に応じて、東京或は京都へ出張講演をなし、氏の薀蓄を傾倒せる講演は非常なる好評を博しつゝあり、氏は現に中部日本最高の美術工芸団体たる掬香会々員たり。氏は常に天真爛漫、邪気なく意の儘に跳躍するを以て奇行逸話に富む。洵に氏の面目躍如たり」

と、ここでは唐九郎の業績や人となりをかなり正確に伝え、近く新著が刊行されることも予告されていた。

が、旧勢力でない、別のライバルたちが、つまり新興の勢力の中にも唐九郎を快く思っていない者がいたのである。

大正四年、瀬戸陶器学校（愛知県立瀬戸窯業高校の前身）の図案科教諭として日野厚が赴任してきた。日野は日本の最先端を行く陶器デザイナーだったから、当時の瀬戸の作家では考えつかないような斬新な感覚をもっていた。彼は学生や同好有志を集め、「瀬戸図案研究会」をつくり、指導した。同会には瀬戸中の窯屋の子弟たちがほとんど参加したという。唐九郎もその一人であった。日野は農商務省主催の工芸展覧会をめざし徹底した指導を行い、つぎつぎと入選者が出た。だが大正八年、日野は瀬戸を去り、のち大倉陶園の工場長となった。唐九郎もこの研究会に参加して新工芸に打ちこんだ時期もあったのだが、やがてキリスト教に入信し、伝導活動に没入したり、音楽や文学に熱中したりしたため、仲間からは異端視されるようになった。

そして、少年時代からの古窯跡の発掘の中で考えつづけた事柄や、〝名工〟になれとの祖母たきの期待をずっしりと両肩に担いながら、自分の進むべき道を考え、新工芸から一人離れ、窯跡の発掘に明け暮れ、昭和に入ると桃山復興のことだけが彼の執念のようになっていった。

瀬戸の青年たちがこぞって新工芸へと向かう中で、一人だけ時代に〝逆行〟する唐九郎を「畸人」「狂人」と元の仲間たちは笑い、ののしった。じつは彼らが『黄瀬戸』事件で一方の大きな役割を担ったのであった。祖母懐に移り、桃山時代の作品の復元、制作に没入する唐九郎の名声は高まる一方であった。「ライバルたちにとっては、彼らの新工芸を否定する唐九郎が〝有名〟になることへの怒りとねたみがあった」

「当時、唐九郎のライバルであり、瀬戸の新しい作家群のトップに立っていた矢野陶々は黄瀬戸事件後、ずっと年を経て唐九郎と親しくなったが、あるとき酒を飲みながら、『悪かった、許してくれ。家に火をつけさせたのは俺だった』と告白した。ライバルの某は、本気で唐九郎を抹殺しようと博徒に酒をふるまい唐九郎襲撃をたのんでいた」（河谷俊也「加藤唐九郎伝」『陶藝唐九郎』所収、毎日新聞社刊）という。
『黄瀬戸』の巻頭には、唐九郎が執筆時の自分の心境をつづった一篇の詩が載せられている。

里のせま苦しい集団生活と屋内の作業とに
うみつかれやすい私の心は
山へ広い天地を求めて逃れやうとする

私は毎日のやうに
里に遠い山の古い窯跡を尋ね
ある時は
すえつくる土や釉を求めて名も知らぬ里にも行き
幾たびか夜を山に明かしたこともある

華やかな社交と
世を渡ることの上手な里の工人達は
私の行ひを狂人だと嘲つて
誰も仲間にしやうとはしない

ひとりぼつちで淋しくなると
つひ山の魅力にひつぱられ
山へ山へと分け入つて
昔の山の窯跡で
まことの道を聞いて見る

3

愚にもつかぬ榎本徹の唐九郎批判

前回、昭和八年に唐九郎が刊行した『黄瀬戸』を紹介しながら、彼が若い頃から古窯跡の発掘・調査をベースにし、志野・織部・瀬戸黒・黄瀬戸など桃山時代に美濃で花開いた茶陶の復元に心血を注いだ研究の経緯をのべた。そうした努力の結果、昭和五年、三二歳の若さですでに「氷柱」という鼠志野の名碗（大茶人・益田鈍翁所持）をつくるところにまで到達している。

しかし、いま思いついたのだが、唐九郎に対し、「唐九郎には代表作と呼べるものがない」という妙ないいがかりをつけた人物がいた。平成一五年五月刊の季刊陶芸誌『陶磁郎』三四号の〈特別企画・加藤唐九郎〉の中に掲載された同誌記者による榎本徹（岐阜県現代陶芸美術館館長）へのインタビュー記事がそれである。

その前年一〇月に開館した同美術館は開館記念展として「現代陶芸の一〇〇年展」第一部「日本陶芸の

展開」が翌年の一月まで開かれたが、それを見た上で、美術館側の作品収蔵および展示の方向性について館長の意見を聞くというものであった。その榎本の回答がふるっている。

これまで、小山冨士夫によって重要文化財に指定されていた「永仁の壺」の贋作を唐九郎がつくったということで文部官僚およびその周辺、その他から〝反道徳的〟であるとの批判はたえずなされてきた。榎本の主張にもそういった意味も感じられるが、唐九郎否定のためのさまざまな言辞の弄し方によって、そもそも〝すぐれた作品とは何ぞや〟という彼自身の考え方の基本がぐらぐら揺れ続けていて、いったい何を言おうとしているのかわからない表現が多い。つまり詭弁に終始しているのだ。

私は唐九郎の最晩年の二〇年間、彼と相当近いところで親しくつき合ってもらった。彼のかなりの部分はわかっているつもりではあるが、それでもまだまだ全部知り得ているわけではない。「永仁の壺」事件をある一方からだけ見て、表面的な批判をする人が多く、しかも、全人格を否定する。私はそういう単純な見方をしたくないと思っている。

本多静雄（元・技術院部長、日本電話施設会長、技術史家）は日本の電力王といわれ、茶人でもあった松永安左衛門から信頼の篤かった人であるが、唐九郎に惚れこみ、彼からやきものの歴史や技術、そしてやきものの美について多くを学んだと語った。名古屋大学の楢崎彰一氏の協力のもとに猿投古窯、渥美古窯の発掘調査も手がけ、やきものの歴史を書きかえた人である。私も唐九郎と接する中でたんにやきもののみに限らず、大きな世界が開けてきた。未知の世界への扉を開いてもらった恩人だという思いが強い。それは彼の書棚を見るなり、彼の著作を読めば一目瞭然である。

唐九郎はやきもの以外に万般の書を読んだ。美術史・美術文化はもとより、歴史、文学、哲学・思想、漢籍、仏教、キリスト教、経済史・経済学（これは東西文化の交流、各国・各地の陶磁産業の興隆・盛衰と関係がある)、法律……などなど、一見、やきものと無縁と思われるジャンルの書物から学んだ知識が彼の頭の中では見事にやきものに収斂されていくのである。大学の一流の研究者といえども数万個、あるいは数十万個ともいえる知識の抽き出しを頭の中に整理して持っていた人はそうはいなかったのではないか。

それゆえ、三五歳にして小野賢一郎よりその才を買われ、昭和八年一一月、『陶器大辞典』(B5判・全六巻、各巻数百頁・第一巻昭和九年刊、全巻完結昭和一六年)の編集に参画、編集主任をつとめることもできたのである。この辞典はわが国最初の本格的な陶磁器に関する辞典であった。

質疑応答

以下、質疑・応答の中で肝心な個所を拾い出してみよう。

——…一つ疑問を持ちましたのは、加藤唐九郎の作品が、美術館の収蔵品として購入されていないことです。さらに、「一〇〇年展」でも並んでいなかったことです。これは意図したことなんでしょうか。

榎本——はい、意図したことです。

私が学生のときに勉強した知識を振り回してもしょうがないんですけれども、過去の作品を見ていこうとするとき、様式論があり、そのなかに天才論という見方があります。それまでにない新しいものをつくった、そして、その時代や周辺に強い影響を与えた。どのくらいの追随者が現れたのか。作品の上でそれがたどれる。そして、それが一つの時代を代表するようなものであれば、時代様式をリードしたことになる。

そういうようなものが天才の定義だとして、その考えを作品の見方の根底に置いてみますと、加藤唐九郎という人は、まだその途中であるという感じが抜けきれない。釈然としないという感覚があります。過去を検証しようとすれば、まず代表作が指摘できなければなりません。しかし唐九郎には、初期の時代から晩年まで、これが代表作だというものが私のなかではないのです。（中略）

「唐九郎には俎皿もない！」

展覧会では北大路魯山人も入っていませんが、こちらは、はっきりいって時間切れだったことに尽きます。作品がありすぎて、一点か二点の代表作を出すというのが難しかった。それでも魯山人の場合なら、俎皿《まないたざら》とかあるんですけれども、唐九郎に関してはそのようなものすらなかった。（筆者註＝バカなことを言うな。織部の大きな俎皿様のものを何点もつくっていた。知らぬというのはこわいものだ！）

荒川豊蔵という作家に関しては、志野に取り組むときの姿勢、自分が陶片を発見して、その発見で自分を鼓舞するような、桃山という明確な目標に向かう非常にわかりやすい姿勢がありました。特に晩年に達成したものは、荒川豊蔵という一人のオリジナリティの現れだと思います。

ここで、いくつかの疑問点がわいてくる。「私が学生のときに勉強した知識……」と榎本は断わってはいるけれども、講義の中でか、芸術論か美学のテキストか何かで学んだ「様式論」とか「天才論」とかいう言葉をふり回している。数十年前に勉強したカビの生えた古めかしい〝理論〟めいたことをふり回すだけで今の時代には通用しないことを知るべしである。もし通じる言葉として生きていたとしても、その言葉につなげて、このような形で唐九郎を論じるかぎり、すでにその言葉は死んでいる。

どうして官僚たちは見え見えの「公式主義」や「天下り」が大好きなのだろう。

「唐九郎に代表作がない」などという無神経な言葉を平気で使う榎本を私はぜったいに許せない。志野でも織部でも、瀬戸黒、黄瀬戸でも、伊賀、信楽、唐津でも唐九郎をこえる作品をつくった作家名を教えてもらいたい。

また、唐九郎は俎皿のようなものをつくっていなかったと言ったが、榎本が唐九郎のことについてよく調べていなかったり、作品についてよく知らなかったりして、つい馬脚を現してしまったということだろう。官僚はいつも偉そうにものを言うくせがついているから、そういうことになる。

私は荒川豊蔵については名人だと思っている。豊蔵志野の完成は唐九郎よりやや遅れたが、ピンク色にほんのり色づく肌の感じは優しく上品である。しかし、焼成温度が低いため、壊れやすいとか、使っているうちに汚れが目立つようになるとお茶人たちは言う。「飾っておくときれいでいいわね」などとも。しかし、あるとき豊蔵作の唐津茶碗を見たとき、ロクロの切れのよさにしばらく見とれていたことがあった。(けっして唐九郎だけにベタ惚れというわけでもないのですよ)

前項の〝豊蔵の志野に取り組むときの姿勢や桃山という明確な目標に向かう姿勢が非常にわかりやすい〟といった発言は、唐九郎の『黄瀬戸』をきちんと読んだらふっとぶと思うが、どうだろう。そこまで傲慢であったり、無知であったりはないと思うが——。

——豊蔵の歴史的な功績や姿勢ということでいえば、唐九郎も表裏一体だと思います。岐阜県において現在、なぜこんなに多く志野の陶芸家がいるかといえば、むしろ唐九郎の存在抜きには語れないのではないでしょうか。

榎本——おっしゃる通り、志野をやるということに関しては、唐九郎が与えた影響は大きかったと思います。（中略）唐九郎の桃山解釈というのが、どうもしっくりこない。いわゆる桃山と唐九郎とを峻別するような唐九郎のスタイルというものが、ある意味では出てこない。

いよいよ何を言っているのか、よくわからなくなってきた。

「茶碗というものが実体のあるものではなくて、非常に観念的なものにしてしまった一つのきっかけみたいなものが唐九郎にはあります。私は、その方向性が間違っているのではないかと思っています」「唐九郎の言説。言葉で茶碗をつくっているんじゃないか。その影響を受けた茶碗は、極めて観念的なものになりやすい」「特に茶碗に関して、美濃の作家たちのある種硬直した作品というものが、やはり唐九郎発で唐九郎症というか、宗教的なものを感じます」

いやはや、読めば読むほど、こちらの頭が変になってくる。私は唐九郎のすべてを肯定せよと言っているのではない。その非凡さ。他の人にないスケールの巨大さ、一途さ等々から私たちが学ぶべきものがないか、ということを素直な気持ちで言っているだけである。

このようなことを言う人が公立の美術館の館長をしているのかと思うとやるせない。いや、ひょっとすると、こういう人の方が多いのかもしれない。

茶碗の持つ清冽な気骨

「いわばそれは植物性の茶褐色の線であり、それ以外のものではない。人あるいは、秋深く所在の枯草の一叢と見るかもしれず、また早春の雪解けのころ濡れて顕れ出た去年の枯むぐらと見るかもしれない。何を描いたものかじつは判然としない。茶は李朝鉄砂の良質のものを思わせて、あくまでも明るく深く、筆致はむしろ奔放といってよい。

絵の上に二度がけの釉薬が、あるいは溜りあるいは流れ、濡れたように輝いている。現代の大方の工人の手に成る志野釉の粉っぽさと異り、申し分なくよく融けているのが、まず印象的である。そしてその下から顕れ出る絵は、あくまでも一筆のカリグラフィであって、その鉄砂の濃淡に冴え冴えとした知性を匂わせる。古志野についぞ見かけたことのない絵である。

土の削りは、右上から左斜めさがりにおおよそ三段になっていて、それが側面高台脇によく引緊った姿を伝える。全体やや薄めの釉がけとも俟って、この茶碗がむき出しの新鮮さを感じさせるのは、主としてこの大業の削りによるらしいが、それはたとえば寒中単衣を愛する壮年の趣であって、老年のそれではない。作陶と覇気とは相そぐわないのが通例であり、とりわけ、志野のような穏かな焼物のばあいはえてしてそう考えられやすいが、その円熟という名の不可解な頽廃に敢ていどんだところが、この茶碗の一つの見どころであろう。腰に一か所、力のある削りのいきおいで径五ミリぐらいの窓が自然にあいてしまったが、それをいじらず、そのまま内外からの釉がけでとめているのもみごとである。

というふうに述べてくれれば、そういう作陶のできる工人の名まえはおのずから瞭かであって、またこれを作ったときの彼の年齢もほぼ察しがつくというものである。そういう茶碗が私は好きである。加藤唐九郎作。似て非なる土と釉を使って「卯花墻」や「住吉」の写し物を作り、あるいはことさらに火色や釉割れを強調したふくれ返った志野を焼く工人たちの知性の無さの傍らに置くと、この茶碗のもつ気骨は清冽でさえある」（後略）

この一文はやきものに造詣の深かった詩人安東次男著『物の見えたる』（人文書院刊）の中の「伝統のゆ

くえ」より引用させていただいたが、唐九郎という作家をよく見抜いていると思う。

もう一人、萩の十二代三輪休雪（当時は龍作）氏の文章を前に一度『陶磁郎』三四号掲載の私の文章の中で引用させていただいたことがあるが、再び使用させていただく。そのうしろの文章はその折、私が書いたものである。

「私は茶盌と言えどもオブジェの本質を持っていなければならぬと言う信念を持っている。茶盌と言うものは茶を飲む道具であってはならない。一つの人格を持った生きものになっていなければならないのだ。そう言う意味で唐九郎茶盌の優れたものの幾つかは、ちょうど光悦の茶盌を観るに光悦その人に対すると同じような、そう言う臨場感がある。つまり氏の茶盌は茶盌であって既に茶盌に滞っていない。（『追悼・加藤唐九郎』所収、翠松園陶芸記念館刊）

と三輪龍作氏は書いているが、あの手のひらに入る小さな茶碗が世界へと無限に拡がっていき、宇宙を包み込むような力強さとおおらかさを感じさせる、あれはいったい何なのだろう。それが作家の〝力〟なのである。雷雲とどろくような噴出する激情、そして優しさ、恥じ入るような可憐な心を併せ持ったこの不思議な人物の精神性が、作品にはさまざまな形で投影されている。

唐九郎の生涯を通して作陶の絶頂期は、やはり昭和四〇年代だと言ってよいのではないか。やがて『動』から『静』へと作風は移っていく」

人によってこんなにも作品の評価の基準が異なることに私は驚いている。小林秀雄や白洲正子らの古美術観賞の指南役だった青山二郎は、唐九郎の個展の折の図録の中から気に入った作品の写真を切りとり、自ら手造りで唐九郎茶碗の作品集をつくっていたということはよく知られている。

青山二郎にとって唐九郎は、そんなに、とびきり気になる存在だったのである。

4

唐九郎（庄九郎）の出生

話をいったん少年時代にもどそう。

唐九郎は明治三一年一月一七日に愛知県東春日井郡水野村（現・瀬戸市水野町）の半農・半陶の父・桑治郎、母・みとの長男として生まれた。しかし、これはあくまでも戸籍上の生年月日であって、のちに物心がついた頃から母が、「お前が生まれたのは土用（立夏の前の十八日間）の入りの、それは暑い日だった。だから、お前は暑さの辛抱がいいのだよ」と何度も言ったのを覚えていた。

その頃は「子どもが生まれたら、幾日以内に役所に届けなければならない」という規則はあったものの、村びとたちの生活習慣は鷹揚で、農業の忙しい時期とか、窯焚きの時期と重なると、ついつい、先へ先へとのばしてしまうこともある。あっというまに三月や半年は過ぎてしまう。「しまった、すっかり忘れていた」とあわてて届けに行くことになる。

唐九郎があとになってその頃のことを調べてみると、戸籍上の生まれ年の前年、明治三〇年の土用の入りは旧暦の六月二〇日、新暦でも七月一九日であった。

唐九郎の他の人と違うすごいところは、念のために気象台に問い合わせて、その日の気温を調べてもらったという。すると、七月一九日はその年のもっとも気温の高い炎暑の日で、母は「お前が生まれたのはその日のうちでもいちばん暑い時刻（たぶん午後二時〜三時頃）だった」と言ったそうだ。

そういった次第で親たちが子どもの出生届けを出し遅れて、半年も放っておいたのではないかと推測されることとなった。

名前も当初は「加藤唐九郎」ではなく、「加納庄九郎」であった。「庄九郎」という名は唐九郎が敬愛してやまない父方の祖母たきの実家の父、つまり、唐九郎の曽祖父の名と同じであった。

唐九郎・祖母たきの家系

ここで、やきもの等に関わる唐九郎↓祖母の先祖の家系の概略を説明申し上げることが必要であろう。これにはかなり複雑な記述が必要となるので、内容の理解の錯綜を避けるために唐九郎自身の言葉を直接聞いてもらいたい。少々長いが、ご勘弁を。（『自伝 土と炎の迷路』日本経済新聞社刊より）

「たきの実家、加藤家は、四代前まで、村上姓を名乗っていた。これは永禄年間愛知郡中根の郷士村村上弥右衛門の女《むすめ》が、加藤家へ嫁に来たからで、当時父方が庶民であれば、そこに生れた子供は、武家である母方の姓を名乗るのが慣習とされていた。それが村上初代の新右衛門景重《かげしげ》である。

村上家は、東海地方の水上、陸上の交通を支配していた。こうした一族と姻戚となり、士族の姓を有することは、新しい力を得ることでもあった。

新右衛門の父の萬右衛門基範《もとなり》は、永禄六年（一五六三）信長から『制札《せいさつ》』を与えられ、瀬戸の陶工を率いて美濃へ移った。そして、この辺一帯の陶工の束ねともいうべき『釜大将』の地位を確立したのは、新右衛門（後の宗太夫景重）である。

『釜大将』とは、瀬戸・赤津・品野（尾張）の三村と、土岐・可児・恵那（美濃）の三郡——すなわち、「瀬戸釜所《かまどころ》」の総師であり、彼ら陶工は、自衛力すら備えた一大集団であった。

その村上家は、天明五年（一七八五）、たきより四代前に、加藤姓に復することを、尾張藩の命に依って強制された。

村上水軍の血を統《ひ》き、釜大将の家柄であるということを誇りとしていたこの一族にとって、いかに藩命とはいえ、村上姓をとり上げられたというのは、よくよく口惜しいことだったに違いない。もう一度釜大将になりたい、村上の時代を甦らせたいというのが、たきの生れた加藤家代々の願望として伝承されて来た。

しかし、明治維新を境にして、加藤家は没落の一途をたどることになる。たきの二人の兄が、体が弱かったり、世渡りが下手だったりしたことも原因であっただろうが、古いものが一遍にくつがえるという時代の波が、やきもの作りの世界にも容赦なく押し寄せて来たということなのだろう。

そうした中で、たきは、子供の時から家に働いていた腕のいい職人の加納武七を聟養子に迎え、加藤家は自分で支えなければという決意を固くしていった。

しかし、たき夫婦の努力にもかかわらず、一旦傾いた家運は、そう簡単に立て直すことは出来なかった。それどころか、別な悪条件も重なって、借財は借財を生み、とうとうその借金のがれのために、加藤姓を捨てて、武七の実家の加納姓を名乗るというような羽目になってしまった。

今でこそ、加藤であろうが、加納であろうが、村上であろうが、それにこだわる方がおかしいというくらいの受取り方しかされないだろうが、家業を継承し、先祖を祀ることを最大の務めと考えた封建時代に育ったたきにとっては、自分が守るべき家を捨てることは、死ぬほど辛かったにちがいない。その時から、

〝加藤姓に復帰すること〟が、たきの当面の悲願となった」

たきは自分の息子の桑治郎（唐九郎の父）に加藤家再興の夢を託したが、律気な働き者ではあったが、「名工」の域には及ばず、その夢を実現することはかなわなかった。もう時代は変わりつつあった。

祖母たきの孫への期待

そこで、たきが考えついたのは、桑治郎の長男として生まれた可愛い孫であった。その名も「庄九郎」、たきの実家の父の名を襲名させたのであった。祖母の期待と愛情を一身に受け、自由奔放に子ども時代を生きぬいた。窯場は神聖な場所とされ、火を扱う危険な場所でもあるので、子どもは入ってはいけないと言われていたが、庄九郎は祖母の慈愛の手によって守られ、一日中、窯場に入り込み、泥んこになりながら土をこねて遊んだり、本職の職人たちが茶碗や水指しや花生けや壺などを作る時に使うロクロの上に土をのせて、「形になるような、ないようなもの」を次々と作ったりした。

下手をすると危険をともなうような、刃物などの道具類があちこちに置かれているから心配なはずだが、「しかし祖母は、そういう私を目を細めて眺めていた。私にとってこの上なくおもしろい泥んこ遊びが、祖母には、まるで『名人職人』への才能の萌芽のように見えたのかもしれない」と唐九郎は当時のことを懐かしそうに回想している。

庄九郎は小さい頃によく「癇の虫」を起こし家族たちをハラハラさせた。三歳くらいの時、暑い七月頃のことだ。祖母が彼を背におぶって、名古屋市中川区の四女子という所にある鍼医まで「虫封じ」に連れて行ってくれたことがある。水野の家から四女子までは九里（約三六キロ）以上はあったというから、女の足で、しかも子どもをおぶって歩いたら、いったい何時間かかったのだろうか。いま考えると、ゾッとするほど遠い道のりだったと思う。おそらく、朝早く暗いうちに家を出、途中で持参した握りめしなどを食べ、治療をうけてから、また、てくてくと往復七二キロを歩き通しで家に帰り着いたのは夜のとばりがとっぷりと下りたあとと思われる。孫可愛さに、よくぞ遠路を歩き通したと驚嘆する次第だ。

先生の足を斬る！

庄九郎は明治三七年、水野村尋常小学校に入学した。日露戦争が始まった年である。その頃、生徒が字を習う時にはノートや鉛筆ではなく、全員、黒っぽい石板と白い石筆を持っていて、石筆を使って字を書いた。書いては消し、また書く、という形で、ノートのように書いた字が残っておらず、消えてしまうから、家に帰ると、今日どんな字を習ったのか忘れてしまう子もいた。庄九郎は石筆でいくら字を書いてもうまく書けなかった。しかし、先生は大きな黒板に白墨を使って書かれるので、上手に見えた。

「先生、白墨を下さい」

と言ったら、「よし、よし」と短くなった白墨を何本もくれた。赤いのまでくれた。嬉しくなって、それを使って石板に書いてみたが、少しも字はうまく書けなかった。しかし、先生にもらった白墨はカバンの中に入れ、いつまでも大切に持ち歩いていた。

担任だった六鹿先生は小柄な温厚な人で、生徒をとても可愛がってくれた。その先生が二年の終わりに他の学校に転任されることになり、別れの挨拶を聞いて、庄九郎も他の同級生と一緒に泣いてしまった。

そのあと、三年生の受持ちになったのは、たしか鈴木という神経質な感じの若い先生だった。この先生の誤解が原因で、庄九郎は例の「癇の虫」を爆発させてしまった。

当時、瀬戸は陶磁器の街として日本中に知られた所ではあったが、唐九郎の生家がそうであったように、半陶・半農の暮らしも多く、周辺には畑や田んぼや、養蚕のための桑畑もいたるところにあり、そうした田舎道を歩いて小学校に通っていた。

ある日の下校時に庄九郎は級友のマサと一緒に通学路である田んぼの中の道に沿った、肩まである深い溝の中に身を隠し、担任の教師を待ち伏せしていた。「あの先公、いまに見ていやがれ！」二人の眼は血走っていた。

その数日前のことだ。庄九郎が六鹿先生からもらった白墨で石板に字を書いていると、担任の教師が来て、黙って襟首をつかんでずるずると引っ張って行って、いきなり突き倒し、靴で蹴飛ばした。どうしてそんなことをされるのか、庄九郎には皆目、見当がつかなかった。すると、

「なぜ、白墨を盗んだ！」

と教師はいう。

「盗みゃせん。前の先生にもらったんじゃ」

と言っても、

「こんなもん、くれるはずがあるか」

と横っ面をピンピン張って、また蹴った。その時、蹴られた足が痛くてまったく身動きができないくらい

だった。先生のやり方が理不尽だと思っても、子どもがかなうわけがない。庄九郎は、痛いことより何よりも、先生に盗人呼ばわりされたことが口惜しくて口惜しくてならなかった。

するとマサという同級生が、

「それは、わしも見とったけども、たしかにこいつが前の先生からもらったんだ」

と言ってくれた。「助かった…」と庄九郎は思ったが、先生はマサを引っぱって行って、

「このやろう！　嘘をつくな！」

と今度はマサを殴ったり蹴ったりした。マサの頭に見る見るコブが三つ四つ出来て、二人で一緒にわんわん泣いた。

マサは同級生といっても、庄九郎より二つ年上だった。弟や妹がたくさんいたから子守りばかりさせられていて落第したのだ。体格もよかったが、庄九郎以上に負けん気も強かった。

「おい、二人であの先公に仕返しをしてやろう」

「仕返しって、どうするんじゃ」

「鈴木先生を待ち伏せしていて、おれたちを蹴倒した足を斬っちまってやるんじゃ」

「よし、やろう！」

賛成はしたが、庄九郎はどうやったら先生の足を斬ってしまえるのかわからなかった。すると、どこでどういう知恵を仕入れたものか、マサが詳しくその方法を伝授した。

「片刃の桑刈鎌を外側から中側に向かって研ぐと、ハガネのところがボロボロになって鋸のようになる。それを左手で支えて相手の足に引っかけ、右手にうんと力を入れて自分の体がうしろへ倒れるまで引けば、

さっと斬れる」

マサが考えついた、いままでは思いも及ばないような超過激な復讐戦を実行に移すこととなった。そこで、それぞれ家から桑刈鎌を持ち出して、神社の森の中の木で片っぱしから「エイ！　ヤー！」と試し切りをしてみた。少し慣れると直径二～三センチの木が気持ちよいくらい切れるようになってマサと上達を喜んだ。絶対に失敗は許されないというので、一週間も練習するうちに、子どもの手首ほどもある樫の若木などでもスパッ、スパッ！　と切れるようになった。

庄九郎は左ききだったので、右きき用の鎌は扱いにくく、最初はさっぱり成績が上がらなかったが、三十分くらいやってみると、マサの腕前に追いつくことができた。

これで予行練習は完了である。

彼ら二人が溝に身を潜めたのは午後三時半頃だった。マサは「おれが先に右足を斬るから、お前は左足を狙え」と言った。マサが右足にこだわったのは、その足が彼の頭を蹴飛ばしたからだろう。

二人の胸算用では先生がこの道にさしかかるのは四時頃のはずであった。だのに、四時半を過ぎてもまだ標的は現れなかった。しびれを切らしかけていると、足音がめざす方角からだんだん近づいてくるのが聞こえてきた。相手に見つからないように、そっと頭をもたげてのぞくと人違いであった。

「畜生！　どうなっとるんだ！」

マサが歯ぎしりをして口惜しがった。二人は三時間も溝の中でじっと待ちつづけたが、あたりはとっぷりと暗くなっていた。

先生はそんなことがあろうとは露知らず、その日は別の道を通って帰ったのだった。ところが、二人はその翌日も「今日こそは！」と溝の中で待ちつづけたのだが、またしても待ちぼうけをくわされ、〝復讐〟は見事に失敗に終わってしまったのだった。

「あの時、先生の足を斬り落としていたら、えらいことになっていただろう。血が頭にのぼるちゅうこと怖いことじゃ。今から考えると、ぞっとするよ」

と唐九郎は晩年になってしみじみ述懐した。

（この項は、筆者が直接本人から聞いた話と、後に唐九郎自身が執筆した『かまぐれ往来』（一九七三年一月より中日新聞連載、新潮社刊）の中の記述にくいちがいがありますので、双方を照合した上で『かまぐれ往来』を軸にして多少アレンジしてあります）

5

後継者重高（三男）の死

二〇一三年四月九日午前一一時すぎ、唐九郎家の後継者・加藤重高氏が同日一〇時五〇分に亡くなったという電話が遺族から入った。

私はその二日前の七日に強風によるスリップ転倒で大腿部を強打、救急で病院に運ばれるという騒ぎを起こした直後で骨折はあやうく逃れはしたものの、簡単に歩ける状態ではなかったが、なにはともあれ、名古屋市守山区翠松園の加藤家に駆けつけた。

長男の嶺雄氏は若い頃に一家から独立、次男は第二次世界大戦中に中国で戦死、昭和二年生まれの三男重高氏が唐九郎と共に暮らし、父を支えながら自身の作家活動をつづけてきた。

「博覧強記」「豪放磊落」「自在勝手」とも称される唐九郎の許で幾十年もの間、生きつづけてきた重高氏の〝生〟を推し量りながら、私の心中は感無量の思いが渦まいた。

死因は膀胱がんであったが、だいぶ以前から胃がんで胃の全摘手術をするなど、多くの病気をかかえ、入退院をくり返しながらも辛抱強く作品をつくり続け、あとを継ぐ次男高広君の指導にも心をそそいできた。

加藤家に到着して私が驚いたのは、つい三日前の四月六日に重高夫人の延江さんが膵臓がんで亡くなり葬儀をすませたばかりだという。

延江さんは平衡感覚のすぐれた女性で、重高氏の妻としてだけでなく、唐九郎をも、彼が八八歳で旅立つまで、下から、また、裏から加藤家を支えてきた、ある意味では貴重なもう一つの柱であったといえよう。

彼女は近年まで健康であるようにみえたが、最近病を得、それを外部の人に極力察知されないように心がけていたそうだ。ある意味で特異体質のため、がんにかかり入院したにもかかわらず、手術ができず、自宅療養をつづけ、悪化すると、入院――ということをくり返し、襲いくる痛みにがまん強く耐え抜き、最期は壮絶だったとのこと。「延江さんあっての重高さんだ」と人がいうほどだから、これまで頼りきっていた妻に先立たれ、重高氏は一気に力を失し、後を追う仕儀となったのだと思う。唐九郎は「延江はよくできた嫁じゃ」と私にも言いつづけた。

ここで、ぜひ書いておかねばと思うことがある。それは、死を前にした布団の中で重高氏は、いつもトレードマークのように愛用していた若者風の青いデニムの仕事着を着たままで、周囲の人がいくら着替えをすすめても絶対に脱がなかったとのことである。「稲垣さんにぜひ見てもらいたかった」とは高宏夫人弘美さんの言葉である。

告別式は一二日正午から行われた。

私は重高作の瀬戸黒の茶盌の中に人間国宝級のものが幾点もあると思っているし、鼠志野の額皿などにも優品があった。

私はこの間、三日ばかりおつき合いさせていただいたが、唐九郎の息子・嫁・孫など一統の方々と交わるなかで、故人や唐九郎の人となりについて、多くの断面にふれることができた。

林屋晴三・重高対談

ここに林屋晴三氏（陶磁研究家で現・菊池寛実記念智美術館館長）と重高氏の対談の記事がある。その一部であるが、ぜひお目にかけたい。

林屋　十五歳のときから唐九郎先生の助手としてはたらかれたわけですが、親子とはいえあれだけ個性的で、ある意味ではアクの強い方の助手を四十五年間もつとめられたのは大変だったでしょうね。非常に貴重な体験であったかもしれませんが、作家として生きようとする場合にこれほどのマイナスはなかっただろうと思われます。いわゆる自己犠牲のなかで唐九郎先生を支えられた。ご苦労様でした。

重高　支えていたなんて言えませんけれども（笑）、とにかく自分を殺さなければ成り立ちませんでした。

林屋　重高さんがいらっしゃらなければ、昭和四十八年の「野の陶人唐九郎展」（名古屋・丸栄百貨店）もなかったでしょうし、少なくとも昭和三十年代以降の唐九郎さんの作陶がどうなっていたかわからなかったでしょう。（中略）唐九郎さんというと、なまじっかの親ではないし、なまじっかの陶芸家でもありませんからね。師匠としても陶芸家としても、あれだけ奔放な人格というものはない。（中略）いい意味での芸術家の精神というものをおのずから持っていた。このことは重高さんにも少なからぬ影響を与えたでしょうね。（中略）

重高　……親父の土探しは、はじめはほとんど私が、親父の言いつけでやっていました。ところが、親父があまりにも材質にこだわるので、もう少し材質を生かすことも考えるべきではないかと思うようになったんです。良い材料を探すことも大切ですが、それを生かすことも忘れてはならないと…。

林屋　でも、それはおそらく、唐九郎さんもわかっていましたよ。料理だって、最高の材料を使わなければ、どんなにいい腕を持っていてもやっぱりダメでしょう。日のたった魚を使えばそこまでの味しか出ないのと同じです。（中略）結論的に言えば、良い仕事をすれば、すべてが回り道にはならないわけですよ。

重高　親父が持っていた子どものような奔放な心が欠けているのかもしれません。以前、親父のところに版画家の棟方志功さんが見えたことがありますが、あの方は本当に子供みたいな方なんですね。（中略）やはり、ものつくりというのは童心を失ってはいけない。やはり、子供みたいな感受性をもって、そのなかでものに感動してつくっていく。親父には「理屈が多すぎる」とさんざん悪口を言われたものです（笑）。

（中略）

重高　ところで、古い志野の「卯花墻」には、〝つくろう〟という意識が強くはたらいていますね。

林屋　非常に強いですよ。ただし、つくろうという意識は厭味にならないところが良さですね。たとえば、光悦の「不二山」という茶盌も大いにつくろうとしていますよ。桃山人はこだわったからこそ、こんなものが出てきたんですね。茶盌というものは、日本人、ことに十五世紀以後の日本人にとっては、独特の造形なんですね。単なる器ではなく、心の拠り所というような面がある。そういう意識が非常に強いから、唐九郎さんも、死ぬまで茶盌にこだわって生きてこられたし、また次の世代もその次の世代も、結局は茶盌を追求していく陶芸家が多い。その中に重高さんもおられるわけです。

重高　「卯花墻」の造形力というものは、世界的なレベルだと思います。あれが彫刻であったら、あるいは絵画であったら、どこへ持っていっても最高の造形となっていたでしょう。一つの世界的な水準の極致をいっている造形です。

林屋　たしかに「卯花墻」のような桃山の志野の茶盌には、何点かそういうものがあるんです。美濃のやきものというのは、基本的には職人芸のなかで非常に高揚していいものができていくんですけど、「卯花墻」を見ていると、あれは職人の世界ではないですね。職人に素地をひかせて、それからしかるべき者が造形化しないとああいったものはできてこない。窯場にたくさん落ちている破片に、「卯花墻」のようなものはそうはないんです。

重高　そうですね。すべて知り尽くしてやっているという感じですものね。

林屋　桃山時代における職人のあり方、窯場のあり方、作者のあり方というものはまだ解明できていませんが、あえて言えば、あそこまでのものは、職人の世界からできるものではない。やっぱり、かなりの美意識をもつ者で、想うものが深い者でなければできないでしょうね。
重高　きわめて技巧的で大したテクニックなのに、それを全然感じさせないのがすごいと思いますね。（――以下略）

論議ははてしなく続くが、引用はこのあたりまでとしたい。長々と引用したのは、唐九郎の許で重高氏がぼんやりと助手をつとめてきたわけではない、ということと、陶芸作家たちが何を考え、桃山という時代が茶陶を志してきた作家たちにとってどのような時代であったのかを読者諸賢に少しでもわかってほしい、という筆者のひそやかな願いがあったからです。どうぞお赦しねがいたい。（『加藤重重高作品集』一九九〇年、講談社刊より）

再び少年時代へ　学校をさぼり作陶や陶片集め

庄九郎が小学校に入学した頃は学制は四年制であったが、四年になった頃には六年制に変わっていた。しかし、轆轤をまわして作品をつくったり、古い窯跡で陶片を集めては宝物のように眺めていたりしていて、あまり熱心に学校に通わなくなっていた。仕事場に入ってさえいれば、祖母は不登校の庄九郎に対しても寛大であったので、どんどんずぼらになっていった。

しかし、四年になった時、一人だけ新任の図画の先生が庄九郎の興味を引きつけた。それまでは聞いたことのないような方法で「デッサン」を教えてくれたのだ。

まず写生する構図に対してワクをつくり糸を引く。それと同じ線を画用紙の上に引いて、その分割率でものを写しとって行く。立体はすべて三角形で捉えよということも、その時に教えられた。

「いま思うと、特に私には、懇切丁寧に教えてくれたような気がする。この頃から『かたち』というものに対して人並以上の関心が、すでに私の中にあったんだと思う」と、その時のことをしみじみと思いかえす。その図画の先生は、二、三年のうちに学校を去っていかれたが、のちにひょんなことで出遇うことになった。(後述)

前にも書いたが、七、八歳の頃からいちばん興味を抱いたのは陶片集めだ。この頃、内務省が愛知県の猿投山一帯から岐阜県東濃地方の一部にかけて大がかりな砂防工事を始め、周辺の人々が連日、人夫として狩り出され、次々と山が削られ、それによって古い窯跡と大量の陶片が現われ出した。

当時砂防工事のことを「窯こわし」と瀬戸の人々は呼んだが、「私はその現場を見物するのが何よりも楽しみであった。ふかし諸やにぎり飯を持って毎日、人夫たちについて歩き、掘り出される陶片を持ちきれないほど拾い集めてはせっせと家へ運んだ」。

このあたりのことは『自伝・土と炎の迷路』にも書いている。

工事は大正の初期まで続いた。庄九郎はその間に、「あたり一帯の位置関係や特徴を手にとるように覚えこんだ。このことは、後の古窯発掘に大きな威力を発揮すること」になった。しかし、何ごとにつけても、一つのことに夢中になると、前後を忘れて熱中する性癖はこのあたりから現われはじめている。

やきものづくりと陶片集めなどで学校にはろくに顔を出さなかったが、六年生までの卒業証書だけはもらった。その頃までには窯場の仕事は一通りできるようになっていた。

唐九郎には絵は描けぬ？

ある時、中日新聞の元文化部長であった三浦小春さん(故人)が「荒川豊蔵さんは絵がうまかったが、唐九郎さんは絵が描けなかった」ということを私に言った。

私はその場で、「そうではない」と反論したが、彼女は怪訝そうな顔をしていて、なかなかわかってもらえなかった。

たしかに豊蔵には山水を描いた角皿や、文人画や九谷風の絵皿や書画が多く残されているけれども、唐九郎にはそれが極めて少ない。だからと言って、彼には絵が描けなかったということには決してなるまい。やきもののもつ土味を大切にする、そういう意味で、やたらに絵を描きまくるという手法を避けたのではないかと私には思える。

唐九郎は小学生の頃、南画家の中根聞天の画塾に通いはじめ、それは十七歳まで続き、やがて師範代までつとめた。

「陶器の絵付けをするのに南画（日本の文人画のこと）を習っておくことが必要だと思って、ぼくは一人で中根塾をたずねた。すると、髭を生やした威厳のある先生が出て来られた。ぼくが『絵を習いに来ました』とぶっきらぼうに言うと、『いかん！　もう一ぺん外へ出てやり直しなさい！』と一括され、大変なところへ来てしまったと思った。先生は旧尾張藩出で、京都で南画を学ばれ、明治時代になって藩が解体したあと、瀬戸へ来て昼は陶器の絵付けをしながら、夜は南画と漢籍を若い人たちに教えておられたが、さすが、武家の出だと思った」

絵を習うのが目的で入門したのだが、半分以上が漢籍の勉強で、先生は厳しかった。

「『論語』や『老子』や『荘子』など、はじめは目を白黒させてびっくりしていたんじゃが、その韻律が何とも言えぬいい感じで響いてくる。漢詩も作った。この中根先生の厳しい指導のおかげで、後年になって陶器の研究のために中国の古文書や陶器関係の書物を読むにあたって、さほど苦労せずにすんだ。中国の最大の辞書といわれる『康熙字典』を引くこともできたんじゃ」

と唐九郎は述懐する。

さて、絵のほうはどうであろう。

「南画は、はじめは、その筆法から習う。まず、四君子を描かされる。高潔な美しさをもつ蘭・竹・梅・菊――と描いていって、山水を描き、いちばん最後に石を描く。石を描けるようになると、もう一人前だと言われる」

腕も師の期待通り上達し、師から「越嶺」という号をもらった。その技法は彼の陶芸作品にどのように生かされたのか。

その後、紆余曲折を経て、桃山陶の再現に向けて確固とした歩みを始めた時、彼は次のような境地に達した。

「純粋に陶器の美だけを追い求めるようになった時、私は絵も捨て去った」

磁器を除くやきものにとっては、デザインよりも何よりも土味、造形、釉薬、焼成技術こそが重要である。とくに桃山陶の場合、禅の思想に根ざした茶の精神にかなう精神的美意識に裏うちされた作品でなければならない。きらびやかな絵や装飾が施されていては、やきものそのものの持つ質感や端正さを、強烈な個性、精神性をそこねてしまう。志野や黒織部等の桃山の美を追求した唐九郎の作品群からは極度に単純化したデザイン（絵付け）で手の平にのる小さな作品の中に大きな精神的宇宙を矯めこむという壮大な試みを発見することができる。この〝単純化〟という営みは絵画的センスがなければ、決してできるものではないのだ。


〔本稿の中で敬称の用い方にバラツキがありますが、ご了承ください〕

6

恐怖に包まれる瀬戸の町——米騒動

唐九郎が結婚したのは大正七年（一九一八）であったが、世はまさに激動の時代であった。第一次世界大戦（大正三～七年）の余波によって瀬戸は一次的に未曾有の好景気に見舞われたこともあったが、大正三年九月六日には名古屋で市電の運賃値上げをめぐって約五万の民衆が鶴舞公園に集まって大集会を開き、それまでの物価高への不満が一気に爆発して暴動化、電車焼打ち事件に発展した。

「そりゃあ凄かった。ぼくはもの好きじゃから、軍隊がのり出して五日間にわたった騒動がおさまると、さっそく名古屋まで出かけて見て歩いた。焼かれたり、壊されたりした市電が二十二台、駅舎や車庫、電鉄本社などが焼き打ちにあったり破壊されたり、一方、民衆を弾圧した官憲側でも派出所や交番が襲われ、焼き打ちにあって、そりゃあ、凄惨な様相を呈していた。市民の側でも三百何十人かが逮捕されたという。その時じゃな、小さな一人ひとりの民衆でも大勢集まるともの凄い力になるんだということを目のあたりに見たのは。誰か指導したというわけじゃないんじゃが、ごく自然のなりゆきでそうなってしまった。その勢いというのは抑えきれんじゃったろうな。とうとう軍隊が出て鎮圧しおった」

その後も大正五年頃から戦時インフレによる物価騰貴がはげしくなり、米穀商や寄生地主たちが投機の対象として米を買いあさったため、大正七年には米が高騰、またたくまに三倍、四倍とはね上がった。それに同年八月のシベリア出兵決定が拍車をかけた。庶民は主食である米を手に入れることができず困窮し、富山県魚津町の漁民の妻女たちの行動に端を発した米騒動が電光石火のごとく日本全土に飛火。名古屋でも八月九日から集会が開かれたり、不穏な群衆行動が起き、大きな米穀商、富豪邸、県庁、市役所などが襲撃された。

「瀬戸ではのう、八月一二日と一三日、二〇日と騒動が起こった。一二日は夕方七時頃。深川神社境内に三千余名が集まって、口々に演説をぶったあと、群衆は数隊に分かれて町内を練り歩き、『米寄こせ』『買い占めを許すな』と叫び、大手の米穀商や派出所を襲撃してまわったんじゃ。最後に、米価高に乗じて暴利をあげていたと噂されていた朝日町の加藤杢左衛門の邸に火を放ち、別邸をも打ち壊してしまった。彼は瀬戸電鉄の社長であり、明治銀行の大株主で瀬戸一番の大金持ちだった。

その隣の屋敷が親しくしていた加藤五平だったので、ぼくは手助けに行き、火事の様子をつぶさに見た。消防が駆けつけてきたが、〝水をかけるな！〟と罵声が飛び手が出せなかった。しかし、火花が散ったり、炎が風で揺れると〝近所を燃やすな〟という声がかかり、消防も懸命に周囲の家々には水をかけた。ぼくは暴徒と間違えられると困るので、五平の家の屋根にのぼって一部始終を見ていたんじゃ」

と、唐九郎は当日のことを述懐する。

一三日にも神社の境内には二千人の群衆が集まったが、瀬戸警察署は上部に支援を求めるとともに、第三三連隊から歩兵二百名が重装備で出動して神社前に警戒のため配置されていた。「焼打ち」の流言蜚語が飛びかい、瀬戸の町は恐怖におののき、町民は夕方には戸を固く閉めて、ひっそりと静まり返っていた。夜になって群衆と軍隊とが向き合い、一触即発という危険な事態もあったが、午前一時になって群衆はやっと解散した。

「あのときは、本当にハラハラし通しじゃった。米騒動は為政者やぼくらにとっても一つの試練じゃったが、多くの教訓となったよ」

この年、寺内内閣が倒れ、原敬の文民内閣が誕生した。

明治の自由民権運動期からこの頃まで、瀬戸地方では過激派の〝主義者〟といわれた人々がさまざまな事件を引き起こし話題をさらったが、なかでも「大島渚」という人物は見た目も〝カッコ〟よく、ご婦人たちの間でもなかなか人気があったという。この人物のことを私が十数年前に同名の大島渚映画監督に話したことがあったが、目前の仕事に熱中していたためか、強く関心を持ったようでもなかった。

挫折――三河の海に沈む

「このぼくが若い頃、敬虔なクリスチャンだったと話したことがあるが、寒風の中に立って街頭で讃美歌をうたい、布教活動をしたりして東海地方一体を伝道して歩いたもんじゃ」

唐九郎は大正三年、十六歳の時、父から丸窯（大窯）の割当を譲り受け、窯屋として独立して、やがて五人の職人を使うようになっていた。彼は他の窯屋とは違って、新しい製品、つまり、中国の明時代末の「小染付」に魅かれ、ひなびた味わいの作品をつくりたいと思って努力した。製品を問屋に持っていくと、〝こんなものはダメだ〟と相手にしてもらえなかった。

大正三年、第一次大戦が始まった頃、日本は大不況に見舞われたが、翌年には景気回復のきざしが見え始めた。大戦のためヨーロッパから東南アジアへの貿易航路が断たれてしまい、日本にとっては思わぬ市場が開けたのである。瀬戸では粗製濫造品が大量に海外へ送り出され、窯屋たちは大儲けしてホクホク顔だったが、唐九郎はそんなに器用に商売の切り換えができなかった。今はやりの現代美術的な作品も造ったりしていた。

「唐九郎は能なしや、あいつはちょっと頭が変だ」

と人びとは名人職人の幻にしがみついている彼を嘲笑った。唐九郎は自分の意気地のなさをのろい、悩んだ。

それまでの経験と勘に頼る方法でなく、科学的に新しい技術や知識でものを考えたり、あるいは中国陶磁の中に何か新しいヒントはないものだろうか、新しいものと古いものとの間で迷いが生じた。が、理想を捨てきれず、唐九郎は本業窯の経営に失敗し、あえなく倒産ということになってしまった。

「お前はふつうの子とは違う。きっと何かをやり遂げる」という加藤家再興への祖母の期待を一身に担ってきた唐九郎は、それまで抱き続けてきた自負心がもろくも瞬時にして打ち砕かれ、なす術を失った。

「気晴らしに海水浴に行ってくる」

と言って唐九郎は家を出た。行き先はその年、海水浴場として開かれたばかりの三河の新須磨（現・碧南市）の海岸だった。

名古屋の近くの知多半島の付け根の部分に新舞子という海水浴場があったが、そこを避けて少しでも離れたところに行きたかった。名古屋駅から国鉄で刈谷まで行き、名鉄の三河線に乗り換え、ローカル電車で目的地まで行きついた。

「『新須磨』とは神戸西南部の明石海峡をのぞむ白砂青松、風光明媚な地『須磨』になぞらえてつけられた地名じゃが、松原が海岸線に広がり、それはいい風景じゃった。じゃが、そのときのぼくはもうなにも目に入らず、ただ、ボォーッとしておった。世の中すべてが嫌になっていた。つまり、いまで言うノイローゼというやつじゃった」

夕方近く、もう泳いでいる人はいなかったが、遠浅の海に入り、ずんずん沖の方に出て行った。そのうちに足が立たなくなり、海水をイヤというほど飲んで、目の前が一面真っ青になった。それから意識を失ってしまったが、近くで漁をしていた人が救ってくれたらしい。

こうして唐九郎の自殺行は未遂に終わった。

気がつくと、近くに住む神谷市太郎という人物が彼を自宅につれて行って医者を呼び、手当をしてくれた。

「神谷さんは三州窯業組合長をしていた人で、とても親切じゃった。ぼくが丸窯で失敗したと話すと同情して、しばらく養生させてくれた上、三州窯業試験場で研究をしてみないかと言ってくれた」

唐九郎は一からやり直すつもりで、命の恩人の役に立ちたいと思った。この地方は三州瓦の産地として知られており、新川の近くの道場山というところに新川と高浜の二つの町の陶器組合が共同で作った三州窯業試験場があった。ここで彼は本焼瓦や色瓦などの研究をやり、所長業・小使いという役を一人で引き受けて頑張ったが、そのうちに組合の資金が底をつき、研究を中断することになった。

瀬戸の本業窯に潜入

そこで神谷市太郎の工場の仕事を手伝うことになったが、この工場では楽焼の雑器を作っていた。「何とか瀬戸の本業窯で作っているような作品をつくりたいので力を貸してくれないか」という相談を神谷から持ちかけられ、唐九郎は本業窯の技術を習得するために、いったん瀬戸へ戻った。そして、瀬戸の洞というところにだけ続いていた本業窯の技術を盗みに住み込みで入り込んだ。彼は同じ瀬戸の北新谷で育ったが、幸い顔見知りもなく、できるだけみすぼらしい着物を着て、流れ者の〝窯ぐれ〟らしい風体で、「なんぞやらしとくれんか」と頼みこみ、まんまと潜入に成功した。しかし、そこには考えてもみなかった大変な日々が待ちうけていたのであった。

唐九郎がもぐりこんだのは洞の加藤文之助の窯であった。この窯の製品は優れていたし、とくに良い釉薬を使っているという評判であった。かつて唐九郎が北新谷で焼いていた丸窯では主に磁器をつくっていたが、本業窯というのは江戸時代以降、陶器をもっぱら焼成した連房式の大型の登り窯のことで、窯の中の各室の容積も大きく、器物も大きなものや肉厚のものを平均して安全に焼きあげることができた。

「神谷さんの頼みで簡単に引きうけたことはいいが、あの凄さは体験してみんとわからんじゃろな。そりゃあ、ひどいもんじゃった。文之助のところで、当時〝ヤロ〟と呼ばれていた少年の雑役工と一緒に寝起きさせられたんじゃが、寝床などと言えるようなものじゃなくて、夏は蚊や蚤がいっぱいいるのに蚊帳もない。冬は綿のはみ出たような汚い煎餅布団が一枚あるだけ。ぼくは寝つきのいい方で、どこでも眠られる質なんじゃが、それでも、眠れるようなところじゃないよ、あれは。夏は蚊がブンブン飛んで来て刺すし、冬はがたがた寒くてたまらん。

食事も麦の方が多いような麦飯と、おかずも大根か菜っ葉ばかりで、毎日、早朝から夜遅くまで重労働をさせられた。えらいところへ来てしまったと思ったよ。じゃが、こちらにははっきりとした目的があるし、これも試練じゃと思って懸命に絶えぬいた。おかげで大将はまじめな〝窯ぐれ〟が来てくれたとでも思ったじゃろよ」

〝窯ぐれ〟とは窯業地特有の用語で、『庖丁一本、晒布に巻いて板場の修業……』と歌にあるような、腕

（技術）一本で渡り歩く陶器職人のことである。たとえば、ロクロの達人であれば、どこの窯場へ行っても相当の稼ぎが保証された。

工場では、釉の調合などは門外秘として秘密にしていた事柄がだいぶあったが、真剣に仕事をしていると自然に何もかもわかってくる。土の選別法、ロクロの挽き方、成形用のヘラの作り方、釉の調合までのほとんどを覚えこんでしまった。それも彼に陶工としてのかなりの経験があったからだ。文之助は唐九郎に対して小言らしいことは一度も言ったことがなかった。

夏のはじめの頃、この窯にやってきたが、冬が訪れるころにはもうたいてい覚えてしまい、三河の神谷市太郎のところへもどった。首を長くして待ちわびていた神谷の期待に応えようと唐九郎は新しく窯を築くことから始め、苦労して会得した知識と経験を生かし作品製作に没頭した。だが運悪く、思わぬアクシデントに見舞われてしまった。

「全身がだるく、歩こうとしても足が少しも前に出ないんじゃ、医者に診てもらうと『重症の脚気で、これは風土病だから生まれたところへ帰らんと癒らん』と言われた。あとでわかったことじゃが、あの医者はヤブじゃな。風土病としておけば自分の医者としての権威が保てたんじゃ。ぼくは海で死にそこなって海水をがぶ飲みしたし、その後、瀬戸の洞での生活で重労働と極度の栄養不足が重なり、体力を消耗しとったんじゃな。じゃが、その時は医者の言うことをまともに信じとった。それでもぼくは自分の責任を果たすまでは帰れないと言いはって仕事を続けたが、神谷さんから、『頼むから帰って養生して下さい』と何度も言われ、お言葉に甘えることにした」

「癒ったらすぐもどりますから」と、うしろ髪を引かれる思いで唐九郎は三河の地をあとにした。唐九郎はまだ独身であったのだ。

この時、停車場の物陰に悲しい眼差しで彼を見送る一人の少女の姿があった。

これは後日譚になるが、唐九郎が八五歳頃のこと、碧南市から講演を依頼され、会場の同市のホールに訪れた折、彼女が訪ねて来、数十年ぶりに旧交を温めた。私は唐九郎に同行していたので、この情景を目のあたりにして、涙がにじむのをこらえられなかった。〝何が人生を一八〇度変えるかわからない〟とつくづく思い知ったのだ。

〝ブタ箱〟暮らしから「先生」へ

「なにか寝心地が悪いなあ――」

いつでもどこでも簡単に眠ることができる体質の唐九郎であったが、夜が白々と明けそめる頃になると、どうもいつもと様子が違うということに気づいた。

「ああ、そういえば……」

唐九郎が目覚めたのは〝ブタ箱〟――つまり、瀬戸警察署の留置場であった。留置場の入口には大きな鉄の扉があり、部屋には鉄格子がはめられている。一方の壁の上の方に小さな窓が一つあった。そこから薄明かりがかすかにさし込んでいた。当時の容疑者の扱いはひどいもので、もう晩秋だというのに、ペラペラの煎餅布団一枚が与えられただけで、明け方には寒さが身にこたえた。

「またやってしまった!」

彼が〝ブタ箱〟で厄介になったのはその日が初めてではなかった。すでに数回同じことをくり返しては、そのたびにこの部屋にぶちこまれていた。

泥棒といえば泥棒には違いないが、けっして人さまに迷惑をかけたというわけではない。

じつは、瀬戸の周辺の山々の樹々はやきものを焼くために伐りつくされてハゲ山になっていて、このまだと山の土砂が河川に流れ出して困るというので、外国から技術者を招いてその指導のもとに砂防工事が行われ、大正七年に工事が完成した。以後、その地域への立入りは禁止となった。それは唐九郎が少年の頃からほっつき歩き、古い窯跡から陶片を集め廻っていた山々であった。

彼は長ずるに従い、なんとか古いやきものの技法を探りたいと思った。名品を鑑賞する機会はあっても、手にとってじっくり見たり、手許に置くことはできなかった。そこで、手っとり早い方法が、古窯跡から出る陶片を集め、手許に置き、研究資料とすることだと考えた。古窯跡のほとんどは砂防地帯となり、出入り禁止区域であったが、日夜付近をうろつき廻ったあげく、古窯跡の目ぼしをつけ、やむにやまれずツルハシを持ち出して、盗掘を始めることになってしまった。

捕まった翌朝、署長の前に行き「すみませんでした」と謝罪をし、謝罪文に拇印を押して帰ってくるのがならわしとなってしまった。「またあいつか」と警察官もあきれ顔だった。

一夜明けたその日、「こら！　出ろ！」と留置場から連れ出され署長の前に行き、上目づかいにそっと相手を見ると、いつもの顔と違っていた。と、間髪を入れずに、

「なんじゃ、庄九郎じゃないか」

と署長が名を呼んだ。「庄九郎」とは唐九郎の幼名である。「はてな？」と思い顔をよく見ると、なんと新任の署長は小学校時代の図画の先生で、とくに唐九郎を可愛がってくれた成瀬先生だった。地獄で仏とはこのことである。

「先生も驚かれたが、ぼくも驚いた。いったいどうしたんだと聞かれ、研究のために悪いと知りながら盗掘した訳を話すと、先生はそんな重要なことか。それならわしが応援してやろう。と、ぼく

の研究をバックアップしてくれることになった」

翌日から署長は「手伝いに」と巡査を毎日二人ずつつけてくれ、前日まで唐九郎を泥棒呼ばわりしていた巡査たちが手の平を返したように「先生」「先生」と彼を呼び、びっくりさせた。

昭和三年の一一月、町の公会堂で「加藤唐九郎調査瀬戸古窯出土品展」が開催されたが、もちろんこれも成瀬署長のキモ入りであった。

こうした署長の思いがけない協力や町の人々の理解が得られるようになってきたとは思われたものの、そうは自由を認めてもらえるものではなかった。その後、研究成果がみのり、唐九郎は中央からも優れた研究者として抜擢され、昭和九年から刊行され始め、十六年にやっと完結したB５判上製各巻六～七百頁、全六巻の日本で初めて手掛けられた『陶器大辞典』の編集責任者となっていた。その第一巻の「まえがき」に命をかけた当時の唐九郎の辛かった日々の思いが書かれている。

郷人たちは畸人、狂人と呼ぶ

「陶磁の研究のことたる、実に容易のことでない。かつて自分が一陶工の系伝を求むる為に、一山の墓碑盡くを洗い、縄張りをして之を分類し、一郷の仏壇を清掃し盡して、墓碑と仏壇の法名を古寺の過去帳に求め、叉これら陶工の屋敷跡並びに窯跡を調べて、当時の陶片を獲、之を伝世の器物並びに文献に照合した。斯くすること十数年に及んで漸く作者と年代と、作品との聯絡を識ることを得た。これより更に古い窯跡は里を遠く離れた山中に在つて、時代も作者も全然不明である。此等の窯跡を尋ね山中に路を失ひ、草に臥したことも屢々あつた。竟に自分は、郷人の間に畸人と呼ばれ狂人と嗤はれた。自分とても、家庭の団欒をねがはぬものではない、愛児の成育に関心をもたぬものでもない、また家計に悩む妻の心労を察せぬものではない、されど一旦着手した此等の調査を中途に止めることは自分の個性が許さなかつた。而も斯くして識り得た所は漸く郷土事蹟中の一端にしか過ぎなかつたのである」

このまえがき「『陶器大辞典』編纂に與つて」は、大判のB5判の用紙いっぱいに十二頁にわたって決意のほどが述べられており、各分野の専門家、鹽田力藏、尾崎洵盛、寺内信一、中尾万三、加藤灌覺、手塚潔、小池檜峰、水野脩吉らの協力のもとに編集作業がすすめられることとなっていた。この『陶器大辞典』はある意味で前人未踏の世紀の一大事業であったが、このことはまた別稿で詳しく紹介したい。

7

なぜ、「唐九郎」なのか?

私ごときがなぜ唐九郎なる人物を書く気になったのか、それをもっと正直に書くべきであった。が、唐九郎を知ったのは私が血気盛んな、まだ二十代。文学かぶれであったり、思想かぶれの青二才であった。やきもののことなんか何も知らなかった。茶道というものにも全くといっていいほど関心もなかった。やきものは生活の用を足すために職人たちによってつくられるものであり、それが芸術的価値があろうとなかろうと貧乏人の私たちに関係がない、と思いこんでいたのである。

ところが、昭和三七年(一九六二年)のなかばごろであった。ある夜、偶然、ラジオのスイッチをひねったら、「ラジオ東京」の録音構成で、少し以前からテレビや新聞などで最大級のネタとして話題になっていた「永仁の壺事件」の主人公である加藤唐九郎（ニセ物づくりの張本人、天下の大悪人としてマスコミや教育者たちから仕立て上げられていた）その人がマイクを前にして、文化の中央集権的あり方に痛烈な批判をしているのを目の前で聞き、腰を抜かさんばかりに驚いた。

このことについては月刊（当時）『太陽』（一九九六年一一月号）に少し書いたことがあるが、表現がやや抽象的でありすぎたきらいがあるので、もう少しくだいて説明することにしよう。

破天荒な大悪人

「永仁の壺」事件とは鎌倉時代の古瀬戸の灰釉瓶子（神器）の写しとして昭和一二年に唐九郎がつくったものを文部省の技官であった小山冨士夫が昭和三五年に国の重要文化財として指定したもので、そのの ち、唐九郎作と判明したため、関係者や陶芸家の間で大騒ぎとなり、マスコミ関係者の好個の餌食となったわけである。

ラジオでの唐九郎は何か果物でも食べながら話している様子であったから、私にはマイクの隠し盗りではないかとも思われたが、彼は臆することところもなく、日本の文化行政のあり方、とくに文化の中央集権、官僚による文化の支配とその弊害について痛烈な批判を行っていた。論理が一貫しており、これが一陶工の言葉かと私は一瞬、自分の耳を疑ったほどである。それまで、〝贋物づくり〟としてマスコミから袋叩きにされ、天下の〝大悪人〟として仕立て上げられていた唐九郎像が、私の中でみるみるうちに音を立てて崩れ落ちていった。

話の内容は、学者や評論家による、いわゆる批評とは次元を異にした奇想天外な発想での批判が次々と展開され、そのすべては見事に正鵠を射ており、新鮮で痛快であった。〝ただ者ではない〟〝大変な人物だ

〟と思うと同時に、この破天荒な人物にがぜん興味がわいてきた。

当時、私は東京でマスコミ関係の仕事をしており、その年の暮れには郷里の三河に帰り、近くの名古屋で出版の仕事をしようと思っていたので、その折には真っ先に彼に会ってみたいと思った。

その直後、近世文学の若手研究者の広末保さんに会った時、怪物唐九郎の話をしたら、「私の親しい名古屋の丸山静さん（フランス思想史・東洋史・国文学）が唐九郎さんにぞっこん入れこんでいるようだよ」という話をしてくれた。その数年前、東大で開かれた日本文学協会の総会の場で、名古屋から上京してきて発言された丸山さんの力強い言葉をよく覚えていたので、これは面白くなったなと思った。作家の杉浦明平さんにそのことを話したら、「丸山君の唐九郎さんへの惚れこみようは並みではないようだ」とも教えてくれた。かつて丸山さんの「北村透谷」についての論文を読んで、ただならぬ人だという思いがあったので、プレッシャーがかかると同時に勇気がわいてきた。

とんだ手土産

三七年の暮れに私は実家のある刈谷に帰り、出版社を開業するための事務所探しをしたり、失業保険の手続きをしたりした。資本金なし、全くの無一文からの再出発であった。

まずは、丸山静さんに会おうと思った。二月二四日、丸山家に向かう。お宅は名古屋駅の西口から出、笈瀬通りを南に一・五キロほど行ったところにあったが、名古屋駅の表側と裏側とは大違いで、裏側（西口）は食べ物屋や小間物屋やら、軒の低い小さな店がぎっしり立ち並び、〝闇市〟そのものであった。昭和二〇〜三〇年代の東京・新宿西口や池袋の西口あたりを思い出せば大差はないと思う。

何か手土産になるものは？　と探したら、美味しそうな太く黄色の沢庵漬けがあったので、まず二本買った。魚屋をのぞくと生きのいい大きな烏賊が目に入ったので、三匹（三ばいというのかも？）求めてしまった。なぜその二品を選んだのか全く覚えがないのだが、私の懐具合いと、相手の品物が立派そうに見えたからだろう。重いのを計五本もぶらさげ、一・五キロの道を歩くのが大変だったことを今も思い出す。それからしばらくの間、丸山家を訪ねるごとに、「イナガキとタクアンとイカ」の話が出て、恥ずかしいやら、懐かしいやら、という思いがしたものである。ああ、あの頃は貧乏だったなあとつくづく思う。

丸山さんは唐九郎の勉強ぶり、見識の高さ、ものを見る目の鋭さなど、さまざまな角度から語ってくれた。そして、唐九郎にさまざまな質問をし、テープにとってあるとも言われた。それはまたあとで聞かせていただくことにして、その日は丸山静氏ご自身の話もたっぷり聞かせていただき、夕暮れ時までお邪魔してしまった。書き忘れるところであったが、丸山氏の推せんで唐九郎が名古屋大学文学部で「美学」の講師をしていた時期があったとのことであった。

やはり、唐九郎は〝ただ者〟ではなかったのである。

いよいよ敵の本丸へ

その翌日、二五日午前一〇時頃、電車を三回乗り換え、瀬戸電の喜多山駅で降り、守山区の翠松園にある唐九郎宅に向かう。うっそうとした木立ちに覆われ、舗装もされていない曲がりくねった小路を人に尋ねながら一五分くらい歩き、めざす唐九郎の家にたどり着いた。

五、六メートルの道幅がある坂道を少し登ると十字路になっていて、その右前方に古びた二階建ての母屋がそれだった。

さっそく玄関で挨拶をすると、本人が出てきて、「やあ、どうぞ、どうぞ」と茶室に招じ入れ、若造の私と対等に応対をされた。

あのラジオで聴いた国の文化行政に対する鋭い批判、丸山静さんの唐九郎に対する畏敬ぶりが頭の中にこびりついており、敵地に単身で乗り込むような切迫した緊張感が一瞬にして吹きとび、いつのまにか二人の間に話の花が咲いていた。

「いやあ、この部屋はだいぶ年代ものですね」

部屋の中を歩く時、前に一足おろすたびに畳がギーッと五センチずつへこむのでびっくりした。

「うん、窯から出した作品をときどきどっさりここに詰め込んで、夜中かかって選別することがよくあるんだよ。それで椽根太があちこち折れてしまってってね。初めての人はびっくりするが、馴れると、音楽を聴いとるようなもんじゃよ。は、は、は」

私もつい声を出して笑ってしまった。

唐九郎はすでに七十歳に近い年齢であったが、矍鑠《かくしゃく》としていた。若い人からも若さと新しい知識や栄養をどしどし吸収しようとしていたに違いない。

まだ青かった私の話を熱心に聞いてくれ、六〇年安保闘争や三池争議などについてもあれこれ細かい質問もされた。また、自身が若かったころ、ふとしたことが契機でキリスト教に帰依し、慈善活動に没頭したことがあったこと、寺の青年僧と親しくなり、「資本論」の入門書などを読み、社会主義思想に目ざめたこともあったと話された。

「若い時は一直線に突っ込んでいくもんじゃ。いつも端で見ていて物事を傍観しているような者には何も大したことはできやせん。まず、やってみて、間違っていれば軌道修正すればいいんじゃ」

唐九郎は話しているうちにだんだん熱気を帯びて来、若かったころの想い出が甦ってくるようであった。

時のたつのも忘れ、とっくに昼食の時刻も過ぎていた。結局、昼食を御馳走になり、その後もいつまでも喋りつづけ、夜遅くになって帰宅したことを今も鮮明に覚えている。私は唐九郎の博識に驚くとともに、〝大悪人〟どころか、その謙虚な人柄にうたれた。その思いは、私の中では終生変わることはなかった。

日記の索引があるなんて!?

この会話の中で、彼は、「講座派（いまではマルクス主義原理派とでも言ったらどうだろう）の理論では日本近代史は解明できんとぼくは思う。具体的にいうと、瀬戸の近代経済史も労農派（構造改革派とでも言おうか）の理論でないと解けないんじゃよ。実際にやってみたからわかるんじゃ」と実例をあげながら語った。また、私が昭和史の一つの事件について話していると、「きみのいうその年月日はまちがっているよ」と彼は否定した。「いや、遠山茂樹氏らの著作や『近代史年表』に出ていますから、まちがいありません」と私がムキになって反論すると、「ちょっと待ってくれんか」と奥の部屋に行き、一冊のノートを持ってきて、ペラペラめくっていた。「これは、ぼくの日記の索引じゃよ。あ、あった、あった」とまた奥へ。今度はぶ厚い日記の綴じ込みを持ち出して来、「この日に誰それとそのことについて議論した。家へ帰ってきてから、あれこれ文献を調べてみたら、きみのいうような書物の記述がまちがっておった。そのことがこの日記に書いてある」と、その部分の日記を読んで聞かせてくれた。私は完全に兜をぬいだ。いやはや、何という人だ。日記の索引を作っている人がいるなんて初めて知った。「メモ魔」といわれる唐九郎の几帳面さをこの時初めて垣間見たのであった。

帰り際に彼がたずねた。「きみ、最近読んだ本で何が面白かったかね」。

「石光真清の四部作『城下の人』『曠野の花』『望郷の歌』『誰がために』です。西南戦争のころ、熊本城下で育ち、陸軍士官学校を出てからロシア研究のため留学、軍籍を抜いたため、その後の大半をロシアと満州で諜報活動のためにすごした人物の手記で胸がつまる思いで読みました。もう一冊は『寒村自伝』です」と答えると、「それをぼくに貸してくれないか。ついでに、もし『福翁自伝』を持っていたら、それも一緒に頼むよ」とのことだった。

それらの本を持参して幾日かたち、次に会った時、「あの本のおかげで三日間徹夜をしてしまったよ」と読後の感激も新たに、また日本の近代史や日本文化について話はつきることがなかった。

いやはや、私は初対面にして脳天に一撃をくらってしまったのであった。

8

原民喜とわたし――幻の一冊

夏が来ると、暑さとともに強烈な思い出が広島の原爆忌と一緒にやって来る。これは私が生きているかぎり毎年一回、必ず来る。

それが、思いもかけなかったことだが、唐九郎と同質の熱い思いと苦く辛い、哀しい思い出が重なりあっていたのがまったく奇跡的だ。

今回は読者諸氏に甘えて、私個人の方から先に語らせていただくことにしよう。

学生時代、親しかった富田隆君（作家、詩人の三木卓君の兄。故人）の影響をうけ、現代詩に親しんだ時期があった。その時、彼から教えられたのが原爆詩人原民喜であった。昭和二八年頃のことである。「三田文学」や「詩誌」に発表されたものや私家版の『原民喜詩集』を見せてもらい、感動した。

なかでも、原子爆弾投下の瞬時をとらえて表現した「碑銘」という、たった四行の詩に眼も心も釘づけになった。


「碑銘」

遠き日の石に刻み
砂に影おち
崩れ墜つ　天地のまなか
一輪の花の幻

すごい詩だと思った。

それから数年経って古書店で昭和二六年七月刊の『原民喜詩集』（細川書店刊・少部数限定・定価五〇〇円）を見つけ、アルバイトで稼ぎ、私には似合わぬ高価な詩集（古書売価千円）を手に入れ、大切にしてきた。本の奥付けには「十八番」と筆で書き入れてあった。

当時、私は日本出版協会が出している「日本読書新聞」（書評紙）で働いていたが、六〇年安保の激動期を過ぎ、少し経った頃、家庭の事情もあり、三七年の暮れに書評紙の仕事を辞め、郷里の刈谷市に近い名古屋で出版の仕事を始めようと考えた。その折り、さて、最初にどんな本を出そうかなとあれこれ真剣に考えた末、風媒社の第一冊めは〝惚れこんだ本〟で、出版部数も少なく予約制で出して、確実に売れる本をと考え『原民喜詩集』の復刻版にしようと決めた。資本金ゼロに近い形で始めようというムシのいい話であった。

さっそく「三田文学」関係の原民喜と旧知の人や『群像』の編集長の大久保房男氏に相談したりして、推せん文を丸岡明、埴谷雄高、山本健吉の三人に書いてもらい、解説は民喜の義弟・佐々木基一（妻・貞恵＝昭和一九年に病去＝の弟）が書いてくれることになった。

元の同僚たちにその話をすると、「それはいい話を聞いた。ぼくらも読書新聞の仲間と話して何とか協力するよ」と言ってくれ、「詩集の購入希望者の予約を受けつける」という内容で風媒社の広告のスペースを同紙の中につくってくれた。もちろん、サービスである。

（そんな話、唐九郎と関係ないじゃないか、と思う人がいるだろう。ちょっと待って下さい。やがてつながりますから。もう少しのご辛抱を！）

もちろん「三田文学」の方々と接触したり、著作権の関係者とも話をつけたりと、けっして楽ではなかったが、推せん文をお願いした三人の方々は、はやばやと文章を書いて送って下さった。佐々木基一氏からは民喜と貞恵夫妻の写真がぎっしり貼られたアルバムを貸してもらって、どの写真を活かそうかと楽しい本造りの構想を練っていた。

ところが、この佐々木基一という人、一筋縄ではなかなかいくような人物ではなかった。原稿の〆切り日をすっぽかし、一週間ずつ、ずっと伸ばしつづけ、やがて、「ちょっとモスクワまで行くことになったので、向こうに着いたら一週間後には確実に送るよ。ぜったいに間違いなく送るから、すぐだよ」と軽々しく言ったはいいが、一週間たっても二週間たってもとんと連絡がない。モスクワの方も調べてもらったが居場所不明。一カ月、三カ月、半年たっても居場所不明。一年くらい経った頃、やっと国内でつかまえたが、その時にはもう別の話が出てきていた。

「原民喜の全集を出したいという編集ブローカーのような男が現われ、どうも、その話にのりかけていたようです」

くそむかついて埴谷さんに話したら、「佐々木というやつはそういうやつだよ」と言われた。

私は原民喜のファンであるから、「詩集」の単著の復刻よりも、詩集を含めた全集が出る方が望ましいと素直に考え、くやしい思いを噛みしめながら、私自身の出版の企画を撤回した。もちろん、推せん文を書いて下さった三人には、お詫びの手紙と原稿料はお届けした。

そのあと、昭和四〇年八月一日、神田の芳賀書店より「原民喜全集」第二巻が、九月三〇日に第一巻が刊行された。

「あとでお礼をさし上げますから」

という言葉も前に聞いたが、それもなく、ただ、全集が各一冊、何も書かれず送られてきた。

私が「詩集」の刊行をあきらめて数カ月経った昭和三九年七月から二カ月間、毎週二日、名古屋では、作家の杉浦明平や近代文学研究者の丸山静らを講師の中心にして「東海文学教室」が開かれた。この講座は文学を一つの運動として長くつづけようという若い人たちが中心になって、新しい文学の可能性を見つけたいというのが目標であった。

東京から新日本文学会系の針生一郎、いいだもも、小林勝、そして佐々木基一も講師としてやって来たが、私の顔を見ても、少しも悪びれた様子もなかった。大阪からは小野十三郎、名古屋からは他に哲学者の真下信一、竹内良知。文学の江夏美好、清水信、国司通、画家の安藤幹衛、水谷勇夫らが参加した。

私は丸山静宅にはそれまで、ちょくちょく訪れていたが、彼はドイツ語かフランス語の原書を前にして苦吟していることが多かった。「翻訳というのは単に訳せばいいのではない。一つの単語の中にもいくつもの意味がある。それを一つまちがえれば、とんでもないことになる。へたをすると、著者の考えと全く別のものになることだってある」と丸山はいう。手許のノートはそれぞれのページが真っ黒になるほど、何度も書き直し、原書の方にも赤ペンなどでチェックがなされていた。「翻訳の仕事は本気でやろうとすると、自分で書くよりむつかしいんだよ」

佐々木基一についてこんなことを言った。

「彼は私に会うと、いつもこんなことを聞いたりした。いま、原書は何を読んでいる？　ルカーチを読みながら苦闘しているよ、と言うと、何を読んでいるのか、と必ず聞くんだ。うっかりすると、ネタだけぼくから盗んで、ぼくが半分も訳していないうちに、こっそり自分で訳して先に出してしまった、ということも再々だよ。『リアリズムの探求』などもそうだな。油断もすきもないよ」

丸山静は遅筆である。言葉を大事にする。一つ一つの言葉を噛みしめ、熟慮に熟慮を重ね、正しく美しい日本語に凝縮する。そんなことをしていると、他の人の何倍も時間がかかる。

私も彼と約束した企画は幾冊もあるが、ついに実現はかなわなかった。彼も一面で私と同じく佐々木基一の犠牲者であったのだ。

原民喜と唐九郎

私が最初に唐九郎家を訪ねたのは昭和三八年一月であったが、その翌年の三九年一〇月に東京新宿伊勢丹にて「東京オリンピック記念　加藤唐九郎陶芸展」（毎日新聞社主催）が開かれ、旧作六十点と新作二百余点を一緒に展観、これまでに類のない大規模な個展となり、人々を驚かせた。古瀬戸あり、志野、織部、黄瀬戸あり、信楽、伊賀、唐津あり、「何でもござれ」といった具合で、作品の出来の素晴らしさに見るものは目を見張った。美濃、瀬戸、信楽、伊賀、唐津など日本各地の窯場にはそれぞれ代表的な作家がおり、一家をなしていたのだが、それらの人々の作品をはるかにしのぐ出来栄えに、人々は感嘆の声をあげた。こんな作家がいたのだ。

この展観に対して毎日新聞社は翌四〇年一月、三島由紀夫（文学）らとともに「毎日芸術賞」をおくった。

このころの唐九郎のエネルギーはすごかった。大個展の前年の一一月に富士宮市にある大石寺大客殿正面の大陶壁（縦三メートル、左右一二メートル）を加山又造と共同制作（この陶壁はその後、教団の内紛により日顕上人によりとり壊されてしまった）。

翌々年の九月には新帝国劇場ロビーに志野の陶壁を制作。一一月には名古屋丸栄デパートにて「炎の陶人・唐九郎展」（毎日新聞社主催）を開き、黒織部、織部、志野、瀬戸黒、黄瀬戸など六十五点を出品。その間にホワン・ミロが陶房を訪れ歓談。一二月には、守山の陶房に三連房の大登り窯を築いた。

こうしたものすごい忙しさの中を縫って、私も時々、お宅にうかがったりしていたが、そうした中で、テレビ出演のお手伝いなどもした。なにせ、やきもの造りはお手のものだが、自分が主役でテレビに出るということは、いくら心臓の強い唐九郎でも慣れてはいない。カメラで撮る方も唐九郎の性情をそんなに詳しく知っているわけではない。そんなわけで、両者について少し知識のあった私が少しは役に立ったと思う。昭和四五年九月、名古屋テレビ放映の「日本の名匠・炎の唐九郎」がそれである。テレビ局のスタッフも凡人とはかなり異なった育ち方をした自由奔放な人物にはずいぶん神経を使ったようであった。

こうしたつき合いの中の食事の折りに、広島の原爆の話になり、「原民喜」の名が突然出てきた。

「原民喜はね、ぼくは彼の詩には涙が出るほど感激して読んだが、ただ単に読者としてだけでなく、直接関係があるんじゃ。彼を直接知っているわけではないが、佐藤春夫か誰か『三田文学』の関係者か、原民喜の仲間か広島の人に頼まれて、谷口吉郎（建築家）が設計して広島城跡に詩碑を建てることになり、昭和二六年一一月に私は黄瀬戸で詩碑をつくり建立した。詩のタイトルはたしか『碑銘』だった」と唐九郎が語り出したのだ。

「え？」と私は驚いた。

「その詩碑はまだ建っているんですか」と聞くと、「いや、詩碑は子どもたちの石投げ遊びのイケニエになり、詩の文字があちこち欠けてしまったので、あわてて原爆公園の事務局の人がはずしてどこかにしまいこんでしまったらしい。しかし、陶板はもしかと思い、念のために二枚造ってわたしてあるから、もう一枚は図書館かどこかに残っているのではないかなあ」という。

「しめた！」と私は思った。唐九郎と一緒に仕事をしてきた三男の重高氏にも頼み、私の方でも八方、手をつくして探しまわったが、杳として行方は知れなかった。

昨年（平成二六年）に「もしや？」と思い、現地の中国新聞の方にも協力してもらって、何とか探し出す方法はないものだろうかと、中日新聞文化部の三品信記者にお話してみたら、三品記者も同じように興味を持たれ、広島まで出かけて追跡、ついに実物を探し出して、九月二三日朝刊の文化欄にカラー版で「唐九郎の幻の陶板が広島に」「原民喜の『絶唱』刻む」という大見出しとともに黄瀬戸で作られた陶板「碑銘」の写真もしっかり掲載され、確認できた。縦三二センチ、横四一センチの陶板は厚さ四センチ、重さは約七キロとのこと。渋い黄色の地の上に少しこげたような薄茶色の斑紋が上と下に二段にゆっくり拡がり、文字は鋭い金属で刻されている。

「ああ、やっと出遇うことができた」と感無量だった。三品さんありがとう。たとえ、詩の文字が欠けていたり、つぶれていたりしてもいい。読者の方にカラー版で見てもらうことができないのが残念だ。

記事によると、陶板はやはり広島県立図書館に収蔵されており、永井知洋館長と井上栄三総務課長が記者を館長室に迎え入れて下さり、いまでは〝幻の陶板〟と称されるこの作品にまつわる来歴を語ってくれたという。

「碑銘」という詩は民喜が昭和二六年三月、東京都内で自死する前に、若くして他界した愛妻を「一輪の花の幻」にたとえ作ったとされる絶唱だとのこと。

「民喜の死後、彼を知る作家や関係者が、広島城跡に追悼の詩碑を建てることになり、表に唐九郎の陶板、裏に詩人で作家の佐藤春夫が銘文を書いた銅板があり、民喜の誕生日の十一月十日に除幕式が行われた。

だがわずか十日後、銅板は盗まれ行方不明。また陶板は子どもの石投げ遊びで傷だらけとなる。このため六七年（昭和四十二年）、別の碑が原爆ドームの近くに新設された。元の陶板は民喜の実兄が県立図書館に寄贈したが、傷みが激しいことなどから公開されないまま、同館でひっそりと保管されてきたのだ。」（記事引用）

ついでながら、今年（二〇一五年）八月に出た「三田文学」（一二二号）夏季号は原民喜の特集号となっており、未発表書簡および全集未掲載作品が五点収録され、いとうせいこうと中島岳志の対談「今、原民喜を読む」他、吉村萬壱、和合亮一、中村純、青来有一、山根道公らの「原民喜論」も載っていることをお伝えしたい。

9 『陶器大辞典』全六巻の刊行

前にも述べた『黄瀬戸』の出版が昭和八年三月であったが、それから時を経ずして、昭和八年九月にはまた小野賢一郎の要請で『陶器大辞典』全六巻（各巻六〇〇～七〇〇頁）の大冊の編集主任を引きうけることになった。同辞典はすでに二年前に編集に着手しており、編集の初期の段階で編集方針が定まらず、行きづまってしまっていた。小野賢一郎が中心になり、若手の優秀な編集主任を迎え、万全を期したつもりであったが、「辞典ではあるが、読み物風に一般の人にも向くように」という最初の編集方針にむりがあったため、なかなかそう簡単にはいかず、発売予定日がすぎても出版のメドが立たず、編集者としての数々の実績をもつ三上五郎という編集主任も〝陶磁器〟という専門分野には歯が立たなかった。一一月に唐九郎が上京した時には彼はノイローゼになって、すでに退社していた。小野も胃潰瘍で寝こんでしまっていた。

さすがの唐九郎も驚いた。こんな状態では辞典の出版どころの騒ぎではない。こんなところにくるのではなかったと後悔しても誰も何もできないのだ。しかし、出版もやめるわけにはいかない事情があった。辞典刊行の資金づくりのために予約制をとり、定価の何割かを読者に前納してもらっていたので、読者から刊行の遅れに対して怒りの催促や「詐欺だ」と告訴する者が出てきたからだ。当時の金で一巻十五円前後(今では数万円)もする高定価の本だから当然のことであった。

唐九郎は編集主任の座につくや、まず旧稿の廃棄を断行、編集方針を一八〇度転換させるとともに編集部員を増員して編集体制を確立。客観的事実や資料を中心に配列して、陶磁器の制作工程などの化学的説明も行い、各地の窯場の方言を網羅、陶器に関する地誌、風俗誌、民俗誌なども兼ねるという画期的な方針を打ち出した。そして、翌九年七月に第一巻を刊行するという早業をやってのけたのだが、その編集過程でやっと作業が軌道にのりかけた頃、未調整の欠落部分が出て来、急きょ、八年一二月から丹波、唐津、朝鮮まで自ら出かけて行き、調査を終えたのは一月二八日であった。やり出したら徹底的にやらねばすまぬのが唐九郎の性分であった。日本には帰ったが自宅には帰らず、社にも戻らず、陶片など資料を送りつけておいた美濃のひなびた温泉の一室に引きこもって原稿執筆に没頭し、上京したのは二月末であった。

唐九郎という人物は、ある日、ある時、突然、磁波に遭ったように一つのモノにとりつかれてしまう。いま書いたように、辞典の編集作業の中で「しまった! この本の中でこの部分が欠落していたら、この本の価値は半減してしまう」と思ったら最後、あとは何も考えず、その部分に向かって〝猛進〟してしまうのだ。

家族にも知らせず、三カ月間も丹波、唐津、朝鮮で発掘や調査を続け、その間、ハガキ一つ出さないという神経。これには家族も困りはてていたようだ。子どもも多く、楽でない暮らしの中で、知人に助けてもらいながら生活していた妻きぬの姿が目に浮かぶようである。小野が見込んだように、このような唐九郎のような人物であったればこそ、〝前人未到の業績〟と言われる大辞典の出版という大業をなしとげることができたのであろう。

同辞典は二十数人の編集部員と鹽田力藏、尾崎洵盛、中尾万三、寺内信一ら専門家らの協力によって昭和一六年、太平洋戦争勃発の年に全六巻が完結した（宝雲舎刊・冨山房発売）。陶磁研究の分野では、まだ学問研究の体系が確立していない時代ではあったが、この分野で大きな金字塔を築き上げた。

だが、この仕事のために唐九郎はとんだとばっちりをうけた。八年三月に出した『黄瀬戸』につづけて『志野と織部』を出版する予定で広告まで出、会津八一に本の表紙の題字まで書いてもらっていたのに、ついにこの本は日の目を見ることはできなかった。

じつは、もっとひどい悲劇が彼らに襲いかかっていた。経営感覚にうとい小野や唐九郎を言葉たくみに信用させて、出版社（宝雲舎）に入りこんできた元毎日新聞記者小池又一郎なる人物に会社をのっとられ、二人とも裸同然で放り出されてしまった。だが、唐九郎は精魂をこめ情熱をかけた『陶器大辞典』の続行だけは捨て去るわけにはいかず、タダ働き、いや、父親の持つ山を処分して資金を注ぎこみ、家族を巻きぞえにしながら足掛け八年かけて全六巻完結にこぎつけたのであった。

当時五島美術館学芸部長であった竹内順一は、平凡社刊の『唐九郎のやきもの』（平成九年八月刊）の中で次のように述べている。

「『陶器大辞典』は昭和十六年二月から新装版（重版）を出す。…戦前に作られた大部の辞書であるため、その重要性は理解されても一般には入手困難であったところ、昭和五五年一一月に初版本の復刻版（全六巻）が五月書房から発行された」

「項目は、日本や中国・朝鮮ばかりでなく、窯業化学、ギリシャ陶器からヨーロッパまで範囲を広げ、欧文項目も多いし、図版も豊富である」

「この辞書の特色は、三つあると思う。第一に項目（用語）の解釈や説明を加える場合、「文献引用主義」を可能な限りとったことである。つまりその言葉がどこに出てくるかを示し、あいまいな「つとに……と言われている」というような出典をぼかす手法を避けた。この編集方針が今日までなお利用価値を保っている一因である」

「第二に、執筆陣の充実である。…当時の斯界の第一人者が多数参画した。また新進の研究家が加わるし、当時の研究書からも多数引用されてもいる。主な研究者を挙げれば、大河内正敏、奥田誠一、高橋義雄、尾崎洵盛、塩田力蔵、中尾万三、北原大輔、松本佐太郎、脇本楽之軒、蜷川第一、高橋龍雄、鎌倉芳太郎、小山冨士夫、満園忠成、田中作太郎、香取秀真などである」

と、ベタボメに近い評価だと言えるが、

「その文献引用主義には、一方では残念ながら史料批判の眼が乏しく、通説や俗説がそのまま取り込まれるという弱点があったことである」

とチクリ、批判も一言。

辞典の編集作業はどのように行われたかというと、合理化をはかるために原稿の動きを〝貸し方・借り方〟という「複式簿記」で管理したという。唐九郎は若い頃に通信教育で簿記の勉強をしたことがあったが、それがその時に役立った。また、医者のカルテからもヒントを得て唐九郎はいつも小サイズの紙を持ち歩き、何かあるとすぐにメモし、それを小さな箱の中に分野別に入れ整理してきたが、それが、こんな時に役立つとは思わなかった。

「いや、あの『陶器大辞典』の編纂にかかわっていた頃は大変じゃった。ぼくが若い頃からメモしていたカードを小野さんに見せたばっかりに、辞典を作るという話が持ち上がり、ぼくの大切なカードを貸すことになったんじゃ。じゃが、ことはそうすんなりとはいかなかった。小野さんはジャーナリストじゃから、まず読み物として面白いものにしようと、たとえば柿右衛門とか仁清とか乾山とか各項目をそれぞれ独立した読み物としようと考えた。しかし、歴史というものは本人が遺した原資料のほかに後人がさまざまな角度から研究したり、憶測したりするものだから、いくつかの説がとなえられ、時には全く相反する説が文献に見られることがある。そこが問題なんじゃな。小野さんのような優秀な人でも、そういう落し穴に気づかなかった。じゃから、小野さんやすぐれた編集者であった三上君も立ち往生してしまった。一つの説で一つの物語を作り上げることが不可能になって、辞典をつくることができなくなってしまったんじゃ」

唐九郎は当時を回想しながら話しつづけた。

「そこで困り果て、田舎でやきものづくりに励んでいる一陶工のぼくに出てこいという。ぼくとしては、辞典刊行の営業にと自分の友人を送り出していたということもあり、断り切れずに、ついに〝編集主任〟ということで引っ張り出されてしまった。こんなことをやっとったら作品をつくる時間もなくなるし、家族を養うことだってできないかもしれん。じゃが、困った反面、一方で小野さんにそんなにまで見込まれたのかという嬉しい気持ちがあったのも事実じゃ。

ぼくが中心になってから編集方針を全面的に転換し、一つの編集システムを確立してしまったら、あとは肝心なところだけをきちっと押さえておけば、ぼくが常時編集室にいなくてもいいというような体制になった。それでぼくは半分以上は瀬戸に帰り作品製作に励んだり、調査旅行に出かけることも可能になったんじゃ。ところが、小野さんもぼくも金を扱うことや経営上のことにはとんとうとく、そこにつけ入って会社を乗っとったのが例の元大阪毎日記者の小池という男じゃ」

昭和九年七月、第一巻を出してからのことである。この年の九月には大量の首切りに反対して東京市電の従業員一万一千人がゼネストをうつという不穏な社会状況が背景にあった。

「宝雲舎でも小池の強引なやり方や、何かあるとすぐ小野さんが皇族をかつぎ出すという体質や優柔不断さに不満を持っていた編集者たちがそのうちにストを決行してしまった。

経営者の立場であるぼくもいつのまにか知らんうちに労働者側に加担していて、小池の怒りを買い、首になってしまった。これはきっと若い頃、キリスト教社会主義の洗礼をうけていたからじゃろうな。えらい目にあったよ。それからが大変じゃった」

「小池はぼくを首にしたんじゃが、ぼくがいなくては辞典刊行が続けられんので、あとで何とか手伝ってくれと頼みに来た。ぼくもやりかけた仕事なので、いやとも言えず、それかといって積極的というわけでもないが、ずるずると辞典の仕事にかかわることになってしまった」

半泥子との出会い

ちょうど唐九郎が首になった頃だろうか。昭和九年一〇月、のちに、〝昭和の光悦〟とも称された数奇者で三重の大財閥川喜田半泥子を津市千歳山に彼は訪ねている。

非凡な二つの才能の数奇な出会いによって、以来、たがいに刺激し合いながら、ともに未知の世界が大きく開けていくこととなった。

半泥子は本名川喜田久太夫政令。明治一一年生まれ、東京日本橋大伝馬町に木綿問屋を開き、三百年続いた伊勢の豪商川喜田家の第十六代当主であり、百五銀行頭取、その他三重交通、三重合同電気など数多くの事業にかかわり、三重県を本拠とする、いわゆる一大コンツェルンの総帥である。

幼くして父を失い、母とも離別、祖母の手で育てられ、ある意味では不運な少年期を過ごしたが、俳諧、書、日本画、油絵、やきものなどをたしなみ、それぞれに一見識をもつ、多芸、多趣味の数寄者であった。

資産家の家に育っただけに茶人や芸術家との交流もあり、かつて大名家や豪商や茶人の家に伝わった「大名物」「名物」といわれる優れた茶道具にも接する機会も多く、やきものを見る眼も次第に肥えていった。やがて彼は「見る」「使う」だけではすまなくなり、大正一四年、四七歳の折に津市郊外の千歳山に倒焔式の石炭窯を築き、余技として作陶を始めたが、その病が嵩じ、終生、莫大な金と時間をかけて打ちこむことになった。

昭和四年、のち陶磁研究者としても知られた小山冨士夫が京都大丸百貨店で個展を開いたときのこと、半泥子は全出品作品を買い上げてしまった。そういった経緯もあり、昭和八年に二袋煙突式の窯を築くにあたって、むりに小山に設計と築窯を依頼し、同年一二月に初窯を焚いたが見事に失敗した。

翌年五月、多治見、瀬戸の窯を、その後、六月にかけて朝鮮、唐津の窯跡と当時活躍中の陶芸家の窯を見て廻り、詳しく観察。八月から自分で設計した登窯を自らの手で築いた。「専門陶工は〝素人に何ができる〟と大層なことをいうが、まったくこだわることのない素人に勝るわけがない」という彼の信念ともいうべき哲学をその時に悟ったという。

しかし、加藤唐九郎というちょっと普通でない変わった研究者でもあり、作家としても優れていると評判の人物がいることは知っており、一度ぜひ会いたいとは前々から思っていた。そこで旧知の日本陶器の社長飯野逸平に仲介の労をとってもらうよう頼んであったが、前にも書いたように、変幻自在というか、大事な約束さえ、ついつい破ってしまうような唐九郎をつかまえるというのは容易ではなかった。飯野逸平もやきもきしていたことであろう。約束はどんどん先へ先へとのびていた。

ある日、唐九郎が東京の東洋陶磁研究所に立ち寄り、研究所内に陳列してある中国の陶器を見ていると、同じ室内の向こう側で、熱心に茶碗や壺などを眼でなめるようにじっと眺めつづけている長身の人品いやしからぬ人物がいることに気づいた。少しずつ部屋の中を右廻りにゆっくり作品を見ていくうちに、ついうっかりぶつかりそうになり、「あっ」と声をあげてしまった。とたんに、頭に何かひらめいた。「か、かわきたさんじゃありませんか」

「?…唐九郎さんですか」

二人はびっくりした。会いたい、会いたいと思いながら、いつも行き違いばかりで会えなかった人だ。二人はお互いに手をとり合って喜んだ。

そして、その場からすぐ東京駅に向かい、汽車に乗って名古屋へ。翌朝、市内の徳川町にある飯野逸平の自宅を二人揃って会いに行った。飯野はびっくりして事のてんまつを聞き出した。よっぽど会いたかったのだろう、嬉しかったのだろう。二人の奇遇を祝福し、三人で大笑いした。

東京から名古屋までの車中でも二人は話しつづけた。相手の話す言葉が一つ一つ体の中にしみわたっていくようで、話す時間が積み重ねられるごとに親密度が増していき、数時間のうちに、すでに旧知の間柄のようになってしまっていた。「魯山人と同じように半泥子の鑑賞力は相当なものじゃったな」と唐九郎は語る。


「やあ、あの時の飯野さんの驚きようはふつうじゃなかった。なにか狐に化かされたような顔つきじゃった。そりゃ、そうじゃろうな。紹介されるはずの二人が逆に紹介する人の家を訪ねるんじゃもんな」

それから三人揃って飯野の自家用車で瀬戸の祖母懐の唐九郎の家に行き、彼の仕事場や窯を見たり、作品を見ながら茶席で数時間、語り合った。

半泥子は唐九郎の作品を一つ一つ手にとりながら、感触を確かめるように眺め味わった。これまで自分が接したことのない人間的魅力と抜群の技量、陶磁に関する深い知識をもった人間——「この男なら、わがやきもの指南の師として不足はなかろう」と思ったに違いない。唐九郎の側も、このような大教養人と身近に接することの喜びをひしひしと感じていた。

半泥子はたんなる〝江戸日本橋大伝馬町の大棚の主〟とか〝三重財閥の総帥〟という言葉だけでは表現できぬ大きな存在であった。一例をあげると、明治生命の筆頭株主は三菱の岩崎家であったが、それに次ぐ大株主は川喜田家であった。

それだけに、自身が経済人である飯野は半泥子に対して失礼があってはならぬと細心の配慮をこころみたため、忙しい三人の日程のやりくりがまた大変であり、約束の日が延びのびになり、今日に及んでしまったのであった。半泥子五七歳、唐九郎三七歳のことである。

そのあと九年一〇月、唐九郎は津市郊外の千歳山にある半泥子の陶房を訪ね、半泥子自身が手がけて築窯したという窯を見てくれと頼まれたので、かんじんな所を幾カ所かチェックしてみたが、よく研究して作ったもので、大きな変更をするような個所もなく、数カ所を手直しする程度で「こりゃよく出来ていますよ。素人の設計とは思えん」と唐九郎は感心した。「これなら焼けます」。

一一月に初窯を焚くと、うまく焼き上がり、半泥子は小踊りして喜んだ。

唐九郎は「五十代末になっている半泥子に轆轤細工を土練りから教え込んだ。私の知る限りは教えた。また教えられることも多かった」とこの頃のことを後に語っている。半泥子は唐九郎から作陶の技法や、やきものに関するさまざまな知識を吸収し、唐九郎はまた半泥子の深い教養に裏づけられた芸術観や審美眼、何ものにも捉われない自由闊達な発想から多くを学んだ。

備前の作家藤原啓は「半泥子さんの真骨頂は、すぐれた作品を沢山鑑賞し、伝統を正面から受け止めながら、どのように自分の世界を切り開くかという点にあり…奔放不羈にしてそこに貴人の香りが漂っていた」と書いているが、多感な唐九郎が影響を受けないはずがない。

「私は半泥子が好きだった。半泥子も私を身辺から離さなかった。私は幸福だとすら思った」と唐九郎は語る。

半泥子が轆轤を用いて作陶をするようになったのもこの頃からである。唐九郎に接するようになってからの作品とそれ以前の作品とを比較してみると、私たちにも歴然たる差がみてとれるように思う。まず作品の高台が全く変わった。

このようにして互いの距離はどんどん縮まり、半泥子が昭和一一年、編纂中の川喜田商店三百年記念出版『大伝馬町誌』を学芸書院から出版した折りには「まえがき」を唐九郎に書かせている。

また、『陶器大辞典』も第一巻は出せたものの、第二巻をすぐに出せるような状態でなかったから、「大辞典」の要項を集めて索引のような形で利用できるように配慮し、同時に小辞典としても、用いられるように編集された『新撰陶器辞典』（加藤唐九郎編・工業図書株式会社）が「大辞典」の読者の怒りを少しでもなぐさめようとして昭和一二年四月に刊行された。〝小辞典〟とはいってもA5判上製千ページを軽くこえる大冊となったから、制作費もかなりかかったにちがいない。同辞典の「序文」（唐九郎書）には「本書編纂については…川喜田久太夫氏よりは、終始絶大なる好意を受け特に本書題簽の揮毫を賜った。…茲に深甚なる謝意を表するものである」と書かれているのを見ると刊行の費用のかなりの部分を半泥子より援助してもらったように思える。

二人の蜜月時代はこのようにして始まったが、東春日井郡（現在の地名は名古屋市守山区）の名鉄・喜多山駅近くに唐九郎家が移って、しばらくすると、一一年、半泥子も近くに別邸・尼水荘天狗窯を建て、そこで唐九郎に手とり足とりの指導をうけながら、作陶に専念することになる。しかし、半泥子自身はここに常住していたのではなく、常住していたのは妙麗の美女であり、半泥子自作のリトグラフのモデルともなった女性であるともいわれている。

さて、この蜜月時代、いつまでつづくのやら。

10

続・川喜田半泥子

先に半泥子が昭和一一年に出版した川喜田商店三百年記念『大伝馬町』誌の「まえがき」を唐九郎に書かせているが、おどろくなかれ、巻頭に二六頁にわたる長文の文章を書かせている。相当の惚れ込みようであった。

その『大伝馬町』誌にはあの妙齢の美女「おたけさん」（「おたけ大日」ともいう）をモデルにした色刷りの版画が半泥子のもう一つのペンネーム、紺野浦二の名で載せられていて、話題となっていた。この版画については二、三十年前に名古屋市北区にある「志ら玉」という料亭の別館に飾ってあって、主人の柴山恭佑さんが鬼の首を自分がとったような口調で「東京の古文書や美術品のオークションに出ていたのでとびついて手に入れたんですよ」と自慢気に話してくれた。「紺野浦二」という半泥子のペンネームが入っているが、いかにも伊勢木綿を扱う大店の長らしいペンネームではないか。なるほど、配色もバッチリで、

「なかなかいい作品だね。全く玄人はだしだね」というと、「あたり前だよ。写真も子どもの頃から最高のカメラで撮り続けているし、中学時代の三重県立津中学に美術の教師として赴任してきた藤島武二に指導をうけ、その後も東京でしっかり洋画も習った」そうである。藤島武二作「桜の美人」は半泥子の多くのコレクションの中でもとくに大切にされてきたものだ。

半泥子は一生の間に五万五千個の茶碗をつくったと本人から聞いたと千早耿一郎は『おれはろくろのまわるまま――評伝・川喜田半泥子』（日本経済新聞社）に書いている。しかし、多くの書物を読み、そこから多くのものを学びとりはしたが、形式にこだわることはしなかった。「井戸茶碗なら高台はこうで……」というような形式はわざとぶち壊した。何十年か前に三重県立美術館で茶碗ばかり二百個くらい集めて並べられた茶碗展を観て、私は腰を抜かしそうになった。一つとして同じ形をした茶碗はなかった。グニャッとゆがめられたり、へこんだりした一つ一つの茶碗がそれぞれ自己主張をしていたからである。半泥子は何万という茶碗をつくったが、一個も売ったことがなかった。自分が気に入った人にみんな進呈してしまったという。

研究家の藤田幸之がこう書いている（講談社刊『現代の陶芸』第六巻「川喜田半泥子の陶芸とその人」）。

「さて半泥子の陶芸は全くの好事自楽遊びの道であった。これは陶器に於て名をのこす意志はないと言い切っていた光悦、さらには乾山、顥川の系統につながり、ただに数寄風流が嵩じて「やきもの懸命の地」に至ったものである。それは、或いは陶器の道でなくともよかったのかも知れない。事実半泥子は、書画・写真・俳句・建築・茶道・音曲・古玩考証、あらゆる好きの道をわたり歩き自ら『道楽三昧』の印、またそれが売りものではなかったので『千金不売山自高』の自刻印を用いている。その半泥子の道楽の遍歴が何故にやきものの専注となったたか」

「人はよく陶器を以てもろもろの道楽の行き止まりだと言う。それは土と火という自然物にロクロという人工、この最も思うようにならぬ綜合物、殊に半泥子が中心目標とした茶碗にあっては、これは眺められさすられ温められ、やがて唇にふれ、且つ清められるという素朴で一番親しい人間の五感を満足させるもの、而もその鑑賞点は限りなく深い。この親しくて難しい日本人だけがもつ一種不可思議な禅的産物、この「己物《こぶつ》」の魅力、半泥子のやきもの道楽はこれへの挑戦に集中された」

「見ることにも作ることにもすべては茶碗に始まり茶碗に終わるという言葉がある……それは極度に精神的産物だからである」

「自ら本窯を築き、ロクロを廻し、釉かけをし窯を焚くということは、その大きな物質的負担、その修練の時間と精神力と体力、何れにしても大へんなことである。作品の上手下手は別として、それを敢えてしたのが半泥子であった」

半泥子がのこしている言葉の中に自分の好きな作品について「約束にとらわれぬ作、小さくとも大きく見え器格のある作、柿やリンゴのふくらみを持つ作、枯れてはいけない生命の通っている作、上手下手を超越した風格風韻のある作、何ともない無技巧無心の作」というものがある、と藤田は言う。浮世絵研究家尾崎久弥には「ドコココといえるものは駄目サ、見ているといつのまにか息がつまってウナルような茶碗でないとダメだ、光悦に限らないどこといってつかまえどころのないイイものを見ると後でつかれる」と答えたそうだ。

また、ある人宛の書状に半泥子が次のことを記していることを藤田幸之は紹介している。

「私は上手がきらいでヘタが好き器用はきらいブキヨウが好きです。下手で不器用で無心で、楽しみ以外何物もない心境で作ったものはヘタはヘタでも愛すべき何物かがあるように思います。その反対に約束であるがために作る場合、興にのらぬに作ったもの、それは上手に出来ましても器格に乏しく楽しむ気になれません。アレコレ考えているうちは迷いだと思います。ヤッテヤッテヤリヌクうちにいつかは何か掴むものが見出されます。一つつかんでしまってからヨシキタと心の底から或る力が出ました時、無茶……言葉は当りませんが無茶と申しますか何と申すか、グット一気にやります時、後に至ってコンナイイモノが出来たかと思うものが出来ます。結局ポチャポチャ言うのは足らぬから……ヤリヌケヤリヌケ、つまりあとは「なるようになれ」で作り抜けば必ずモノになると思います」

なるほど至言である。

唐九郎も私に「器用な人はダメじゃ。絶対に成功しない。不器用な人間が、「まだダメじゃ、まだダメじゃ」と努力を重ねていくことが大事なんじゃ。まだダメじゃと苦しい中で頑張り通し、辛酸をなめながら、工夫を凝らし一つずつ山を削り、一歩ずつ前進することに意味があるんじゃ。利口で器用な人間はおのれの才におぼれるから、本物のやきものなんかできやせん」と言ったことがあったが、「勉強もしないで、ただ同じことをやっとればいいということとはちがう」とも言った。

半泥子の父政豊とは満一歳になる前に死別した。母稔子は大阪の両替商（銀行の前身）山本三四郎家から来ていたが、祖母の政子は稔子の若い身空を憐れみ実家に帰したが、半泥子が結婚式を挙げるまでは生母一家との交通を禁じたという。その遺訓には「己れをほむる者は悪魔と思うべし、我を譲るものは善知識と思うべし、只何事にも我を忘れたるが第一也」とあったという。これが半泥子一生の指針となった。

二人の訣裂

ところで、守山区で、お互いに近くに窯を建て、唐九郎が半泥子の指南役をつとめることになっていたのだが、その後どうなってしまったのだろうか。私が当時、もし仮に近くに住んでいて二人の動きを見ていたとしたら、絶対にうまく行くはずがないことは目に見えていた。唐九郎もわかっているはずではないか。それ以前にも、小野賢一郎が『黄瀬戸』（昭和八年刊）という唐九郎の著作の序文を頼まれ、「著者を語る」という文章を書いていることについては前にも部分的に引用したが、もう一度部分的ではあるが、あえて引用しよう。

「……馬鹿に犀利なあたまをもち神経質で正直で貧乏であるかと思ふと、世事に間がぬけてゐるし気の利かないこと夥しいものがあり、一張羅の洋服を泥まみれにし、帽子位どこでどう忘れるのか常習になつてゐる。不眠不休で地図を引くかと思うと、その地図を忘れて東京へいつたり京都へいつたり探ねて歩くんだから――恐らく正体が掴めない。（中略）どうかすると、その正体が雲煙漠々として猿投山の彼方へ去つてしまう。始末に了へないといつて、これ位厄介な男はない。

されば此の『黄瀬戸』たるや旧年中に脱稿刊行すべかりしものが、今年になつても二月になつても一向捗らない。（瀬戸まで）電報を五本や六本打つたとて手ごたへがない。やつと原稿の一部が着いたと思ふと又返してくれろといふ、返したが最後、電報の連発、催促の使者、あらゆる艱難を嘗めさせられた揚句、天気がいゝとハガキ一本か、返電がくる。明日送るといふ、其の明日が五日先の明日か、十日先の明日か、唐氏のカレンダーは我々の暦とちがつて、人間業ではかなわないと諦めたるもの、豈ひとり私のみならんや。

最後の原稿と写真を持つて上京すると前觸の電報をよこして今朝唐氏は東京に来た。写真は持つて来たが原稿は持つて来てゐない。さうして序文を私に書けといふ。万事がこの調子である。『黄瀬戸』の出版の肝煎を承はる私たるもの、やり切れざらんとするも豈――あゝやり切れない。

さて、『黄瀬戸』の内容である。（中略）こんな男でないと思ひきつて言へないことをいつてゐるのだから我々にとつては有難いのだ。前人未踏の境地を丹念に掘り下げ掘りひろげて研究したのだからうれしい。この書は必らずや各方面にいろ〳〵の刺戟を与へるであらう、それだけ出版の意義があり、著者の努力がある。何といつても此書は宝雲舎編集部の面々を、泣かせ、狼狽させ、憤慨させ、喜ばせただけあつて、内容のしつかりしていること、、新しき研究資材を提供してゐることは確かだ。

校正しつゝ、ある著者を机の前にして、敢て大提灯をぶら下げざること然り」


まさに唐九郎の身ぶりや、まばたき一つ見逃すことのないような見事な観察眼であり、文章である。おそらく、半泥子も『黄瀬戸』は読んでいたであろうと私は思う。だから、〝唐九郎と会いたい〟という気持ちは日に日につのっていき、なかなか思いがかなわぬまま日が過ぎていった。ところが、自然のいたずらか、偶然、東京の陶磁研究所で出逢い、その出逢い方があまりにも奇跡に近く強烈であったことと、その後の二人の関係がものすごいスピードと濃い密着度で進んでいったということが、絵に描いたように行きすぎた。その反動が、「昭和一二年二月、唐九郎と交を絶つ」という〝強烈な断絶〟という形として表われたのではないか。もう一度、さきほどの小野賢一郎の一文を読んでいただきたい。

まず、唐九郎はどこか普通の人とは違う。一つのことに突っ込むと、そのことに没頭してしまい、約束事や家族のことも念頭になくなり、あちこちに迷惑をかけてきたようだ。

当時は、『おはりの花』という瀬戸物の歴史と器物の図解を初めて十八冊の本にまとめた刑部陶痴という人物のことをたぐりたぐって調べているうちに、その孫にあたる刑部金之助と出会うことによって、それがもとで陸軍とつき合うことになり、「永仁の壺」づくりにまで発展していきつつあったり、辞書づくりで行きづまり、ここが足りない、あそこが足りないと、備前や唐津やはたまた朝鮮にまで出かけて行き調査や窯跡を発掘したりして、二、三カ月くらいは家を留守にすることはざらな日々だった。

そんなこととはつゆ知らず、唐九郎を世間一般の常識人とは少しは違うかもしれないくらいに思っていたとしたら、そうは簡単にはいかなかったのだ。瀬戸・美濃の歴史を書きかえるという革命家は常識人ではなりえない。

「唐九郎の住む家や土地も半泥子が金銭的には都合をつけてやったのに」という人もいるが、そのことについては私は全く関知しない。

ただ、半泥子著の『随筆泥仏堂日録』の昭和一二年二月二一日の項にはただの一行「加藤唐九郎氏不都合に付き交を断つ」とだけ書かれている。

したり顔でものを言う人の中には、「半泥子の側室さんと唐九郎との仲を彼が疑ったのではないかなあ。旦那の留守が多いし、唐九郎は意外と男前だったし、二十も若かったからねえ」と言う人もあった。

二人の傑人たちの間柄は意外に早く破局を迎えたようである。

戦後になってから、「おい、もう一度よりを戻してつき合おうではないか」という声が半泥子から唐九郎にかかり、「そうだね、また近いうちにね」ということで、そのままになってしまったということを唐九郎の身内の人から聞いた。

半泥子は昭和三八年（一九六三年）一〇月二六日、老衰のため死去。享年八五歳。

唐九郎の追悼文と半泥子回顧展の推薦文

唐九郎は日本陶磁協会刊・月刊の『陶説』（一九六四年二月号）に追悼文「半泥子と私」を書いている。いい文章なので、少し本文とダブる個所もあるが全文掲載しよう。

「半泥子と私」

私が、半泥子と相識ったのは、日本陶器の社長たりし飯野逸平さんの紹介による。昭和九年のことであった。

「君にいい人を紹介する。ぜひやきものを教えてやってくれ給え」

と云って飯野さんはその紹介したい人物について私に予め説明した。その人は伊勢の旧家の主で、銀行の頭取や生命保険の社長をしている。大変な趣味家で陶器を焼き始めたが、うまく行かないので誰かきびしく教えてくれる専門家を紹介してほしいと頼まれた、君なら気分も合うしうまくやってくれると思う、云々。（中略）

半泥子の千歳山に瀬戸式の登窯が築きかけてあるのを見て、これをすっかり改築して、臨時に作品を作って窯に火を入れたのは、それから間もない頃だった。五十七、八才になっている半泥子にロクロ細工をつちひねりから教え込んだのもこれに次いだ。日本各地の窯場へ一緒に旅行もした。私の知る限りのことは教えた。また逆に教えられることも多かった。然し、私は自分の多忙の身をこれに費したので、他の方の仕事が目茶苦茶になってしまった。私はその無責任をせめられた。八方ふさがりとなった。私は半泥子が好きだった。半泥子も私も身辺から放さなかった。私は幸福だとすら思った。しかし、これは三年以上は続かなかった。私と半泥子との間には、眼に見えない大きなクリークが横たわっていた。

実の所、大金持の趣味の遊びに、貧乏で、その故に多忙な私はついてゆけなかった。これには家族の大きな犠牲がともなった。「世人交りを結ぶに黄金をもってす。黄金多からざれば、交り深からず。たとえぜんだくしばらく相ゆるすといえども、ついにはこれ行路の人」と唐人はいった。昔も今も、これに変りはない。私はついに半泥子の好意を裏切って断行を決意せざるを得なかった。そのときの半泥子には、私に対して失恋に似た憤りと誤解も生んだ。私はつらかった。これが世の中だと思った。ついにあきらめた。それは心を鬼にして頑張った。

このころから、日支事変は始まった。私の思想も軍国主義の圧力に動揺した。軍属となって大陸に出かけるまでに変った。事変は太平洋戦争に発展した。その結果は、ついに日本の敗戦となって終りをつげた。この間に世の中は一変した。一時は世の終りが来たとも思われた。そのころ、私は半泥子を尋ねた。ありし日のすべてを語り合おうとした。会ってみると余りにも、半泥子は老境にはいり過ぎていた。何も語る気になれなかった。今ここに、そのことを詳しく書くことは、私にとってはなつかしい思出でもあり、また半泥子の霊をなぐさめることにもなる。しかし、今は私にその時間がゆるされぬ。後日を期して遺憾ながらこの稿を了る。

（昭和三九・一一・一六・東京の旅舎にて）

「『川喜田半泥子展』によす」（名古屋丸栄デパート、昭和四一年三月二七日～四月一日開催）

半泥子は私より年は上であったが、陶芸に志す初期は私が教えた。世間では、中年を過ぎてこの道に入ったのだから、たいしたこともあるまいと見ていた。世間の眼と実際とは大きな違いがあった。半泥子はこの方には特殊な天分を持っていたのみならず、並々ならぬ努力をした。その特長とするところは、キメの細かいものが嫌いで大ざっぱで、肌の荒いものを好んだ。まともなものを疎んじて、崩れたもの、不完全を愛した。利休の「さび」と、織部の「へうげもの」と光悦の「大らかさ」に通ずるものがそこにあった。世間では、これを大富豪のおなぐさみと見た。

しかし、その大富豪は財産を永劫維持する手段として、全財産を総務部で完全管理して、半泥子はそこから月給を貰って生活し、趣味としての陶芸に要する経費は、利息を払って借りていた。やがて陶芸によってその元利を返済する考えのようであった。だから半泥子の作陶は、大旦那の遊びどころではなかった。こうした心構えの陶芸習得であったから、かなりのきびしさがあった。これは何人も想像し得なかったであろう。

そこには馬鹿気た間違いや誤解も生じた。ケチといわれた世評も、旧富豪の家憲がそうさせた。しかし育ちのよさは、中年を過ぎてもまだまだぼっちゃんでしかなかった。だから年に準ぜず、この道に精進することが出来たと思われる。

今から考えると、陶芸を専門とする私たちの方がかえって遊びが多かったことを思わせる。半泥子の作品には、秀れてよいものと、全くつまらないものとの差がありすぎる。おそらくその後者の方が数において多いであろう。この展覧は、川原で宝石を探す感があるであろう。キリストは「金もちが天国に入ることは、ラクダが針の穴をくぐるよりも、なおむつかしい」といった。半泥子は針の穴をくぐった珍しいラクダである。（四一・三・九）

［註］先号掲載の末尾にも書いた妙齢の美女につきましては版画のモデルとは無関係でした。訂正します。（筆者）

11

続・続　川喜田半泥子

唐九郎と半泥子との間の出来事には、まだまださまざまな問題やエピソードがあれこれいっぱいあり、こんな形で書き終えるのはもったいないと思えるのだ。二人ともそれぞれが、人一倍、それぞれ個性に富んだ人物であり、二人がつながることにより、どんどん人的交流も拡がっていき、また、それぞれの領域や人間的魅力も深まっていったように思える。

水野愚陶

唐九郎が『陶器大辞典』全六巻編集・出版にかかわるようになってから、瀬戸で彼の周辺にいた多少見どころのある若者たちの中の幾人かが陶作や辞典の編集・販売、宝雲舎の仕事にかかわることになったり、そのあと半泥子ともかかわりをもつようになったりしている。これも奇縁である。

平成一八年八月に岐阜県陶磁資料館（多治見市）で「―桃山陶の復興に人生を賭けた人々―荒川豊蔵・加藤唐九郎・水野愚陶展」という特別展が開かれたが、二人の大作家のほかに水野愚陶という作家が入っていることを知って驚いた。それまで私はそんな大作家だとは思っていなかったからである。彼は明治三七年、現・多治見市笹原生まれ。瀬戸市で義兄が経営する陶土採掘販売業の手伝いをしていた。仕事で唐九郎の窯場によく立ち寄って中に入り込み、鼠志野の額皿などを見よう見まねで造っていたという。私もこの三人展の少し前に愚陶作の鼠志野秋草文額皿を一枚だけ見たことはあるが、出来が良すぎて本当に当人が造ったものかどうか疑ったことがあったが、幾点も造っている間には佳品も少しは出来ただろうと思うようになった。何しろ、桃山期の本物と唐九郎作のお手本がいつも彼の目の前にあったからである。

彼は唐九郎の要請で、昭和八年九月、二九歳の時に東京の美術出版兼美術陶器販売業・宝雲舎の営業主任となり、『陶器大辞典・全六巻』の編集にも参加した。そのうち、昭和一五年、星岡茶寮・中村竹四郎に同茶寮の食器制作を依頼され、郷土笹原に帰り、半泥子の指導で、単式窖窯を築き、笹原窯と名づけてもらったという。昭和二八年、持病のため四九歳の若さで永眠。

（「星岡茶寮」というのは、もと書家であり、陶器も造っていた魯山人が、茶席と料亭を兼ね備えた高尚な建物を建て、都内の交通至便な場所で、美味しい料理を更にすぐれた器に盛り、引き立てようという構想で、東京赤坂にある日枝神社の境内につくった〝美食倶楽部〟であり、やきもの製作の部の中心には荒川豊蔵などもおり、自身は器づくりと同時に三〇人もいた料理人の采配をとったり、大皿や古器に料理を盛りつけたり、また無釉の備前の作品に色を用いて食器として使うなどして話題となった。）

藤田等風

藤田等風も唐九郎のもとで『新選陶器辞典』の仕事を手伝っていたが、唐九郎の代理で昭和一二年に同辞典の題辞を頼みに行ったのが半泥子との初対面であった。その後、唐九郎と分かれ、学藝書林の仕事をしていたが、半泥子から、「うちへ来ないか」と誘われ、津にあった石水会館の主事と千歳文庫の文庫係をしていたが、戦後、広永陶苑の設立と経営のために苦労をしたといわれる。

半泥子の孫の一人に敦という人がいる。自ら、「二代目半泥子」を名のり百貨店で「二代目半泥子展」

をやり、祝賀パーティをしたりしたが、親族の間でもまだ認知されておらず、評判があまりよくない。「半泥子をダシにした本」も出してはいるが、祖父の名声にあやかって作品を売ろうとしてもそれはだめであることは初めからわかっている。もっと謙虚にならねばだめだと思う。半泥子に似せて、茶碗のフチを曲げてみても、しょせんは猿真似である。半泥子作品の箱書きもしているようであるが、書きすぎて嫌味になる。

「藤田等風の箱書き作品は全部贋物だ」という言は私も彼から直接聞いたが、他の事情通の人に聞くと「等風さんが箱書きした作品はほとんどまちがいない」ということだった。そういう人が結構多い。

刑部金之助との出会い

ところで、少しあともどりするが、唐九郎については、いったん家を離れたら、たとえ妻のきぬであっても、『辞典』を造っている宝雲舎の誰であっても居場所を簡単につきとめるということはほとんど困難であった。

『茶わん』誌に「『をはりの花』とその著者について」という小論文を唐九郎が書いたのは昭和七年の七月号だったが、著者の刑部陶痴は旧尾張藩士で、瀬戸陶磁工組の頭取をつとめ、瀬戸物の歴史と器物の図解をはじめて『瀬戸の花』十八冊にまとめた人物である。それに加藤弓影、坂野正雪が調査した稿を追加、柴山不言が校閲して瀬戸陶磁器工商組合が大正九年に発行したものである。

「私が瀬戸のやきものを調べる上で『をはりの花』に着目した頃には、瀬戸ではほとんど彼の業績を認める者も居なかった。それればかりでなく、陶痴が『をはりの花』の前身ともいうべき、『瀬戸の花』を編纂するために多大の費用を使い、その為、私蔵していた茶器の名品のすべてを、同組合に委ねて職を退いた。それを以て『刑部陶痴は、組合の公金を使い込んで、瀬戸を逃げ出した』というような風評まで残っているありさまであった」（加藤唐九郎著『自伝・土と炎の迷路』日本経済新聞社）

刑部陶痴は趣味人でもあり、廃藩置県の際に名古屋場城内から「猿面の茶席」の払い下げてもらい、自邸に移築したが、まもなく、このような天下の名茶席を独占するのは惜しいと、名古屋商品館にあっさり寄付してしまった。唐九郎は陶痴の人物の人となりに興味をもち、彼の名誉回復をはかるべく、一文を書いたのであった。

その後、陶痴について調べたいと思い、彼の子孫に会えれば、もう少し詳しい話が聞けるのではないかと考えて、あちこちをたずねまわったが、ずいぶん遠回りをしてしまったようであった。陶痴の直系であるという中村楽庵という人物を探し出し、だんだんつきとめていくうちに辻褄の合わぬところが出てきて、あきらめた。岡山の国清寺の住職崋山海応師というのが陶痴の二男であることがわかったが、九歳の時に出家したので実家のことはよくわからぬということだった。だが、「名古屋の西二葉町というところに刑部家の後継者が住んでいる」ということを知らせてくれ、これが唐九郎と因縁浅からぬ友となった刑部金之助の出会いとなった。

昭和七年九月一五日、瀬戸で初めての「せとものまつり」の日に刑部の方から唐九郎を訪ねてきた。それまでに何度も彼の家を訪ねたのだが、いつも留守で会えなかったのだ。手広く事業をし、あちこちをとびまわっていたようだが、ある時は事業がうまくいっていなかった時らしく、借金取りとまちがえられ、うっかり追い返されそうになったこともあった。

刑部は二十歳頃に商事会社に入って綿花の買いつけのために満州に渡ったり、中国大陸との間を何度も往復しており、新興宗教の広報誌を発行したり、あれこれしたい放題のことをやっていたようだから、唐九郎は相当したたかな男ではないかと思っていたが、実年齢の二七、八歳よりはるかに若く、ぼっちゃん、ぼっちゃんした颯爽とした青年であった。唐九郎は刑部のことをこう書いている。

「私に対しては、祖父陶痴の業績を洗い直して世に出してくれた者としてはじめから親しみを持っていたには違いないが、二人は初対面からすっかり意気投合してしまった。経歴も外貌も、私とはまったく正反対のタイプでありながら、次々と新しいことに興味を持ち実行に移して行く点で、彼もまた同類項に属する人間だったらしい」

「刑部とは知り合って間もなく、共同でいろいろなことをはじめた。

「そのくせ、彼は、一年近くも私の前から姿を消し、家族に聞いても居所も分らないという期間もあった」

「長い付き合いの中で、彼は私の知らない一面をどこかに持っていた。問えば答えたであろうが、私は彼の方から話そうとしないことを聞きだす必要を少しも感じなかった」

「後から想像すると、その時彼は国内に居なかったのではないか――彼の行動には、特殊な背景があったような気がするが、それはとうとう聞かずじまいであった」(『自伝・土と炎の迷路』より)

謎の僧――永仁の壺焼成の発端

「刑部が再び私の前へ姿を現した時、一人の僧侶を紹介した。長崎淳心園主佐々木祐俊である。

これが永仁の壺焼成の発端となった。

佐々木祐俊は、私より十歳くらい年上だっただろうか。口数は少なかったが、その言葉のひとつひとつが、国家を動かすような重大な意味を含んでいるように思われた。

　再び現れた時は四人の人と共に来た。その人達の名前は記憶にないが、宗教関係のエライ人のようであった。佐々木祐俊は、新しい宗教を興したいと考えていると言った。

『日本のためにというような狭いものではありません。アジアのためです。アジアの民を一つの宗教によって統合する、日本はその主導的立場をとらねばならない』

　後に、彼が西本願寺大谷尊由の弟子であることを知ったが、その時の彼の提唱は、既成宗教の拡張策ではなかった。『アジア民族の精神的統合を旨とする宗教的な依りどころをつくる』ということが、私には今までにない新しい思潮のように思われた。

『政府の中にも、軍の中にも、我々の協力者はいくらでも居ります。今ほんとうにやらなければならないのは、抗争ではなく、アジアの統合ですよ』

と佐々木祐俊は説いた。

『軍も政府も動かす力と背景を彼はほんとうに持っている。一緒にやってみようじゃないか』

と刑部は言った。

『何をやるのだ？』

『新しく宗教を興す――君にそのご神器を作ってもらいたい――これは日本のためだ』

『ひいては、アジアのためか……か』

　話のスケールが大きくなると二人は愉快だった。

　私の頭の中には、かつて安倍磯雄系の「キリスト社会主義」の信奉者である井上藤蔵牧師によって植え付けられた『社会改造論』が根強く残っていた」（『自伝・土と炎の迷路』より）

唐九郎は若い頃、キリスト教に入信し、熱心に布教活動に専念した時期もあったし、マルクス主義や資本論に関する書物などにも少なからず接してきたので、祐俊らが説く説には柔軟性があり、その後、アジア侵略のための大命題となった。八紘一宇〝大東亜共栄圏〟の精神とはだいぶ違うように思われた。

昭和二年に始まり、八年にはピークに達した日本全土を覆う不景気によって国民の生活は打ちひしがれていた。一部の利権占有者たちに有利なように運営される国家の政策によって日々の生活は犠牲にされ、それを指摘する正しい発言や左翼的な行動に対しては、大正一四年に公布された治安維持法によって弾圧が強化され、手も足も出ない情況へ追い込まれていった。

「軍部の中にも、私たちのやろうとしていることを理解してくれる、ものの分かった人間がいる」と佐々木祐俊の言った言葉には、唐九郎自身が別の体験で感じたことがあった。「軍というものは力ずくで物事を進めようという連中ばかりに率いられている危険な組織だと思っていたが、一部ではあるが、極めて有能な、深慮遠謀に富んだ人間もいるという認識を持ったことが以前にもあった」ということ、「戦争に勝っても経済で負ければ何もならない、経済的に成立しても政治がなくてはならないし、文化の裏付けもなくてはならない」「戦術は軍隊だけのもので、新兵器が現れれば戦術は変わる。しかし重要なのはむしろ、戦略であって、それは衣食住すべてが含まれる。これはむしろ民間が主体となるべきものである」。

「永仁の壺」の誕生

祐俊らの来訪は、結局、アジアを統合すべき「神」の登壇を飾る瓶子一対と狛犬と香爐を作ってほしいという依頼であった。その作品は誰がどこから見ても鎌倉時代の作に見えるものにしてほしいということであった。

「私が制作をたのまれた瓶子や狛犬は、日本が満州に作る本山へ持って行かれる筈だった。その宗教というのは、白山信仰を基調としたもので、これはもともと新羅《しらぎ》から日本に渡り、広く伝播したものである。そういう大陸に発祥を見る宗教を再び持ち込むことによって、人心の融和を謀ろうとしたらしい。

日本が新しい流れを創り出していく――それに自分の仕事が役立つかもしれないということは、私を奮い立たせた。（中略）

日本の名誉にかけても、逸品中の逸品を作り出して、総本山に送らねばならなかった。（中略）

私は、斎戒沐浴とまでは行かないにしろ、精神的にはまさしくそれ以上の心がまえで、この仕事に取り組んだ。

香爐だけは窯の中で爆《は》ぜてしまったが、一対の瓶子と、一対の狛犬を窯出ししたのが、昭和十二年八月十四日のことである。この日に弟武一に召集令状が来た。

今でも永仁銘瓶子は、私の古瀬戸の中でも成功した作品だと思っている。

刑部は瓶子と狛犬を見て、

『これはいい出来だ』

と喜んだ。

『佐々木さんも満足するだろう。しかし惜しいな……これだけのものを、あんたの作品として世に出せば、一遍に有名になれる』

『いや、これは私の作品であって、すでに私の作品ではない。一介の陶工の名声より、これは、もっと後世に残るものになるかもしれない』

『勿論私はその時点で、二十年余りも経ってからこの「永仁の壺」がとんだ大問題を引き起こすことなどは夢にも思わなかったが、考えてみると、これらの作品は、生まれながらにして波瀾の運命を担っていたとも言える。』」（『自伝・土と炎の迷路』より）

唐九郎は狛犬と瓶子の出来が期待通りに仕上がったのに気をよくして、香爐もなんとか早くつくろうとさっそく次の製作に入っていたが、それが焼き上がる前に刑部がやってきて、

「あの計画は中止になった」

と言った。それ以上刑部は話さなかったが、上層部の方針が大幅に変わったようだ。軍の方針が北進論から南進論に切り替わった。佐々木祐俊と深い結びつきのあった大谷尊由が占めるべき座であった興亜院総裁に海津中将が就任——といった事情が佐々木一派の計画に挫折をもたらしたのではないか。

「思えば、アジアを制覇するはずだった新しい宗教のご神体は、佐々木祐俊一派と、刑部と、私とそれぞれが抱いた共同幻想だったかもしれない。（中略）

刑部金之助という男は、機を見るに敏で、企画力にも富んでいたが、その回転が早過ぎて現実が従《つ》いて行かないという憾《うら》みが、生涯を通じてあった」

刑部が、次に唐九郎に誘いかけたのは、「中国に行ってみないか」ということだった。ここ二、三年の

間には、『陶器大辞典』の中身の欠落部分を補うために、近畿地方や中国地方、唐津、朝鮮などに調査に出かけ、窯跡を掘ったりして、辞典編集部や家族たちも幾日も、いや何十日も連絡のとれないことが多かった。

川喜田半泥子とて例外ではない。幾度も約束を破られたり、すっぽかされて、業を煮やして唐九郎との〝縁を絶つ〟ということに相成ったのもわかるような気がする。

しかし、断絶を宣言した一二年の前年の一一年に唐九郎同行で唐津の中里太右衛門を訪ね、二十一日間も滞在、また同年に唐九郎家の近くに尼水荘天狗窯を完成させている。これでは唐九郎は身体がいくつあっても足りないということになりはしまいか。

（未完）

＊『遊民』連載（二〇一〇年六月～二〇一七年一〇月）

年譜

1933（昭和8）年

4月12日、海軍軍人である父・稲垣健一郎と母・鈴枝の長男として愛知県碧海郡依佐美村（現・刈谷市）に生まれる。

1940（昭和15）年　7歳

小学校へ入学。翌41年校名が半高国民学校と改められる。

1941年（昭和16）年　8歳

12月、太平洋戦争が始まる。戦時中は海軍兵学校を志望する〝少国民〟として育ち、小学6年の時に終戦を迎える。

1946（昭和21）年　13歳

半高国民学校を卒業し、4月、愛知県安城農林学校（旧制）へ入学。農家の跡取り息子だったため、父から進学を反対されたが教師が説得した。早朝3時に起きて家の野良仕事を手伝い、その後学校へ行き、帰宅後また手伝うという生活を送る。農繁期は、平日はもちろんのこと中間試験の日も学校を休まなければならず、いつの間にか劣等生に。愛知用水の生みの親である教師・浜島辰雄と出会い、のちに回顧録『愛知用水と不老会』（編著・浜島辰雄　不老会、2005年）をまとめる。

1952（昭和27）年　19歳

愛知県立安城農林高等学校（学制改革のため改名）を卒業、4月、家出同然で受験した法政大学文学部に入学。当時の写真アルバムに「とにかく嬉しかった。ぼくには複雑な家庭事情があったし、それを克服できたということは、他の悲観的な様々の條（条）件を差し引きしても、祝福すべきことであった。ぼくにとってはまさに

1952年の4月革命とでもいうところか」とメモが残されている。

1953（昭和28）年 20歳

4月から翌年3月まで、東京九段下にある学生会館に下宿する。8月、法政大学文学部から同大学法学部政治学科に転部。政治学者の藤田省三、松下圭一らのもとで学ぶ。11月8日から12日の5日間に京大、同志社大学、立命館大学で開催された「全日本学園復興会議」に参加。

1956（昭和31）年 23歳

3月、法政大学法学部政治学科を卒業。1月、編集者・美作太郎の紹介で学生社に入社。月刊誌の創刊、編集及びラジオ東京の30分番組の構成執筆に約1年間携わる。

1958（昭和33）年 25歳

5月、学生社を退社。9月、日本出版協会に転職し、「日本読書新聞」（書評紙）の編集に従事する。この間、第一線で活躍中の研究者、文学者、芸術家、ジャーナリスト等と交わる。同僚に、のちに日本エディタースクールを創設する吉田公彦、評論家・渡辺京二、詩人・三木卓らがいた。

1963（昭和38）年 30歳

「風媒社」設立。創業当初は名古屋市中区丸の内の本町通にあった綿布問屋に間借りしていた。6月、出版第一号である歌集『はるかなる陽ざし』（新堂廣志著）を刊行。陶芸家の加藤唐九郎の自宅を訪ね、以後20年間親しい交際が続く。

1966（昭和41）年 33歳

母校・安城農林高等学校の初代校長山崎延吉の伝記執筆を依頼され、12月『我農生 山崎延吉伝』（我農生・山崎延吉伝刊行会事務局）が刊行される。

1969（昭和44）年 36歳

7月、『ドキュメント日本人9 虚人列伝』（編・谷川健一、鶴見俊輔、村上一郎 學藝書林）に「ニセ国士・

有田音松伝―日本のジキルとハイドー」を執筆。のちに『文藝春秋』の特集「二十世紀人物伝ベスト100」に選ばれる。8月、出版社9社で「NRの会」（現・NR出版会）を設立（風媒社以外はすべて東京の出版社）。

1973（昭和48）年　40歳

第一次オイルショックの影響で出版物が売れず経営縮小を余儀なくされる。当時6人いた従業員に退職金を払い全員を解雇する。

1980（昭和55）年　47歳

中国・北京の社会科学院の建物新築に際し、初代院長の郭沫若と旧知の仲だった加藤唐九郎に陶壁の制作を進言。計画の発起人・推進者として協力する。作品は1983年に陶壁「協調・交響」として贈呈された。公益財団・唐九郎記念館の理事も長く務める。

1987（昭和62）年　54歳

4月、『さくら道―国鉄バス車掌佐藤良二さんの生涯』（編著・中村儀朋）刊行。のち1994年に神山征二郎監督により「さくら」として映画化。

1997（平成9）年　64歳

8月、加藤唐九郎生誕100周年出版『唐九郎のやきもの』を執筆（共著・杉浦澄子、竹内順一、稲垣喜代志　平凡社）。

1999（平成11）年　66歳

「NR出版会」が30周年を迎える。

2000（平成12）年　67歳

12月、『我農生 山崎延吉伝』が『山崎延吉伝』（大空社）として再刊される。

2009（平成21）年　76歳

3月、読売テレビが『さくら道―国鉄バス車掌佐藤良二さんの生涯』をテレビドラマ化、開局50年記念特別番組として放映される。

２０１１（平成23）年　78歳

風媒社社長を退き、会長に就任。３月、東日本大震災により福島第一原発で事故が起き、既刊の反原発書がベストセラーになる。10月、大腸がんを患い手術。

２０１３（平成25）年　80歳

11月から「朝日新聞」に取材を受け、生涯と風媒社の歩みについての連載「そよ風に託して」が掲載される（全20回）。

２０１７（平成29）年　84歳

6月、会長を退任。10月28日、陶芸展を観たあと喫茶店で知人と談話中に倒れ、搬送先の病院で亡くなる（大動脈解離）。

風媒社から出版した書籍は、社会問題関連書を中心に、文芸書や学術書など１２００冊以上にのぼる。最後に自ら編集を手掛けたのは『マルクスとヒポクラテスの間』（友人・鈴村鋼二の遺稿集、２０１７年1月刊）だった。

※この年表は『反骨の編集者　稲垣喜代志』展資料を元に作成しました。（協力：文化のみち二葉館）

［著者略歴］
稲垣 喜代志（いながき・きよし）
1933年、愛知県刈谷市に生まれる。52年、愛知県立安城農林高等学校を卒業。法政大学文学部入学。翌年、同大学法学部政治学科に転部。56年、同大学卒業。学生社に入社。58年、日本出版協会に移籍し、「日本読書新聞」編集部に入る。63年、名古屋市中区に「風媒社」を設立。69年、「NRの会」（現・NR出版会）設立に参加。地方出版の開拓者として幅広く活動。2017年10月28日、84歳で逝去。
［著書］『山崎延吉伝』（大空社・2000年復刊＝原著は1966年刊）、『ドキュメント日本人9　虚人列伝』（共著、學藝書林・1969年）、『唐九郎のやきもの』（共著、平凡社・1997年）

装　幀◎夫馬　孝

（協力）山本直子、長淑子
「文化のみち二葉館」

その時より、野とともにあり

2018年10月28日　第1刷発行　　（定価はカバーに表示してあります）

著　者　　稲垣 喜代志
発行者　　山口　章

発行所　名古屋市中区大須 1-16-29
振替 00880-5-5616 電話 052-218-7808　風媒社
http://www.fubaisha.com/

＊印刷・製本／モリモト印刷　　乱丁本・落丁本はお取り替えいたします。
ISBN978-4-8331-1127-0